●台語好讀版●

傲慢佮偏見

Ngōo-bān kah Phian-kiàn

珍·阿斯頓 著

洪淑昭 譯 ｜ 鄭順聰 審訂 ｜ Asta Wu 繪

毋通放棄，咱猶有愛情

鄭順聰

　　見若講著「西洋文學經典」，咱世俗人就會起緊張，目頭結結，掠做這冊深無底，讀都讀袂完，是咱一世人攏行袂入去的世界。

　　掠這款「偏見」來讀珍・阿斯頓是講袂通的，伊所寫的，是咱厝邊頭尾發生的大細項代誌，親切掛趣味，一點仔都袂艱難，一下點就通通通。

　　譬如咱這馬欲來讀的《傲慢佮偏見》，故事四常仔四常，就是佇兩百外多前的英國，有一位班奈太太，規工用心計較欲共伊五個查某囝嫁出去。現代的讀者著愛知，彼時的英國社會和古早時的台灣全款，做一個查某人，人生的任務就是揣一個好翁，生囝扞家到老。

　　真正是無公平的代誌，煞是彼個時代的現實。

就佇這時，班奈家所徛的庄跤所在，有一位叫賓利的好額人少爺講欲來附近蹛，這予班奈太太規个人精神隨來，想空想縫欲和伊熟似交陪。班奈太太的五个查某囝袂輸五張牌，只要有一張查某囝仔牌和賓利先生佟頭做一對，這 phé-sih（pair）拍出去，伊做老母的這場局，就贏一半矣。

本底想講賓利這緣投仔骨是一粒一的，和大漢查某囝仔珍是真四配，佇舞會遨遨跳的時，雄雄踅一位達西出來，這位少年家嘛是緣投仔兒，手骨閣較粗，人煞激一个氣，真苛頭，有影是「傲慢」。達西先生和次女伊俐莎白因為誤會來熟似，就按呢兩个人膏膏纏，冤家囉和啦起風波，有時踮花園講，有時寫落落長的批，成做《傲慢佮偏見》的主線。

這本西洋文學經典上了不起的，是作者共故事鋪排甲有條有段，精彩甲予人毋甘共冊放落。這場婚姻的牌局激來激去，激出男男女女的各種性地，有時戇膽、有時閉思，這時激五仁，換一个所在就假仙假觸。內底的人臆來臆去，掠做是按呢煞毋是，當面開破無夠閣補批兩三回，一項簡單的代誌愈舞愈貓，愈看是愈笑詼。咱讀者徛戲台跤看，看台頂的人有影是戇，好好鴛刣甲屎流，真毋值。

呔會按呢！是時代的制限？社會的禮防？人性的生成？

這就是《傲慢佮偏見》仙讀都袂瘖的原因之一，按怎想都想袂透，論都論袂了。活跳跳的人物，真拄真的對話，會興會牢的情節，是古典款的純情青春夢啊！

珍·阿斯頓的筆路幼膩勢變竅，文句牽絲攀藤，定定有

「附加子句」做倒鉤，規句讀完猶無意思，愛閣轉去閣讀一擺。彼時英國人講話定著好禮雅氣，愛斟酌聽才通知影真正的意思，有時去予唌顛倒毋知，話句厚心機，講話實在有夠鹹（kiâm）。

人物的關係縈縈纏纏，故事線路彎彎曲曲，咱的台文譯者洪淑昭真有牽挽，共原文全翻做二十外萬字台文，和珍·阿斯頓全款了不起。

全本是終其尾會來出版的，猶毋過，2023年這時的勢面，台文讀者和市草的塗肉猶未培好，驚種甲傷早無對時。所致，淑昭就來改寫做十萬捅字的「好讀版」，掠故事主要的枝骨，共人物和背景補入去，予讀者較快較順來讀小說，勻勻仔行入去台語文和珍·阿斯頓的美麗世界。

《傲慢佮偏見》台語好讀版和華語濟濟的出版品，有真濟無仝：第一是嬌氣的台文，並華語加足心適的，那親像咧看八點擋連續劇。淑昭共原文的華彩膨紗搤（liû）開，用伊的理路重繡，束結、貫串、燒烙，含（kâm）淑昭款的頂真，閣有高雄在地的話語，氣口十足。而且，淑昭有踮伊的台語課讀予學生聽，讀過一擺閣一擺，是有實際讀唸過，毋但是紙面翻的喔，予這好讀版和讀者掠閣較峇。

出版社嘛真貼心，好禮仔來錄有聲冊，請台語小丸子、前衛版《小王子》的配音郭雅瑂老師扴頭，組團隊綿精綿爛來錄廣播劇，加上心陪有聲、杰瑞音樂的專業製作，有影是聲緣好、袂跳針。

　　相信珍‧阿斯頓佇天頂聽著伊俐莎白講台語，嘛會喙笑目笑，台文該當遮爾仔媠閣有局。像我，去予班奈太太俗甲有力的話揆著笑筋，對珍和賓利彼款枵鬼假細膩氣甲惱甲，拄著達西對伊俐莎白告白彼葩，雄雄忽然間我無法度喘氣矣……。

　　著愛相信，愛情永遠佇遐，毋通放棄，因為《傲慢佮偏見》，予咱踮這茫茫渺渺的世界，猶原相信愛情的力量。

鄭順聰
Tēnn Sūn-tshong

嘉義民雄人，嘉義高中，中山大學中文系，台師大國文研究所出業。捌任《重現台灣史》主編，《聯合文學》執行主編，教育廣播電台《拍破台語顛倒勇》主持人，公視台語台《HiHi 導覽先生》創意發想和台語顧問。台文作品有詩集《我就欲來去》，小說《大士爺厚火氣》，散文《台語好日子》、《台語心花開》，繪本《仙化伯的烏金人生》。

行佇這段「傲慢佮偏見」的歲月

洪淑昭

　　七多前，我輪去管學校的圖書館，彼時，我袂輸是「王牌推銷員」全款，逐工若毋是咧鼓舞人來學台語，無，就是共《傲慢與偏見》這本小說提出來，喙角全波，用台語講這本冊有偌爾仔好看，硬叫同學借轉去，就算是掀掀咧嘛好。

　　也毋知是家己的方法用重耽去，抑是這馬的囡仔誠實對這無興趣，來借這本《傲慢與偏見》的人有夠少！更加免講想欲來學台語的，若毋是予我掠來欲比賽的彼幾个學生，會使講是連甲一隻貓都無。

　　彼當陣，我誠實是想無：是按怎遮爾仔趣味的冊無人欲讀？遮爾仔好聽的語言，無人想欲學咧？

　　後來，有一工欲睏進前，我共《傲慢與偏見》提出來看，那看喙裡那唸，想袂到竟然共阮後生呿過來聽，閣問我講：

「母仔，你是咧寫答喙鼓是毋？這擺的稿聽起來閣誠趣味喔！」

原來對我喙裡喃出來的《傲慢與偏見》，竟然是台語的！這點予我足歡喜，因為無形中佇我的頭殼內，台語已經成做我咧思考佮閱讀的方式矣！致使我咧掀華語版的《傲慢與偏見》的時，才會用台語讀出來。就按呢，共《傲慢與偏見》翻做台語版的這個想法，才漸漸產生。

佇台語版《悲慘世界》佮《小王子》攏猶袂出版的時，《傲慢與偏見》我早就翻十外章去矣！遮的文章，落尾攏予我提去阮學校的台語社當做教材，教囡仔學台語。這款上課的方式，誠得阮學生的意，逐家攏感覺足趣味的，尾手知影這是世界文學《傲慢與偏見》所改寫的，就相爭來圖書館共這本冊借轉去看。

幾冬前，台語翻譯世界文學的出版當咧起磅，台語版《悲慘世界》賣甲攏無賰，《小王子》印了閣再印，我的貴人鄭順聰先生佇面冊咧喝：「敢有人想欲繼接落去，共台語版的世界文學繼續閣拚落去？」毋知是我彼時去予雷摃著，嘛無定著是去食著好膽藥仔，我竟然去注文：「台語版的《傲慢與偏見》就交予我囉！」

彼暗，我就共我已經翻好勢的十外章傳予順聰看。順聰伊人誠好，先褒予我在膽，講伊那看那笑，閣講從來毋捌看過遮爾仔趣味的班奈太太，鼓勵我一定愛共伊翻甲了，然後出冊。

　　想袂到阮後生聽著講欲出冊，隨共我拍銃：「你千萬毋通出！若無，咱兜會囥甲規厝間，齊是你這本賣袂出去的《傲慢與偏見》！」先夫佇邊仔聽著，安搭我講：「你莫聽恁団的話，做你去寫無要緊，若攏揣無人贊助，我才來替你出。」

　　就是因為有先夫的支持，才予我下定決心，欲出這本台語版的《傲慢佮偏見》有聲冊。

　　為著無欲予華語縛牢咧，我刁工對香港買一本全英語版的 *Pride and Prejudice*，就開始一句仔一句翻。佇翻譯的彼兩冬，頭殼內的語言不時咧相傗，有當時仔我翻出來的文字，連我家己都看無咧寫啥。佳哉，我有足厲害的兩位朋友：林姿君老師佮林玉麗老師，個兩个人齊是全國語文競賽字音字形一粒一的選手，一个替我掠錯字，一个替我做頁下註，若無個，這本冊根本都無才調出。

　　台文版的有聲冊《傲慢佮偏見》會當出版，佇我的心內對文化部佮前衛出版社有無限的感謝，若毋是有文化部的補助，若毋是有前衛願意等我，佇陪先夫抗癌的彼段日子，出這本冊的夢想，差一點仔就予我擗捔揀去矣！尤其是清鴻，感謝伊的諒情，理解我的悲傷，閣盡心盡力共聲音、文字、插圖做甲遮爾仔嫷氣。

　　最後，我欲對先夫郭欽元講：「做你放心，台語這條路，我會繼續行落去。」

人物紹介

女主角的家庭佮親情朋友

班奈先生 Pan-nāi sian-sinn ｜ Mr. Bennet

女主角伊俐莎白的阿爸,是蹛佇英國庄跤好德福郡的一位紳士,猗家號做浪保恩。伊俗人無全,誠愛詼家己的牽手,對囡仔攏無咧插。毋過,伊對第二个查某囝伊俐莎白誠好,佮伊上有話講。

班奈太太 Pan-nāi thài-thài ｜ Mrs. Bennet

班奈先生的牽手,佮班奈先生攏總生五个查某囝。伊透世人的願望,就是共這五个查某囝嫁出去。因為伊無智識閣愛雜唸,定定予翁婿詼毋知,嘛予厝內的查某囝誠大的壓力。

珍 Tsin ｜ Jane Bennet

班家的大漢查某囝。佇故事內底,人攏叫伊班奈小姐(Pan-nāi sió-tsiá），個性溫柔、恬靜，是班家上婿的人。伊不止仔善良，看世間攏無歹人，總是替人想，是女主角伊俐莎白上要意的阿姊。

伊俐莎白 I-lī-sa-pik / **俐絲** Lī-si ｜ Elizabeth Bennet / Lizzy
女主角，班家的第二查某囝，巧、詼諧，頭腦活、勢講話，是一個有想法的人。可惜較袂曉看人，對人的「偏見」，予伊差一點仔佮幸福相閃身。厝裡的人佮朋友會叫伊「俐絲」。

瑪俐 Má-lī ｜ Mary Bennet
班家的第三查某囝，是一個學仔仙又閣愛人褒，可惜食緊挵破碗，因為急欲表現煞不時咧落氣，定定講出予人毋知愛按怎應的話，是班家上慢嫁的查某囝。

綺蒂 Khí-tì ｜ Kitty Bennet
班家的第四个查某囝，是一个攑香綴拜無主張的人。早期不時和俐蒂亞去逐軍官，尾手變做一个誠有教養的小姐。

俐蒂亞 Lī-tì-a ｜ Lydia Bennet
班家的尾查某囝，個性虛華，班奈太太誠寵倖伊，予伊佇厝不時咻咻叫，規工咧痟翁，捷捷去佮人交際。後來因為伊悾歁、毋捌世事，竟然惹出大代誌。

高林先生 Ko-lîm sian-sinn ｜ Mr. William Collins

班奈先生的遠親，是一个看懸無看低、囉哩囉嗦兼靠勢的牧師。根據英國繼承權規定，伊成做班奈先生的遺產繼承人，予班奈太太誠不滿。

謝露提 Siā-lōo-thê ｜ Ms. Charlotte Lucas

是班家的厝邊，呂卡斯先生的大漢查某囝，人攏叫呂卡斯小姐（Lū-khah-suh sió-tsiá），嘛是伊俐莎白的手巾仔伴。徛家號做呂家莊。

菲立太太 Hui-lip thài-thài ｜ Mrs. Philips

班奈太太的姊妹仔，蹛佇附近的市鎮，佮班奈一家伙仔誠親近，捷咧往來。

嘉定先生 Ka-tīng sian-sinn ｜ Mr. Edward Gardiner

班奈太太和菲立太太的兄弟，佇倫敦做代書，替人處理有關法律的工課。雖然佮班奈太太是姊弟仔，毋過伊人巧閣有教養，是捌看過世面的人。

嘉定太太 Ka-tīng thài-thài ｜ Mrs. Gardiner

嘉定先生的牽手，和翁婿全款是一个有教養、捌看過世面的人，是珍和伊俐莎白上蓋佮意的阿妗。

男主角的家庭佮親情朋友

達西先生 Ta̍t-si sian-sinn │ Mr. Fitzwilliam Darcy
男主角,佇德比郡有一座占地誠闊的花園別莊,叫做翩堡理山莊。伊生做緣投又閣好額,可惜袂曉做人,閣因為「傲慢」的態度,予伊差一點仔嘛佮幸福相閃身。

達西小姐 Ta̍t-si sió-tsiá │ Georgiana Darcy
達西先生唯一的小妹,減達西先生十外歲。個性閉思,頇顢佮人接接,不而過誠有才情,毋但會曉彈琴,閣會曉畫圖,是達西先生足疼惜的親人。

賓利先生 Pin-lī sian-sinn │ Mr. Charles Bingley
故事一開始眾人談論的好額人,男主角達西先生的好朋友。有人緣,個性溫馴、活潑閣好鬥陣,只不過較無主張,會受著朋友的影響,嘛因為按呢,差一點仔就放棄家己上佮意的人。

賓利小姐 Pin-lī sió-tsiá │ Ms. Caroline Bingley
賓利先生猶袂嫁的小妹。個性苛頭,心機帶重,心內看班家誠無目地,假影有心欲佮珍和伊俐莎白交陪,事實上是足怨妒伊俐莎白,若揣著機會,就會佇達西的面頭前予伊俐莎白落氣。

虎斯夫人 Hóo-su hu-jîn ｜ Mrs. Hurst / Louisa
賓利先生的姊妹仔，己經嫁翁，佮翁婿虎斯先生綴賓利先生做伙蹛佇尼德菲山莊，伊的面模仔雖罔生做誠婿，毋過做人囂俳，和賓利小姐全款看懸無看低。

蔚克漢先生 Uì-khik-hàn sian-sinn ｜ George Wickham
是達西先生佇翩堡理做伙大漢的囡仔伴。人緣投，勢弄嘐花，拄綴軍團佇庄裡出現的時，就共規庄仔頭的查某囡仔迷甲戀戀踅。

蒂寶夫人 Tì-pó hu-jîn ｜ Lady Catherine de Bourgh
達西先生的阿姨，高林先生的贊助人，做人實膜閣聳勢，佇地方上是喝水會堅凍的人物。伊認為全世界除了伊的查某囝，無人有資格嫁予達西先生。

蒂寶小姐 Tì-pó sió-tsiá ｜ Anne de Bourgh
蒂寶夫人的孤查某囝，身體荏閣閉思，無愛佮人接觸，有代誌攏愛倚靠奶母去講。

許隆上校 Khóo-liông siōng-hāu ｜ Colonel Fitzwilliam
蒂寶夫人的外甥，嘛是達西先生的姨表兄弟，是一位親切的紳士。伊嘛是達西小姐的監護人之一。

地號名對照
（按出現順序）

本冊使用漢字名	台語發音	原文
尼德菲山莊	Nî-tik-hui san-tsong	Netherfield Park
倫敦	Lûn-tun	London
呂家莊	Lū-ka-tsong	Lucas Lodge
浪保恩	Lōng-pó-un	Longbourn
翩堡理	Phian-pó-lí	Pemberley
麥里鎮	Beh-lí-tìn	Meryton
羅辛	Lô-sin	Rosings
漢斯福	Hàn-su-hok	Hunsford
德比郡	Tik-pí-kūn	Derbyshire
好德福郡	Hó-tik-hok-kūn	Hertfordshire
光明鎮	Kong-bîng-tìn	Brighton
藍白鎮	Nâ-peh-tìn	Lambton

一个少年又閣好額[1]的獨身仔，一定愛有一个家後，這是通人知的道理。

　是講，這个獨身仔到底是熊是虎，這就毋是討論的重點矣！橫直只要有這款人搬來做厝邊，厝邊隔壁逐个就目睭金金金，想空想縫[2]欲將家己的查某囝嫁予伊。

　班奈太太就是這款的查某人。

　這工，伊誠歡喜對翁婿講：「翁的！你敢有聽人講尼德菲山莊稅出去矣？」

　班奈先生聽著太太若火雞母的聲，目頭結結，回講無聽別人講起。

　「毋過，拄才來的郎太太已經全部講予我聽矣呢！」

　班奈先生猶是恬恬[3]。

　　班奈太太看個翁[4]無攬無拈[5]，就大聲共伊喝：「你敢無想欲知影到底是啥人[6]欲來蹛[7]？」

　　「你若想欲講予我聽，我是袂反對啦！」

　　「翁的，我共你講！郎太太講尼德菲山莊已經予一个對北部來的好額人稅去矣，頂禮拜一彼工，這个少年家仔坐一台四輪的來，呼！伊對彼間厝是滿意甲，隨就共決落來！聽講是九月底進前就會搬入來，伊後禮拜會派下跤手人先過來款厝內。」

　　「伊姓啥？」

　　「賓利。」

　　「娶矣未？」

「呼！猶未咧！翁的！我齊探聽清楚矣！一个猶未娶又閣好額的少年家仔，聽講干焦利息，一年就有四、五千英鎊！這對咱查某囝來講，真正是足好空的！」

「哼！這佮咱查某囝有啥底代啊？」

「老爺！你講彼是啥物話啦？你敢毋知這个人一定會娶咱其中一个查某囝？」

「喔！當時仔伊搬來遮蹛，心內撋[8]的是這款算盤喔！」

「撋啥物算盤啦？烏白講！毋過，伊一定會去煞[9]著咱查某囝，所以，伊若搬來，你隨就愛去伊遐行行坐坐咧，先熟似一下。」

「我看無這个必要，若欲，恁去就好。啊！我看你毋通綴[10]恁查某囝去啦！若無，親像你遮妖嬌美麗，凡勢[11]賓利先生煞著的人是你喔！」

「翁的，你是家己褒較袂臭臊[12]，是毋？論真講起來，人我少年的時是烏貓姊仔呢！只是講，現此時連查某囝都聽好通嫁矣，人哪看會佮意[13]我這个 oo-bá-sáng？」

「你講了嘛有影，像你食甲這个歲，免向望矣啦！」

「橫直賓利若搬來，翁的，你定著愛去拜訪！」

「哎！做這款代誌是欲創啥啦？」

「你嘛愛替咱彼幾个查某囝小拍算一下！這層姻緣若有成，喔！彼就不得了喔！我不管啦！你一定愛去！翁的，你無先去拜訪阮就去行踏，會予人笑阮大面神[14]啦！」

「敢會？恁就做恁去哪有要緊啦？我閣會寫一張批予你

紮過去，通予伊知影，毋管是佗一个查某囝，我攏誠歡迎伊來娶。尤其是咱俐絲，我一定會特別呵咾伊的。」

「都無咧痟講！我就是想無，俐絲曷無較出色，生做也無珍的一半仔媠，嘛無親像咱上細漢的好鬥陣，顛倒你上蓋疼伊。」

「咱彼幾个查某囝，按怎看攏全款性，無啥物會呵咾得的。」班奈先生講，「攏是無腦筋，做代誌攏用土想[15]的，俐絲就較有頭殼，加誠伶俐喔！」

「老爺！你哪會按呢講咱查某囝咧？你就是愛共我惱氣，一點仔都無帶念我腦神經衰弱。」

「某的，你誤會我誠深喔！我哪會敢無帶念你的神經咧？愛知呢，我佮你的神經捌退久矣，定定聽你不時咧提起，上無嘛聽欲二十冬有矣。」

「哎喲！你攏毋知影我的艱苦啦！」

「知也罷，毋知也罷。總是，你愛較緊好起來，按呢才會當看著一年有四千英鎊的少年家仔搬來做你的厝邊。」

「彼有啥物路用？就算來二十个，若攏無去共人拜訪，敢有較縒！」

「某的，你聽我講，若真正有二十个搬來做咱厝邊，我一定隨个仔隨个去拜訪。」

班奈先生就是遮爾仔詼諧[16]佮狡怪，雖然平常時仔無啥愛開喙，毋過若是欲佮人諍[17]，伊是袂輸人。班奈太太嫁伊嫁欲二十三冬矣，到今猶是掠伊的心肝掠袂著。

　　班奈太太這个人就較好理解矣。伊是一个番顛、愛踅踅唸 [18] 的查某人，性地若柴耙 [19] 咧，若無順伊的意就佇遐咧哼哼叫，講伊神經閣咧衰弱矣！伊人生上重要的代誌，是共彼幾个查某囡嫁出去。就按呢，伊就規工四界揣厝邊咧探聽，講東講西、拍抐涼 [20]。

1. 好額：hó-giáh，富裕、富有。
2. 想空想縫：siūnn-khang-siūnn-phāng，計畫性地想盡辦法做壞事。
3. 恬恬：tiām-tiām，安靜無聲。
4. 佪翁：in ang，她的丈夫。佪：第三人稱複數，亦作第三人稱所有格使用。
5. 無攬無拈：bô-lám-bô-ne，無精打采、沒精神，提不起勁的樣子。
6. 啥人：siánn-lâng，什麼人、誰。合音唸作 siáng。
7. 蹛：tuà，居住。
8. 擉：tiàk，彈指。擉算盤：比喻精打細算、籌畫使自己不吃虧。
9. 煞：sannh，渴望、迷戀某些事物。
10. 綴：tuè/tè，跟。
11. 凡勢：huān-sè，也許、可能。
12. 家己褒，較袂臭臊：Ka-kī po, khah bē/buē tshàu-tsho. 通常用來嘲諷往自己臉上貼金的人。
13. 佮意：kah-ì，喜歡。
14. 大面神：tuā-bīn-sîn，厚臉皮，不知羞恥的樣子。
15. 土想：thóo-siūnn，指思考行為未經縝密判斷。
16. 詼諧：khue-hâi，風趣。
17. 諍：tsènn/tsìnn，爭辯、爭執。
18. 踅踅唸：séh-séh-liām，一直重複嘮叨不停，說來說去都是說一樣的話。
19. 柴耙：tshâ-pê，形容很凶的女人。
20. 拍抐涼：phah-lā-liâng，沒有內容的隨興閒談。

2

　　班奈先生佇個某的面頭前，自頭到尾攏講無愛去，其實伊才是頭一个去拜訪賓利先生的人，而且是一直到彼工的下暗，班奈太太才知影。

　　彼暗，班奈先生看著伊俐莎白咧共帽仔妝媠媠[1]，雄雄開喙講：「俐絲，這頂帽仔閣誠媠咧，希望賓利先生會佮意。」

　　班奈太太無聽無打緊，一下聽就氣怫怫，講：「咱猶毋捌賓利先生，欲按怎知影伊有佮意無？」

　　「毋過，阿母！」伊俐莎白講，「閣過兩工仔咱就會當佇舞會看著伊矣！郎太太有答應欲替咱紹介。」

　　「捾籃仔假燒金！伊家己就有兩个查某孫等欲揣好翁，這个人自私甲，干焦假好心爾！我上看袂起的就是這款人！」

　　「我嘛看伊袂上目[2]！」班奈先生講，「你免伊來鬥無閒，

這好代啦！」

　　班奈太太連看嘛無欲共看，伊心內彼口氣一直袂敨，就開始罵大罵細。

　　「你莫閣嗽矣！綺蒂！你嘛較站節³咧！我的神經線予你嗽甲強欲煏⁴去矣！」

　　「綺蒂啊，你去掃著風颱尾矣！欲嗽也毋知愛揀時。」班奈先生笑咧對第四个查某囝講。

　　「我都毋是咧嗽趣味的講！」綺蒂感覺家己有夠無辜。

　　「俐絲，你講的舞會是佗一工？」

　　「對明仔載算起，佇兩禮拜後。」

　　「這聲好矣！」班奈太太大聲咻，「郎太太著愛佇舞會的前一工才有通轉來。照這款範勢⁵，連伊家己都猶毋捌賓利先生咧，是欲按怎做紹介人？」

　　「若按呢，婿某的，這擺你挂仔好會當占贏喔！換你來替伊介紹這个貴賓。」

　　「我？老爺！我哪有法度啦！我和伊也無熟無似啊！你是咧共我𠊎洗⁶siooh？」

　　「你遮爾謹慎，我誠敬佩！干焦捌兩禮拜，確實是袂當算有啥物交情！欲靠這兩禮拜的熟似，講欲完全了解伊是啥物款的人物，當然是無啥可能。」

　　班奈先生閣繼續講落去：「只不過，咱若無去試看覓，郎太太定著會把握這款機會喔！毋才講，若你無願意替郎太太介紹，無，就換我來，橫直郎太太一定會感受著咱的好意。」

聽到遮,規厝間的查某人攏咧掠班奈先生金金相。

班奈太太愈聽愈受氣,就大聲嗙:「我聽你咧講啥物烏魯木齊!」

「你遐大聲是欲創啥?」班奈先生的聲頭嘛無蓋好,「你的意思是,替人做介紹的禮數佮規矩,攏是烏魯木齊?若這,我無同意!瑪俐,阿爸知影你較有智識,讀冊閣會做筆記。無,換你來講看覓。」

瑪俐想欲講幾句仔較婿氣[7]的話,毋過,想規晡攏捎無半句來講。

「趁第三的猶咧想的時,咱閣將話題講轉來這位賓利先生。」

「諱[8]!莫閣提起這个名,我已經接載袂牢[9]矣!」

「接載袂牢?你哪毋較早講!若是早起時就聽著你按呢想,我就袂去行彼逝路矣!今,我去都去矣,日後佮伊交陪[10]是免不了的。」

果然!予班奈先生料甲準準準,規厝間的查某人聽著伊按呢講,攏驚一越,尤其是班奈太太,伊歡喜甲咻咻叫,講伊早就知影班奈先生定著會去拜訪賓利先生。

「這才是我的好翁婿!我就知影你早慢會聽我的話!遮好的對象你哪會甘放咧!哎唷!我誠實足歡喜的!啊你這个人嘛咧趣味,既然你下早仔就去矣,是按怎到今才欲講?」

「綺蒂,這馬你會當安心仔嗽矣!」班奈先生那講那行出去客廳。伊看著家己的太太為著這款代誌歡喜甲嚓嚓趒[11],

實在感覺足厭瘬[12]的。

　　客廳的門一下關，班奈太太隨就對全部的查某囝講：「恁老爸對恁實在有夠好！話閣講倒轉來，恁上蓋愛感謝的人是我才著！講較無輸贏的，若毋是為著恁，阮兩个老翁仔某攏食到這个歲矣，哪著出去交際應酬咧？喔！俐蒂亞！我的心肝仔寶貝，賓利先生百面[13]會揣你跳舞的！」

　　彼暝，班奈太太佮伊遐的查某囝全全咧討論賓利先生，臆看伊當時會來拜訪，閣按算揣一工欲請伊來食暗頓。

1. 妝媠媠：tsng-suí-suí，打扮得美美的。
2. 看袂上目：khuànn-buē/bē-tsiūnn-bák，看不上眼、輕視。
3. 站節：tsām-tsat，分寸。
4. 煏：piak，斷裂。
5. 範勢：pān-sè，情況、態勢。
6. 剾洗：khau-sé/sué，諷刺、挖苦人家。
7. 媠氣：suí-khuì，事情做得很完美，叫人激賞稱讚。
8. 謼：hooh，表達不耐煩的語氣，或驚訝、反應激動的感嘆詞。
9. 接載袂牢：tsih-tsài bē tiâu，支撐不住。
10. 交陪：kau-puê，應酬、交際往來。
11. 嚓嚓趒：tshiák-tshiák-tiô，活蹦亂跳、朝氣蓬勃的樣子。
12. 厭瘬：ià-siān，疲勞困乏、厭惡倦怠的感覺。瘬：指生理上的疲憊或心理上的厭煩。
13. 百面：pah-bīn，一定。

3

　講著這个拄搬來的賓利先生，規庄仔頭的 oo-bá-sáng 是頷頸仔筋伸甲長長長，逐家攏向望會當予賓利相著，按呢才有通招伊來厝裡做人客，嘛才有機會通共家己的查某囝嫁予伊。

　班奈太太就是這款的 oo-bá-sáng，伊講：「若準咱大漢的，會當做尼德菲山莊的女主人，賰¹的彼幾个閣共嫁嫁咧，我就出頭天矣！」

　班奈太太會按呢想，確實嘛有伊的道理，因為賓利搬來這个所在，頭一个去的就是班家。

　彼工來的時，賓利干焦佇書房坐十外分鐘就轉去矣。伊雖然佮班家的五个查某囝攏無拄搭，毋過班奈太太並無死心，隨就放帖仔去邀請賓利先生，招伊過兩工仔來食飯。

　　班奈太太心肝內的按算，就是希望賓利來食飯的時，會當趁這个機會，予家己的查某囝伨伊見面。

　　想袂到，賓利收著帖仔了後，煞[2]回批講伊有代誌，愛轉去倫敦一逝，無法度答應來班家食飯。

　　本成班奈太太誠失望，後來才知影，這改賓利先生會轉去倫敦，是想欲毛[3]伊的朋友來參加呂家莊的舞會。

　　呂家這家口仔，佮班家算是誠親的厝邊，兩家不時有來有去，尤其是呂家的大漢查某囝謝露提，是伊俐莎白的姊妹仔伴，所以呂家莊這改舉辦舞會，班家所有的查某人攏會去參加。

　　目一下𥍉，呂家莊辦舞會的這工來矣！

　　這暝，全部的人攏咧等賓利先生。逐个人早就聽著風聲，講這遍賓利會對倫敦毛十二个少年朋友來，內底閣有幾若个是猶未嫁的查某囡仔。聽著這，予在場的查某囡仔有淡薄仔懊惱。

　　好佳哉！綴賓利對倫敦做伙來的人，包括伊在內，才五个人爾爾。除了賓利佮伊的兩位姊妹仔，另外就是賓利的妹婿——虎斯先生，猶閣有一个誠緣投的紳士。

　　這五个一下踏入舞會現場，所有的目睭全掠咧金金相。

　　若講著賓利，真正是濟人呵咾少人嫌，講伊人範[4]好又閣親切；不而過，若欲論舞會當中上蓋顯頭[5]的，絕對是賓利毛來的朋友——達西先生。

　　拄開始，人看達西生做雅氣閣緣投，一下聽著伊比賓利

閣較有錢，逐家就用心計較，相爭欲佮伊相捌。

　　過無偌久，勢面就變矣！人人攏講達西誠囂俳[6]，閣歹鬥陣，和賓利比起來，袂輸是天差地全款。

　　後來，舞會內底的人就齊咧批評達西矣，閣講：「毋捌看過遮爾仔陰鴆[7]的人，像伊遮臭煬[8]，上好永遠莫踏入來咱庄仔頭。」

　　佇遮濟批評達西的人內底，上感[9]伊的應該愛算是班奈太太。

　　伊本底就對達西遐爾仔苛頭[10]誠不滿，閣予伊聽著這個查埔人，竟然看家己的查某囝無目地，班奈太太看達西就愈看愈感。

　　這場舞會男賓較少，伊俐莎白只好坐佇咧壁角，無通跳舞。就佇這時，達西佮賓利佇邊仔咧講話，聖拄聖[11]，個所講的話，就予伊俐莎白聽了了去矣。

　　賓利講：「看你一个人徛佇遮嘛誠無聊，緊去揣舞伴啦，佮阮做伙跳舞敢毋好？」

　　「免啦！你敢毋知我上感這項？你閣欲叫我佇遮跳？較莫咧！」

　　「無人親像你遐龜毛！」賓利應達西講，「自我出世到今，猶毋捌看過遐濟古錐的媠姑娘仔呢！」

　　達西攑頭[12]看對珍遐去，然後就對賓利講：「媠姑娘仔？啊！是啦！你的舞伴確實媠。毋過，規場嘛干焦伊這个有算媠爾。」

賓利講：「伊的小妹現此時就坐佇後壁，人這个姑娘仔嘛生做誠好看，我會當請我的舞伴替你介紹。」

「你是講佗一个？」聽賓利按呢講，達西就越頭眼[13]一下仔伊俐莎白，然後冷冷仔講，「是生做猶會看得啦！只是喔，我無想欲去承[14]人揀賰的。你猶是緊轉去揣你的舞伴，莫閣佇遮白了工。」

聽著遮的話，伊俐莎白猶原是坐甲定定定，並無受氣，顛倒共這段話當做是笑詼，講予呂家莊的大小姐，嘛是伊的好朋友——謝露提來聽。

這暗，班奈這口灶[15]的查某人，有影是樂暢。

賓利邀請珍跳兩改舞，每一个人攏看出出，伊對珍是不止仔有意思，這嘛予賓利的兩位小妹，對珍特別親切。遮的代誌看在班奈太太的眼內，心內是滿意甲。

就按呢，舞會結束了後，班奈太太轉來到厝，彼支喙若機關銃，按怎都停袂落來，翻來踅去，較講都是賓利邀請珍跳兩改舞的代誌。

班奈先生聽個某哩哩囉囉講袂煞[16]，大聲講伊無想欲聽。

班奈太太才無啊管待個翁，全款紲咧講：「賓利生做實在有夠緣投的啦！誠得我的緣！伊的姊妹仔嘛嬌甲，身軀頂穿的禮服蓋高尚，彼花樣喔……」

班奈先生聽著個某閣欲講衫仔範的代誌，隨就拍斷這个話頭。落尾，班奈太太就開始罵達西，講伊有偌爾仔毋捌禮數。

　　「毋過我共你講，咱俐絲嘛無損失。無合伊的意又閣按怎？遮爾仔顧人怨的人，咱免去共巴結！若是你有佇遐就好矣！翁的，你聽好當場共伊洗面[17]！哼！這个人實在足惡質[18]的！」

1. 賰：tshun，剩餘。
2. 煞：suah，竟然，表意外的意思。
3. 𤆬：tshuā，帶領。
4. 人範：lâng-pān，人品，指人的外在面貌或儀表。
5. 顯頭：hiánn-thâu，形象鮮明，引人注意。
6. 囂俳：hiau-pai，囂張，形容人的行為舉止放肆傲慢。
7. 陰鴆：im-thim，形容人的性格深沉，不易表露心事。
8. 臭煬：tshàu-iāng，神氣、臭屁，常用於對他人的貶詞。
9. 慼：tsheh/tshueh，怨恨、討厭。
10. 苛頭：khô-thâu，高傲、驕傲。
11. 聖拄聖：siànn-tú-siànn，無巧不巧。
12. 攑頭：giáh-thâu，舉頭、抬頭。
13. 眼：gán，瞄、看一下。
14. 承：sîn，接受、承接。
15. 這口灶：tsit-kháu-tsàu，指「這家子的人」，「口灶」為早期計算家庭的單位。
16. 煞：suah，結束、停止。
17. 洗面：sé-bīn，用言語挖苦別人。
18. 惡質：ok-tsit，惡劣、邪惡、壞透、居心不良。

4

　　人咧講「痎昫袂忍得嗽[1]」，舞會這暝發生的代誌，珍踏入去房間仔內，隨就共伊的心內話講予伊俐莎白聽。

　　珍講：「伊誠實是一个男子漢！毋但捌看過世面，親切又閣有人範，像賓利先生遮爾仔使人佮意的查埔人，阮猶是第一擺看著呢！」

　　伊俐莎白笑講：「賓利先生嘛生做誠緣投，這个人確實是袂嫌得！」

　　「伊第二改來邀請阮跳舞的時，阮的心肝頭噗噗惝[2]，講起來，伊實在看阮有夠重！」

　　「看你有夠重？才毋是咧！伊會閣來邀請你，彼是因為你媠甲無地比！是啦！你會佮意伊，我嘛袂意外，橫直早前你連浮浪貢[3]的嘛捌佮意過。」

「哎喲！俐絲！我的好小妹仔！」

「像你遮爾仔巧閣善良，凡事攏嘛講好無講歹。若照按呢看來，你應該嘛誠佮意賓利彼兩个姊妹仔敢是？」

「賓利小姐講，伊以後會來佮伊的阿兄蹛做伙，替伊管厝內，我相信個以後一定是咱的好厝邊。」

聽著珍講這款話，伊俐莎白原底想欲講的話，就吞落去腹肚內。

講起來，伊俐莎白對這兩位賓利小姐並無好印象，在伊來看，這兩个人毋但看懸無看低，閣真勢張身勢[4]，伊俐莎白確實無親像珍遐爾仔好諞[5]。

坦白講，這兩位賓利小姐的外表誠高雅，歡喜的時陣，講出來的話嘛心適心適，若拄著有個想欲交陪的人，態度嘛足親切。

猶毋過，這兩个賓利小姐的囂俳個性是掩崁[6]袂牢的，個每一个人攏有兩萬英鎊的財產，交陪的齊是好額人。佇個的心內，總是感覺家己比別人較高尚。

賓利佮達西是好朋友，雖然講這兩个人的個性完全無仝，猶毋過，個兩个感情好甲袂輸兄弟仔。

賓利溫馴、性地好，是達西有錢無地買的好朋友；達西這个人雖然實膜[7]，賓利煞認為這是伊比家己較有見解的關係，所以兩个人鬥陣久了後，達西講啥，賓利就相信啥。

只是講，達西這个人目頭懸，袂笑面閣苛頭，雖然人範袂穤，毋過彼款高高在上的派頭，真予人倒彈[8]；賓利就無仝

矣，無論伊行到佗位，攏真好鬥陣，袂親像達西按呢，四界去共人得失。

賓利對這場舞會是滿意甲，尤其對珍的印象特別好，一直呵咾伊誠婿，無人會比並得。

達西對舞會的感受就無全矣！在伊看來，遐的攏是粗魯人，全然綴袂著時代。達西對賓利所講的班奈大小姐，雖然嘛感覺伊生做誠好看，猶毋過，對伊彼款磕袂著就笑的模樣，猶是認為班奈大小姐無夠大端 [9]。

兩位賓利小姐攏感覺達西講甲誠對同 [10]。

講是按呢講，個嘛同意班奈大小姐是一个誠婿的人，日後若欲閣交陪，個是袂反對啦！

1. 瘄呴袂忍得嗽：He-ku bē/buē lún tit sàu. 比喻心中有話要說，不吐不快。
2. 噗噗惝：phók-phók-tshíng，噗噗跳。
3. 浮浪貢：phû-lōng-kòng，游手好閒、不務正業、玩世不恭的人。
4. 張身勢：tiunn-sin-sè，攏架子。
5. 諞：pián，詐欺、拐騙。
6. 掩崁：am-khàm，隱瞞、包庇。
7. 實膜：tsát-móoh，不乾脆。
8. 倒彈：tò-tuānn，厭惡噁心、情緒的反彈。
9. 大端：tāi-tuan，大方、賢淑、端莊。
10. 對同：tuì-tâng，吻合、恰當。

5

呂卡斯先生是佇倫敦做生理起家的，後來規家伙仔搬來庄跤，呂卡斯先生就佇浪保恩無偌遠的所在，買一間厝蹛落來，這間厝伊就共號做「呂家莊」。

自從搬來呂家莊蹛，呂卡斯先生和這個庄頭的人有咧盤撋[1]，予伊佇地方上人緣誠好。

呂家有幾若個囡仔，上大漢的查某囝謝露提，量約二十六、七歲，是伊俐莎白的查某囡仔伴。舞會過了後的隔轉工，呂家的這幾個查某囡仔，就走來浪保恩遮開講。

班奈太太看著謝露提，誠客氣講：「喔！昨暝你是頭一个佮賓利先生跳舞的呢！」

謝露提講：「毋過，在我來看，伊較佮意第二个舞伴喔！」

「我咧想，你是咧講珍乎？有影！看昨暝彼號範勢，賓

利先生確實誠佮意阮珍呢！」

「我有聽人講達西先生誠歹剃頭²。閣聽著伊對咱伊俐莎白的批評，予人心肝頭有夠慒³。」

「喔！較拜託咧！莫閣提起這个人！聽著我就規腹肚火！規暝坐佇遐，若噁口咧，真正苛頭甲欲死無人！」

珍聽著班奈太太按呢講，就輕聲講：「阿母，你誤會矣！我聽賓利小姐講達西先生這个人本成就誠恬，無啥愛講話。」

謝露提對班奈太太講：「我較氣伊彼時無欲和伊俐莎白跳舞。」

班奈太太講：「俐絲啊！我若是你，若閣拄著，絕對無欲佮伊跳舞。」

伊俐莎白講：「阿母，你想傷濟矣啦！以後無和伊跳舞的機會矣啦！」

謝露提講：「莫怪伊的目頭會遐爾仔懸，親像伊這款萬項攏占贏的人，若換做是我，目睭嘛會生佇咧頭殼頂。」

伊俐莎白講：「若伊無來共我欺⁴，凡勢這款聳鬚⁵的態度，我嘛會當接受。」

「我認為驕傲是通人有的症頭！」瑪俐感覺家己的見解一向比人較高明，就大聲對逐家講，「無論是啥人，攏會因為有兩步七仔⁶就來臭煬，這是人的本性，無啥物通奇怪的。」

1. 盤撋：puânn-nuá，指人與人之間互相交往。
2. 歹剃頭：pháinn-thì-thâu，形容人難相處，或事情難應付。
3. 懆：tso，心煩意亂；心中或胸口氣悶不順，像針刺般難受。
4. 敧：khia，刁難。
5. 聳鬚：tshàng-tshiu，引申為囂張、逞威風。
6. 兩步七仔：nñg-pōo-tshit-á，形容人對事情有一點處理的本事、能力。

6

　　彼工的舞會過無偌久，班家的五位小姐就佮兩位賓利小姐開始有往來。

　　兩位賓利小姐客氣是真客氣，毋過個假仙假觸[1]的模樣，予伊俐莎白看著真凝[2]。伊知影若毋是賓利先生已經予珍迷去矣，賓利的這兩个小妹，才袂來佮個相交插[3]。

　　伊俐莎白知影珍對賓利先生嘛有意思，只是講，珍的個性較定著[4]，萬項代誌攏囥[5]佇心內，所以伊對賓利的態度予外人捎無摠[6]。

　　這工，佇呂家莊開舞會，班家佮賓利這兩家的人，攏予人邀請來做客。

　　揣著機會，謝露提就對伊俐莎白講：「男女之間的感情，隨緣是袂有結果的。有一分的好感，就愛加倍共展出來！親

像恁阿姊按呢無要無緊，會予賓利先生對伊的熱情，連鞭[7]就火化去矣[8]。」

伊俐莎白講：「無要無緊？以阮阿姊的個性，伊對賓利會使講是誠熱情的呢！賓利都毋是戇的，敢看袂出來？」

謝露提講：「我認為珍愛閣較主動咧！愛先予賓利對伊煞心[9]，以後才沓沓仔談戀愛，按呢會較妥當喔。」

伊俐莎白講：「未來，我若想欲揣一個好額人來嫁，一定會學你這招。可惜，珍毋是我，伊佮賓利先生嘛才捌兩禮拜爾，你這招對伊來講，無效啦！」

伊俐莎白干焦顧咧開講爾，全然無發覺佇達西的內心，對伊的感覺嘛開始起變化矣。

頭起先，達西看伊俐莎白誠袂上目；第二改見面的時，猶閣咧嫌東嫌西。只是講，毋知是達西頭殼去想著啥，抑是伊俐莎白彼蕊目睭誠實會放電，予達西按怎想都想袂著，伊會予眼前的這個查某囡仔電著。

達西發覺伊俐莎白的兩蕊目睭圓輾輾，予伊規个面看起來活靈靈，變甲媠噹噹。

達西為著欲接近伊俐莎白，就一直咧聽伊佮別人講話，最後，連伊俐莎白本人嘛注意著矣。

伊俐莎白問謝露提講：「達西先生是啥意思？一直偷聽我佮人咧講話。伊若欲閣按呢，我欲予伊好看！」

聽著伊俐莎白按呢講，謝露提就一直使弄[10]伊過去，尾手，伊俐莎白袂堪得激，就大步過去問達西。

「達西先生，拄才我佮人咧講舞會的代誌，你感覺我的話講甲有婿氣無？」

「有影！便若講著舞會，所有的查某人，攏會歡喜甲反過。」

「達西先生你按呢講，實在有較鹹[11] 呢！」

「伊俐莎白，換你去食著鹹[12] 矣乎！」謝露提講，「來啦！我來去彈鋼琴，予你唱一塊仔歌，無定著人就會袂記得你講啥矣啦！」

「世間哪有親像你這款朋友啦！磕袂著就欲叫我唱歌！你看今仔日在場的人，我看，我猶是莫卸世卸眾[13] 較好啦！」

最後，伊俐莎白猶是袂堪得謝露提三姑情四拜託，只好講：「好啦！好啦！恁都毋甘嫌矣，我就來獻一塊歌曲予恁聽。」

伊俐莎白共面向對達西遐去，講：「人攏會講伊會做遐的代誌是姑不而將[14]，現此時，我毋才真正是姑不二三將。」

論真講，伊俐莎白的歌唱了誠實袂穩，毋過，兩條歌唱煞了後，琴就隨予家己的小妹瑪俐搶過去。

瑪俐這个人無啥物料，是古板閣愛人褒的學仔仙，伊共別人呵咾伊、叫伊閣彈落去的客氣話，當做是真的。就按呢，鋼琴規暝攏予伊霸牢咧，磕磕彈袂煞。

另外一個房間仔內，班家上細漢的彼兩個，佮呂家的查某囡仔絞做伙，佮民兵團的士官嘻嘻嘩嘩那咻那跳舞，嚷甲連天篷都強欲夯去。

達西看著這款情景，愈看是愈幌頭，感覺這款吵吵鬧鬧的場面，哪有夠格講是社交咧？就按呢，伊就激一个面腔[15]，恬恬徛佇邊仔，無閣插別人。

這个時陣，呂卡斯先生行倚過來，揣話頭想欲和達西先生接接[16]，拄好伊俐莎白行對遮過來，所以呂卡斯先生就開喙矣：

「伊俐莎白，你哪會無去跳舞咧？達西先生，予我來介紹這个媠姑娘仔，你若想欲跳舞，定著愛揣伊來做你的舞伴！」

呂卡斯先生那講那扶伊俐莎白的手，欲將伊交予達西。

就佇達西欲共手伸出去彼時，伊俐莎白無張無持共手勼轉來，對呂卡斯先生講：「坦白講，我無想欲跳舞，我行來遮，嘛毋是欲揣舞伴的。」

這時，達西毋但無受氣，顛倒誠好禮，講敢有彼个榮幸會當邀請伊俐莎白跳一曲舞？

伊俐莎白煞共拍銃[17]，無論呂卡斯先生佇邊仔按怎苦勸攏無效。落尾，伊俐莎白文文仔笑，共達西眼一下，就越頭做伊走。

伊俐莎白這款態度，並無共達西心內的愛慕拍無去，伊顛倒佇心內，不時咧想伊俐莎白的面容。

達西的表情，共賓利小姐哐[18]過來。

賓利小姐講：「我知影你心內咧想啥！」

達西講：「我保證你想無。」

「你一定咧想，這陣人足無水準，吵吵鬧鬧，若鼓井水雞仝款。」

「講你毋知我咧想啥，你閣毋信！現此時，我心內所想的，是彼兩蕊目睭哪會遐爾仔嬌？生佇伊的身軀頂，真正雅氣，無人可比。」

賓利小姐聽著伊按呢講，隨恬去，目睭褫[19]甲大大蕊問達西，這个予伊講甲若天仙的美女，到底是啥人？

達西講：「伊俐莎白·班奈小姐。」

「伊俐莎白·班奈小姐！」賓利小姐綴咧閣講一擺，「哪有可能？你到底是對啥物時陣開始的？當時才會當去啉怹的喜酒？」

「我就知影你一定會按呢問！才咧講我欣賞爾，看你隨就講甲欲去啉喜酒矣！」

「你這个人若誠實有佮意，婚事的代誌就定矣！只是講，你彼个未來的丈姆誠迷人呢！日後定著會去翩堡理山莊，佮怹蹛一世人。」

聽著賓利小姐這款剾洗的話，達西並無要意。現此時佇伊的心內，啥物都無，干焦彼雙活靈靈的目睭。

1. 假仙假觸：ké-sian-ké-tak，假惺惺、佯裝。
2. 凝：gîng，指心情上鬱結、懊惱。
3. 相交插：sio-kau-tshap，打交道。
4. 定著：tiānn-tióh，穩重。
5. 囥：khǹg，存放。
6. 揣無摠：sa-bô-tsáng，不得要領、抓不到頭緒。
7. 連鞭：liâm-mi，馬上。
8. 火化去矣：hué hua--khì--ah，火熄滅了，也引申為表示「慘了、糟了、完蛋了」的感嘆詞。
9. 煞心：sannh-sim，渴望、盼望。
10. 使弄：sái-lōng，挑撥、唆使。
11. 較鹹：khah-kiâm，原指味道較鹹，在此引申為講話稍嫌苛薄。
12. 食著鹼：tsiáh-tióh-kinn，鹼油有腐蝕性，直接飲用會使胃腸受損，引申為「非常吃虧、受到大損失」的意思。
13. 卸世卸眾：sià-sì-sià-tsìng，丟人現眼。
14. 姑不而將：koo-put-jî-tsiong，不得已、無可奈何。
15. 面腔：bīn-tshiunn，面貌。激面腔：擺個不好的、難看的臉色。
16. 接接：tsih-tsiap，接洽。
17. 拍銃：phah-tshìng，打槍、拒絕。
18. 唌：siânn，引誘。
19. 裼：thí，張開、展開。

7

　　離浪保恩差不多一里路的所在，有一个較鬧熱的鄉鎮，叫做麥里鎮。班奈太太的小妹——菲立太太就蹛佇咧遮。

　　個兜隔壁的帽仔店，是班家兩个上細漢的查某囝——綺蒂佮俐蒂亞上愛去的所在。個不時去踅買東買西，閣兼探聽一寡五四三的。

　　聽講，最近有一團民兵團欲佇麥里鎮駐軍。這个消息，予班家的這兩个查某囡仔痟甲，逐日都走去揣個阿姨，若毋是問軍官的名，無，就是問人娶矣未？仙問都問袂癉。

　　班奈太太嘛佮這兩个查某囝全款，三个查某人，開喙合喙，見講攏是民兵團的消息，予班奈先生聽甲會幌頭。

　　班奈先生講：「我早前就咧懷疑怹的頭殼是毋是破一空？今仔日看來，誠實是規欉好好[1]！」

班奈太太聽翁婿按呢講，就共黜臭[2]：「哪有親像你這款老爸，磕袂著就咧咒讖[3]家己的查某囝？」

　　「人若戀，著愛有自覺！圓仔花若閣毋知影穗，是會笑破人的喙喔！」

　　「翁的，咱的查某囝全攏巧閣婿，有佗一个是戀的？」

　　「咱彼兩个細漢的，規工為著外口的查埔人踅玲瑯[4]，這敢無戀？」

　　「老爺！咱這兩个猶少歲，你就莫向望個會當親像彼兩个大漢的按呢，遐爾仔捌代誌。」

　　就佇這時，有一位使用人[5]提一張批行入廳來，這是賓利小姐寫來欲邀請珍去尼德菲山莊的批信。

　　賓利小姐佇批內寫著賓利先生和朋友，全去麥里鎮佮民兵團的軍官食飯，所以留佇尼德菲的這對姊妹仔，無聊甲強欲起冤家。賓利小姐希望珍會當過去佮個兩个人做伴。

　　這張批，予班奈太太歡喜甲目睭金爍爍，隨就交代珍莫坐馬車去，上好用行的。天看起來就欲落雨矣，若誠實落雨，珍就會當佇尼德菲山莊蹛落來。

　　班奈太太講：「若珍無馬車通送伊轉來，就愛留佇尼德菲過暝矣！天公伯仔，我愛拜託你，較緊落雨咧，通予阮阿珍的留踮遐！」

　　人講「有拜有保庇」就是按呢！珍才離開厝無偌久，外口就開始落大雨，班奈太太是歡喜甲，直直褒家己是皇帝喙，見講見對！

第二工透早，尼德菲山莊派下跤手人，送一張批過來予伊俐莎白，這張批是珍寫的。

親愛的俐絲：

今仔日透早，我人誠無爽快，可能是昨昏沃雨才去予感著。賓利先生有倩醫生來共我看，你毋免煩惱，我只是頭殼佮嚨喉咧疼爾爾，無蓋嚴重。

阿姊

班奈先生知影查某囝破病了後，就罵個某講：「若恁查某囝有啥物三長兩短，全是你造成的！啥人叫你欲使弄伊佇落雨天出門！」

「你是騙痟的是毋！哪有人感著就會有三長兩短？尼德菲的人，定著會共咱查某囝款待甲誠四序[6]，就予珍躅遐，保證平安無代誌。」

聽著珍破病矣，伊俐莎白是著急甲，決定欲去尼德菲山莊行一逝。

只是講，伊無馬車通坐，又閣袂曉騎馬，干焦會當恬[7]行的。

班奈太太聽著講伊俐莎白欲行路去，開喙就罵：「你是頭殼歹去是無？規路攏漉糊糜仔，等你行到位，你彼規身軀，敢會看口得？」

伊俐莎白講：「我是欲去看珍，曷毋是我欲予人看。」

班奈先生講：「你敢愛我想辦法去攢[8]一台馬車予你坐？」

伊俐莎白講：「才三里路爾，哪有啥困難？你放心，恁食暗進前，我就會轉來。」

伊出門了後才發覺，這三里路，行起來毋是伊所想的遐爾仔平順。

伊俐莎白迂[9]過一逝閣一逝的田岸，跳過一个閣一个的水窟仔，雙跤是行甲痠搐搐強欲袂接力[10]，襪仔是澹糊糊閣滒[11]垃圾[12]。路行甲遮爾仔遠，予伊俐莎白到尼德菲山莊的時，規个面是紅記記。

當伊出現佇尼德菲山莊客廳的時，逐家攏掣一逝[13]，尤其是賓利小姐，伊感覺這件代誌真諏古[14]，有啥人會一透早，閣規塗跤澹漉漉，行三里遠的路來遮？

達西看著規个面紅牙紅牙[15]的伊俐莎白，心內不止仔痴迷，只是翻頭伊閣嫌伊俐莎白無理智，嘛感覺伊一个人行遐遠的路來遮，實在無必要。

原底，珍嘛向望有厝裡的人來陪伊，毋過驚個煩惱，佇批內底就毋敢寫出來。無料想著，伊俐莎白雄雄傱來尼德菲山莊，予珍歡喜甲。雖然人猶咧發燒，身體誠虛，好佳哉小妹貼心來做伙，予伊加足安心。

伊俐莎白佇房間陪伴珍，一直到下晡三點的時，伊驚來齪嘈[16]傷久，會予尼德菲的人嫌，就欲來相辭。

啥人知，珍誠希望伊俐莎白會當留落來陪伊，直直央求。看著這款勢面，賓利小姐只好共伊俐莎白留落來加蹛幾工仔。

1. 規欉好好：kui tsâng hó-hó，台語歇後語，延伸為「無剉」（bô-tshò），
   與台語「無錯」音同，表示「沒錯」。
2. 黜臭：thuh-tshàu，揭人家的瘡疤、短處。
3. 咒讖：tsiù-tshàm，埋怨、數落、詛咒。
4. 踅玲瑯：sèh-lin-long，繞圈子。
5. 使用人：sú-iōng-lâng，僕人、傭人、手下。
6. 四序：sù-sī，井井有條。
7. 怙：kōo，依靠、憑藉某種方式來達到目的。
8. 攢：tshuân，張羅、準備。
9. 迒：hānn，跨過、越過。
10. 接力：tsih-la̍t，承受重量。
11. 滒：kō，沾染。
12. 垃圾：lah-sap，骯髒。
13. 掣一趒：tshuah tsi̍t tiô，嚇一跳。
14. 譀古：hàm-kóo，指荒誕不實際的故事。
15. 紅牙：âng-gê，豐滿而帶有紅色的光澤。
16. 齪嘈：tsak-tsō，打擾。

8

伊俐莎白留佇尼德菲的頭一暝，伊予主人請落去樓跤做伙食暗。

伊俐莎白落來樓跤，尼德菲的人全倚過來問珍的病情，尤其是賓利先生，看會出伊是誠關心。

兩位賓利小姐，雖然開喙合喙攏咧操煩珍的病情，只不過，佇這款鋪排話[1]講煞了後，就若親像佮個攏無底代，這兩个人就連講都攏無講著珍矣。

這款態度，予伊俐莎白看在眼內，對這對姊妹仔就閣較倒彈，若毋是賓利先生的關係，伊連一觸久仔[2]都無想欲佮遮的人鬥陣。

就按呢，暗頓食煞，伊俐莎白隨就趕緊去和珍做伴。

伊一下離開，賓利小姐隨佇後壁講尻川後話，嫌伊俐莎

白毋捌禮數，譬相[3]甲無一塊仔好。

賓利小姐講：「敢若瘠查某咧！伊來是欲創啥？就為著個姊仔去感著？規个頭毛掔氂氂[4]！裙尾的內裡予漉糊糜仔浸差不多有六吋，伊閣想欲用外口裙來閘，諞！哪掩會牢啦！」

賓利講：「我無看你講的裙尾是有偌驚人[5]，顛倒我感覺伊的面色誠有精神。」

賓利小姐看家己的阿兄無想欲攑[6]柴添火著，就翻頭去問達西：「達西先生，你敢會予怹小妹看起來親像伊遐狼狽？」

達西應講：「我當然嘛毋甘！」

賓利小姐講：「達西先生，阮誠替伊煩惱，這改伊遮爾仔衝碰[7]，毋知敢會影響著你對伊彼兩蕊媠目的愛慕？」

達西講：「當然嘛袂！伊行這逝路了後，彼對目睭更加有神矣！」

佇尻川後，個的話講甲遮爾歹聽是無毋著。毋過，賓利小姐佇珍的面頭前煞是溫柔甲、體貼甲，閣陪伊講誠濟話，才落去樓跤。

珍的病情並無較好，伊俐莎白一直纏綴[8]佇伊的身軀邊，看伊睏落眠了後，為著禮數，伊俐莎白才離開房間，落樓跤去佮尼德菲遐的人交陪。

佇大廳，所有的人當咧奕牌仔，看伊俐莎白行入來，就開喙招伊欲做伙奕。

伊俐莎白煞講，伊猶是看冊好矣。賓利聽著按呢，就隨

對冊桌仔頂懸提一寡冊予伊俐莎白。

　　賓利小姐講：「誠奇怪，咱阿爸哪會干焦留這幾本冊爾？達西先生，恁翩堡理書房內底的冊，真正無人會比並得。」

　　達西講：「彼是幾若代傳落來的，毋是我的功勞。」

　　賓利小姐又閣問達西：「對春天到今，達西小姐抽挩[9]矣乎？以後伊敢會生做和我平懸？」

　　達西講：「伊這馬量其約[10]有伊俐莎白‧班奈小姐遐懸矣！嗯！恐驚閣較懸一屑仔[11]。」

　　賓利小姐講：「無人親像達西小姐按呢，遮爾仔有我的緣！伊毋但面模仔媠，又閣捌禮數，人少歲，閣逐項會。」

　　賓利講：「這馬的查某囡仔哪會攏遮才情啦！刺膨紗、款厝內、繡花、做裁縫逐項會，逐个攏是才女！」

　　達西講：「你的標準實在有夠低！你講的彼，查某人敢毋是攏愛會曉？按呢就欲叫做才女？我捌遐濟查某囡仔，毋過，擔當會起才女名號的，算算咧，無六个。」

　　伊俐莎白問：「照你按呢講，欲予你叫做才女，定著愛合足濟條件囉？佇你的心目中，愛啥物條件才有夠格？」

　　達西都猶未開喙咧，伊彼个應聲鑼[12]賓利小姐就講：「彼是當然的！一个有內才[13]的女性，毋但聲音愛好、行踏幼秀、穿插[14]入時、打扮雅氣，又閣愛會彈、會唱、會畫、會寫。上重要的是，講話表情攏愛古錐閣得人意，若無，就無夠格。」

　　達西閣補一句話講：「除了遮的條件，閣愛對讀冊有興

趣,按呢才會有智識。」

伊俐莎白講:「莫怪你干焦捌六个才女爾爾,聽恁講了,我足懷疑敢誠實有這款人的存在?」

聽伊俐莎白按呢講,賓利小姐隨就抗議,講伊哪通遮爾仔看輕查某人,閣講恁個的朋友內底,符合這款條件的人閣不止仔濟。

伊俐莎白無想欲佮伊諍落去,隨就冊提咧,行起去樓頂。

伊俐莎白行出去了後,賓利小姐鹹閣澀的話就忍袂牢矣:「有一寡查某人,為著欲予人看較有,就會講其他女性無夠好,伊俐莎白就是這款人。哼!這款無品[15]的人我看伊無啦!」

達西聽會出來,這幾句話是刁工[16]講予伊聽的,就講:「若是查某人為著欲引起查埔人的注意,使心機,用計謀,這款的誠實卑鄙,予人看著就感。」

賓利小姐聽伊按呢講,煞毋知欲應啥,就無閣講落去矣。

1. 鋪排話：phoo-pâi-uē，門面話、應酬話。
2. 一觸久仔：tsit-tak-kú-á，一會兒、一下子。
3. 譬相：phì-siùnn，尖酸地諷刺、奚落。
4. 挐氅氅：jû/lû-tsháng-tsháng，形容非常雜亂、毫無條理。
5. 驚人：kiann-lâng，「骯髒不堪」的婉轉說法。
6. 攑：giah，拿。
7. 衝碰：tshóng-pōng，衝動。
8. 纏綴：tînn-tuè，人與人之間的交際往來。
9. 悢：lò，形容人長得高。
10. 量其約：liōng-kî-iok，大概。
11. 一屑仔：tsit-sut-á，一點點。
12. 應聲鑼：ìn-siann-lô，華語「應聲蟲」的意思。
13. 內才：lāi-tsâi，一個人的內在修為、學識、才華。
14. 穿插：tshīng-tshah，穿著、打扮。
15. 無品：bô-phín，人格、人品卑劣。
16. 刁工：thiau-kang，專程。

9

　　珍佇伊俐莎白來的彼暝，病情雄雄反症[1]，雖然醫生閣有來看過，賓利小姐是感覺珍應該去倫敦，揣較有名的醫生看。落尾是賓利堅持，講珍上好莫徙振動，留佇尼德菲療養就好。

　　伊俐莎白表示伊會佇珍的身軀邊照顧，若明仔載無起色，才按賓利小姐的建議，去倫敦揣較有名的醫生來治療。

　　隔轉工，珍的病情總算有較好矣。透早起來，伊俐莎白就對賓利先生表示，希望有人會當去浪保恩，共班奈太太請過來看一下，按呢較安心。

　　無偌久，班奈太太就焄上細漢的兩位查某囝過來尼德菲山莊。

　　頭起先，班奈太太猶誠操煩，現場看著珍毋是蓋嚴重，操煩的代誌就換做別項囉！伊足煩惱珍會好了傷緊氣[2]，若按

呢,珍就無理由閣躊落去矣。

　　班奈太太隨機應變講:「哪會遮嚴重啦!醫生講伊按呢,上好是毋通徙振動。」

　　賓利講:「伊哪會當搬徙?絕對袂使啦!阮攏無贊成伊這馬搬轉去。」

　　聽著賓利先生按呢講,賓利小姐只好嘛綴咧安搭班奈太太,叫珍愛安心仔躊落來,個會好好仔共照顧。

　　賓利小姐講是講甲真客氣,彼个口氣煞真冷淡。

　　班奈太太聽著主人已經講欲予珍躊佇遮,就開始哩哩囉囉,講一大堆呵咾尼德菲山莊的話,閣叫賓利先生愛佇遮定居落來。

賓利應講：「我這个人袂厚沙屑[3]，若欲離開尼德菲，五分鐘就隨決落來。毋過，這馬我已經決定欲蹛佇這个所在矣！」

伊俐莎白講：「你這个人的個性，予我料甲準準準。」

賓利講：「你猶閣有咧研究人的個性喔？」

伊俐莎白講：「是啊！尤其是研究個性複雜的人，更加有意思！」

達西講：「佇庄跤所在，會當予你研究的對象大概無濟，因為四箍輾轉[4]攏遮的人，個性嘛欲全欲全。」

班奈太太感覺達西先生按呢講，就是看遮的人無夠重，風火[5]就著矣：「研究人性這款代誌，阮庄跤所在的人，無輸予恁都市啦！」

聽著班奈太太遮爾仔無禮貌，達西干焦眼一下，一句話都無講，隨就行離開跤。

班奈太太叫是[6]家己諍贏矣，話就一睏頭全全講出來：「倫敦是有啥物好的？干焦店較濟，人較㤉[7]爾，是有啥通稀罕咧！阮庄跤的景緻，毋才真正媠！賓利先生，你講是無？」

賓利笑笑仔應講：「有好有䆀啦！我來庄跤生活，是過了足歡喜；毋過，我佇都市嘛是全款樂暢。」

「彼是你個性好毋才按呢生！」班奈太太遠遠看一眼達西，講，「恁彼个好朋友就無按呢想矣！若親像阮庄跤無一塊仔好。」

聽著班奈太太遮爾仔失禮，伊俐莎白見笑[8]甲規个面紅絳

絳[9]，講：「阿母，你誤會達西先生的意思矣！伊只不過是講庄跤和都市袂比得，無法度拄著遐濟人，伊講的並無毋著。」

班奈太太誠不服，講：「咱這庄嘛算是大庄頭啊！我相信會比咱庄較大的嘛無幾个囉！干焦佮咱有交陪的，算算咧，上無嘛有二十四戶。」

若毋是顧著伊俐莎白的面子，賓利當場早就笑出來矣！賓利小姐用看好戲的表情，對達西使一个目箭[10]過去。

為著無欲予班奈太太繼續講落去，伊俐莎白就換一个話題，講：「阿母！謝露提敢有來？」

「無。賓利先生，毋是我咧講，呂家這幾个查某囝，人是攏袂穤，可惜生做攏無媠。我毋是咧嫌謝露提穤喔！阮佮伊的交情是誠深咧！」

賓利講：「在我來看，謝露提這个小姐閣誠古錐。」

「古錐是誠古錐，煞佮阮珍袂比得！這就毋是我咧膨風！規庄仔頭的人攏嘛講阮珍上媠。早前，珍去倫敦阮小弟遐蹛，才十五歲爾，隨有人去煞著伊。」

聽著家己的阿母，見講攏講這五四三，伊俐莎白無耐性閣聽落去矣，又閣驚伊毋知會舞佗一齣，本成想欲先講先贏，煞想袂出欲講啥，規个客廳就攏恬恬無人講話矣。

恬一睏仔去了後，班奈太太閣一擺向賓利先生說多謝，感謝個遮爾仔照顧珍，閣對伊俐莎白好禮仔款待，伊是真感心。

綴班奈太太來的彼兩个細漢查某囝，早就嗤舞嗤呲[11]講

誠久去矣，最後恁欲離開的時，上細漢的俐蒂亞雄雄對賓利開喙，要求伊愛恁德菲山莊開一擺舞會。

俐蒂亞才十五歲，生做肥軟仔肥軟，身材發育甲誠大人款，是班奈太太的心肝仔寶貝，寵倖[12]甲強欲跙上天。這個查某囡仔做代誌無站節，因為不時去麥里鎮參加酒宴，予彼篷的姣仔詼[13]的軍官，扶[14]甲毋知家己幾兩重，閣誠無禮貌對賓利講，若無照品[15]照行，未來恁地方上就誠歹徛起[16]！

「等恁阿姊身體好原全，我定著會恁遮開舞會，做你放心！」

賓利的回答予班奈太太誠滿意，全然無發覺著家己的查某囝講遮的話，有偌爾仔無禮。

1. 反症：huán-tsìng，指病情轉好又惡化的轉變。
2. 緊氣：kín-khuì，迅速。
3. 厚沙屑：kāu-sua-sap，形容一個人既囉嗦又挑剔，很難伺候。
4. 四箍輾轉：sì-khoo-liàn-tńg，四周、周遭。
5. 風火：hong-hué，火氣、怒氣。
6. 叫是：kiò-sī，誤認、以為、錯認、誤當作是。
7. 映：kheh/khueh，擠。
8. 見笑：kiàn-siàu，羞恥、羞愧。
9. 紅絳絳：âng-kòng-kòng，形容顏色極紅。
10. 使目箭：sái-ba̍k-tsìnn，通常指女性用嬌媚動人的眼神，對別人表達情意。
11. 嗤舞嗤呲：tshi-bú-tshih-tshū，說話小聲怕別人聽見的樣子。
12. 寵倖：thíng-sīng，溺愛、過分寵愛。
13. 姣仔詼：tshit-á-khue，指喜歡用言語挑逗女子的男人。
14. 扶：phôo，奉承、巴結。
15. 品：phín，約定、議定。
16. 徛起：khiā-khí，立足。

10

　　班奈太太轉去了後，彼暗，珍的身體有較爽快矣，伊俐莎白就落去客廳，佮尼德菲的人交陪。

　　這暗無人咧奕牌仔，達西當咧寫批予家己的小妹，賓利小姐就坐踮邊仔看伊寫。伊俐莎白那紩衫[1]那暗暗仔聽這兩个人咧講話，心內感覺誠趣味。

　　賓利小姐講：「達西小姐若收著這張批，毋知會偌爾仔歡喜咧！」

　　看著達西久久攏無出聲，賓利小姐又閣講：「喔！你寫批的速度，哪會遮爾仔緊啦！」

　　達西講：「你講重耽[2]矣！我寫甲足慢的。」

　　賓利小姐講：「請共恁小妹仔講，我誠想欲見伊。」

　　「你才拄吩咐爾，我嘛已經有寫矣。」

「你彼支筆敢鈍去矣？我來替你修修咧。」

「多謝！我的筆，我家己修較慣勢。」

「喔！你的批哪會寫甲遮爾仔整齊？」

聽著伊按呢講，達西就閣無應聲矣。

哪知賓利小姐又閣講：「達西先生，你敢定定寫遮爾仔嬌氣的長批予恁小妹？」

賓利已經聽袂落去矣！伊就大聲對賓利小姐講：「你按呢扶達西無路用啦！伊寫的批，無逐字清楚，若拄著音節較長的字，嘛愛頓蹬[3]誠久才有法度寫出來。達西，你講敢是按呢？」

達西講：「咱兩个人寫批的筆路，完全無仝。」

賓利小姐講：「阿兄！你寫的批，字遐爾仔潦草，定定寫甲一半就共皂[4]掉，另外彼半嘛寫袂齊全，你閣敢講人！」

賓利講：「這是我的頭殼動傷緊矣！手綴袂著毋才按呢！」

達西講：「在我看來，你講這款話是『假謙虛，真膨風』！」

賓利應講：「按怎講？」

達西講：「你講你的字潦草，是因為腦筋紡[5]傷緊，這敢毋是講你的批寫甲足好，所以字的好穤就無遐要緊。這，就若親像你共班奈太太講的，你五分鐘內就會當決定欲定居佇尼德菲抑毋，全款嘛是咧展你的才調[6]。」

賓利先生聽達西按呢講，誠不服，講：「你嘛好矣！透

早的代誌到今猶記牢牢？講實在的，我對家己的看法毋捌重耽過，到今猶是全款！」

達西講：「一个人千萬毋通無佮人參詳，就大主大意[7] 落決定！若無，事後定著會後悔！賓利，你就是這種人，才會不時做毋著代誌！你顛倒講這是你做代誌緊氣，才會按呢。」

伊俐莎白聽著按呢，就對達西講：「若照你按呢講，伊毋就做任何代誌攏愛佮你參詳？你叫伊往東，伊就袂使往西？」

達西講：「你若硬欲按呢講，我嘛無法度！只不過，我會叫伊按呢做，定著有我的道理。而且，賓利嘛毋是傀儡尫仔，伊嘛有主張佇咧。」

「達西先生，你敢毋知？有的人誠重朋友情，若是朋友對伊欲做的代誌有意見，伊無的確會順朋友的意，改變家己的想法。」

聽到遮，賓利笑甲足大聲，講：「班奈小姐，老實對你講，若毋是達西先生比我較懸，漢草比我較好，我才袂共伊信篤咧！」

達西看起來有淡薄仔受氣，講：「你的意思我知！賓利，你是叫阮兩个莫閣諍落去矣。」

伊俐莎白講：「無錯。我想，達西先生猶是緊去寫批較要緊。」這句話，達西有聽入耳，伊就繼續寫批。

批寫煞，達西講伊想欲欣賞音樂，賓利小姐一下聽著，隨就去彈鋼琴。拄開始彈的曲調較慢，予逐家聽甲強欲睏去，伊就改彈一寡仔較活跳活潑的。

這時,達西先生行來伊俐莎白的面頭前,講:「班奈小姐,你敢有想欲趁這个機會,跳一下仔舞?」

伊俐莎白干焦笑一下,無共伊應。達西感覺足奇怪,就閣共伊問一改。

伊俐莎白笑笑仔講:「拄才我就有聽著矣。只不過,我若是應講『好』,你定著會笑我愛跳舞。誠可惜,你心內所想的,予我看出出。這馬,我欲講我無想欲跳舞。按呢,你就毋敢看我無矣!」

達西講:「我真正毋敢看你無。」

其實,達西的心早就掠袂牢囉!若毋是伊俐莎白的厝內是彼款形,伊早就採取行動矣。

這款情景,予賓利小姐看在眼內,心內誠怨妒。伊為著欲予達西對伊俐莎白反感,三不五時就提班家來滾耍笑[8],順紲共達西消遣。

誠可惜,達西對賓利小姐所講的話並無要意,嘛無因為按呢,就來改變伊對伊俐莎白的感情。

1. 紩衫:thīnn-sann,縫衣服。
2. 重耽:tîng-tânn,事情出了差錯。
3. 頓蹬:tùn-tenn,暫停腳步、暫時停頓。
4. 皂:tsō,塗鴉、塗畫。
5. 紡:pháng,由紡紗的動作引申為轉動的意思。
6. 才調:tsâi-tiāu,本事。
7. 大主大意:tuā-tsú-tuā-ì,擅作主張。
8. 滾耍笑:kún-sńg-tshiò,開玩笑。

11

　　珍的身體總算有較好矣，彼暝，伊就和伊俐莎白做伙落去客廳見逐家。

　　佇賓利佮達西先生猶未入來的時，賓利小姐這對姊妹仔是親切閣熱情，對珍是溫柔閣關心。

　　誠可惜，達西入來了後，賓利小姐就規心想欲佮伊講話，在場的兩位班奈小姐就予伊放袂記得矣。尾手，竟然攏無佮珍閣講著一句話。

　　這款情景，予伊俐莎白看甲明明，嘛知影賓利小姐對珍的友情，是有偌爾仔浮冇[1]。

　　若欲論對珍的真情意，賓利先生是排會著頭名的，無論是溫暖的話句抑是關心的態度，伊對珍的注重，在場的人攏看會出來。

　　茶唫煞，珍坐佇火爐邊焐燒，賓利佇邊仔不時關心珍的情況。這時，達西唰看冊，賓利小姐就看樣學樣，嘛去提冊來看，想袂到這本冊誠深，伊家己讀無路來，就直直哈唏[2]。

　　落尾，伊規氣[3]共冊抨佇邊仔，徛起來佇客廳踅玲瑯。伊佇達西的身軀邊行過來、踅過去，希望達西會當欣賞伊行路的姿態佮體格。毋過，達西連頭都無攑，誠專心唰看冊。

　　姑不而將，賓利小姐只好叫伊俐莎白綴伊起來行。就按呢，這兩个人就佇客廳行過來、踅過去。

　　這步確實有效，達西攑頭看這兩个人佇客廳行來行去，就共冊囥佇邊仔，恬恬看這兩个人唰行路。

　　賓利小姐看伊直直唰看，就招伊起來做伙行。

　　達西幌頭講：「恁會按呢做，有可能是因為恁兩个有心內話想欲講；嘛有可能是恁感覺家己行路的模樣特別好看，希望別人來欣賞。若是頭一个，我綴恁行路，就是攪擾恁；若是第二个，我坐佇遮欣賞，毋是拄好合恁的意？」

　　聽著達西按呢講，賓利小姐就翻頭問伊俐莎白：「哎喲！遮爾毒的話，我生目睭發目眉攏毋捌聽過，伊哪講會出喙啦？你講，咱欲按怎共罰？」

　　遮的話予伊俐莎白聽甲會笑，應講：「你若有心欲罰，定著揣有辦法。恁兩个人遐爾仔熟，誅[4]來誅去、互相創治[5]，你絕對有法度通對付伊的。」

　　賓利小姐講：「天地良心喔！阮兩个人雖然誠熟，我是從來都毋捌去對付伊。若是講欲共伊誅，講一句較得失你的

話，咱做人若無理由，千萬毋通烏白笑人，萬不幸若予人笑倒轉去，彼毋就落氣矣？」

伊俐莎白講：「原來達西先生是予人袂詼得的喔！好佳哉，親像伊這款形的朋友，我交的是無蓋濟，若無，像我遮爾仔愛共人詼，朋友毋就攏走了了矣！」

達西掠伊俐莎白金金看，講：「若是將共人詼、共人恥笑當做是正經代誌來看待，按呢，這个人就算巧、反應閣緊，嘛無啥通誇口的。」

伊俐莎白講：「佳哉！我毋是這款人！做代誌老實，抑是聰明有智慧的人，攏毋是我詼的對象；毋過，彼款講話悾欺[6]、無聊、誚呱呱[7]、反起反倒[8]的，若予我聽著，無詼兩句仔轉去，誠實袂過癮！我咧想，你一定無我這款缺點。」

達西講：「人無十全[9]，缺點加減攏嘛有，我這世人攏咧研究，著愛按怎，才會當共缺點擲抉捔[10]。」

伊俐莎白講：「你講了誠著！虛華佮驕傲，敢算是缺點？」

「無錯！虛華當然是缺點。毋過驕傲……若誠實是巧巧仔人，驕傲就會較有撙節[10]。」

伊俐莎白聽著達西按呢講，險仔笑出來，隨就共頭越去邊仔，驚去予人發現。

賓利小姐無通插喙，早就擋袂牢矣，對伊俐莎白講話就誠無客氣：「我想你已經問煞矣，敢是？結論是啥？」

伊俐莎白講：「達西先生是一个媠十全的人，伊家己嘛大大方方承認矣！」

「無！」達西講，「我無講這款話，我家己的症頭有夠濟，毋過，我的症頭佮我的頭腦一點仔關係都無。若講著個性，我是袂為著別人來委屈著家己。別人的侗戇[11]佮失覺察，我是無法度忍受的；而且，若是有人得失我，我一定會記牢牢。若是有人觸著我的意，我一世人就欲對伊無好意。」

伊俐莎白講：「按呢聽來，若親像人人攏顧你怨！凡勢這就是你的缺點。」

達西笑笑仔應講：「啊若你的缺點，就是刁故意欲去共人誤解。」

賓利小姐看這局無伊通出喙，無耐性閣聽落去，就大聲唅講：「咱猶是來聽音樂好矣！」

講煞，賓利小姐就開始彈鋼琴，伊俐莎白嘛恬恬專心咧聽，無閣講話矣。

達西感覺按呢嘛袂穩，若予伊和伊俐莎白繼續講落去，會予伊對這段感情躍閣較深，這是伊上毋願發生的代誌。

1. 浮冇：phû-phànn，浮而不實。
2. 哈唏：hah-hì，打呵欠。
3. 規氣：kui-khì，乾脆。
4. 詼：khue，戲謔、嘲笑、逗弄別人。
5. 創治：tshòng-tī，捉弄、欺負。
6. 悾歁：khong-khám，罵人呆傻、愚笨。
7. 譀呱呱：hàm-kuā-kuā，形容非常荒唐、離譜、虛浮不實。
8. 反起反倒：huán-khí-huán-tó，反覆無常。
9. 十全：tsa̍p-tsn̂g，完美無缺憾。
10. 撙節：tsún-tsat，節制。
11. 侗戇：tòng-gōng，變得愚蠢。

12

　珍身體好較原全矣，就佮伊俐莎白參詳，想欲較緊轉去浪保恩；毋過，班奈太太想欲予珍佇尼德菲蹛一禮拜貼貼，所以就挨推[1]講厝裡現此時無馬車通去接個。

　伊俐莎白是誠煩惱，伊足驚會予人看做是厚面皮、蹛落來就死賴毋走的彼款人。

　賓利聽著個趕欲走，就想盡辦法，直直留個繼續蹛落來。只是講，賓利小姐起怨妒，伊誠希望伊俐莎白緊走緊好。

　達西是認為伊俐莎白佇尼德菲蹛傷久矣！伊毋知影這改伊俐莎白來，竟然會予伊遮爾仔煞心，伊足驚家己會痴迷落去，所以就決心無欲閣佮伊俐莎白講話。

　知影班家這兩位小姐欲走矣，賓利小姐就對伊俐莎白較客氣，對珍的態度嘛加足親。

071

兩个人轉來浪保恩了後，班奈太太是受氣受觸，一直踅踅唸；班奈先生是無講啥，伊看著查某囝轉來厝裡，心內猶是誠歡喜。

　　雖然離開厝幾若工，毋過浪保恩的人並無啥改變，伊俐莎白發覺瑪俐猶是和早前全款，規心咧探討人性的問題；綺蒂和俐蒂亞的喙照常講袂煞，講來講去攏是民兵團的代誌，尤其是福斯特上校欲結婚的這層消息。

　　1. 挨推：e-the，推拖、推辭、藉故拒絕。

13

　　就佇班家這兩个查某囝對尼德菲山莊轉來了後，有一工透早，班奈先生對班奈太太講：「咱中晝頓愛攢較腥臊[1]咧，我咧想，今仔日可能有一个人客會來喔。」

　　「老爺！你敢會使予我知影是佗一个人客欲來？」

　　「欲來的這个人就是我的外甥——高林先生。按法律，伊是我的繼承人，我若死，所有的財產攏是伊的。時到，伊若想欲共恁扅[2]出去，恁嘛愛照辦。」

　　班奈太太聽著這，隨就趒跤頓蹄[3]，講：「世間哪有這款代誌！財產袂當放予家己的囝仔，煞愛留予無底代的人！哪有這款道理咧！」

　　珍和伊俐莎白佇邊仔，寬寬仔[4]向班奈太太解說有關英國繼承權的規定。只不過，毋管個按怎講，班奈太太猶是受

氣甲，共毋捌見過面的高林先生講甲無一塊好，餾⁵來餾去一直罵、一直詈⁶。

班奈先生講：「無錯！這項代誌確實是誠無理，毋過，高林先生佇批內有講著，伊會想辦法來彌補恁。」

高林先生寫予班奈先生的批，毋但落落長，又閣古板，半文半白，予班奈太太聽甲足煩的，講：「伊是咧講啥痟話？我攏聽無啦！」

班奈先生讀這張批，閣看著家己牽手的表情，感覺實在有夠好笑，所以就毋管班奈太太的抗議，繼續共批讀落去。

　　今，吾有良策，此乃吾受蒂寶夫人之庇蔭，不吝提拔，令吾擔任該教區牧師之職。吾仰夫人恩澤，受伊的牽教，實是三生有幸……

　　有關繼承浪保恩一事，對令嬡之利益，有所損蕩⁷，令吾不安，萬分抱歉。然，請貴府安心，吾定有補償……

　　　　　　　　　　　　　　　　　　後輩高林敬上

伊俐莎白聽著這个人萬事攏以厝邊的蒂寶夫人為重，有影是怪奇，就問班奈先生：

「阿爸，伊批內底所講的代誌傷過諏古矣！伊是啥物意思？就算繼承財產會當取消，伊敢就誠實願意？咱猶是莫向望較好！伊的頭殼敢是怪怪？」

「拄好倒反！我對伊佇批內彼款又閣謙虛、又閣臭屁的

口氣就看會出來，這款人，我顛倒足想欲熟似一下。」

高林先生來的彼工，班奈規家伙仔攏佇門口迎接伊。

高林是一个二十五歲的少年人，看起來脹脹肥肥，派頭不止仔大，又閣激一个謙虛款。伊坐落來就褒嗦班奈太太誠有福氣，飼遮濟婿甲若天仙的查某囝。

才頭改見面爾，就講這款予人聽著會起雞母皮的話，誠實是予人袂堪得。

班奈太太原底無想欲插伊，聽著伊話講甲遮好聽，煞來歡喜起來。

班奈太太對高林講：「我相信你人是蓋好心，向望你講會到，做會到！」

「你敢是咧講產業繼承權？」

「就是這項，愛知呢！這對阮這幾个查某囝來講，誠實是有夠食虧的。」

「是。對這點，我是有想法，只是毋敢雄雄講傷明。我會當向這幾个表小妹保證，我來遮，就是欲來表達我的心意的。」

聽著這款話，班奈家的小姐互相眼一下，微微仔笑。

高林先生毋但呵咾這幾个小姐爾，伊閣將客廳、飯廳佮厝內所有的家具攏看甲誠詳細，隨个仔隨个全呵咾著。

本底班奈太太聽伊呵咾家己的厝，心內誠得意，後來雄雄煞想著，伊誠有可能是咧呵咾家己未來的財產，所以，心肝就若像針咧搣[8]，激一个面腔，對高林的態度就較冷淡矣。

1. 腥臊：tshenn/tshinn-tshau，指菜色豐盛。
2. 扅：hòo，把東西丟出去，把人轟出去。
3. 趒跤頓蹄：tiô-kha-tǹg-tê，氣到直跺腳。
4. 寬寬仔：khuann-khuann-á，慢慢地。
5. 餾：liū，重複、反覆。
6. 詈：lé/lué，咒罵。
7. 損蕩：sńg-tńg，破壞、蹧躂。
8. 搣：ui，以針狀物刺、戳。

14

　　為著欲有話講，食飯的時，班奈先生就共蒂寶夫人提來做話題，伊感覺按呢，高林定著會講誠濟話。

　　班奈先生的話頭實在是揀了好，高林果然共褒嗦話講甲規大拖。

　　高林提起蒂寶夫人的時，是迢爾仔靠勢[1]，閣講家己誠榮幸，會當予蒂寶夫人請去羅辛食過兩擺飯，共伊當做是上等人咧看待，閣苦勸伊愛冗早[2]結婚，愛揣一个好對象通成家。

　　班奈太太愈聽愈好玄，就開喙問高林蒂寶夫人的代誌：「聽你講伊咧守寡，敢有囡仔？或者是有其他的親情做伙蹛？」

　　高林回講：「夫人干焦一个查某囝爾，伊嘛是羅辛的繼承人。未來，所有的財產攏是蒂寶小姐的。」

　　「啥[3]？」班奈太太聽一下趒起來，頭直直幌：「伊哪會

遮好運？伊是啥款的人？生做敢有嬌？」

「伊生做誠古錐！蒂寶夫人嘛定定講，全世界無人會比
伊閣較嬌。」

「伊敢有去過倫敦？」

「真無彩，伊就身體茈[4]，毋捌去過倫敦。我攏講，無蒂
寶小姐的倫敦，就若親像煮菜無摻鹽，閣較豐沛嘛是無滋無
味！蒂寶夫人聽著我講這款話就會歡喜起來，我定定會揣一
寡親像這款的褒嗦話，予人心花開。像蒂寶夫人，見擺攏嘛
聽甲足歡喜！」

班奈先生講：「你既然有這款才華，遮爾勢共人扶扶挺
挺[5]，對家己一定誠有幫贊。你這款好聽話，是臨時想出來的？
抑是早就準備好的？」

高林講：「我會先想一寡褒嗦的話起來园，若拄著機會
就會提出來用。這是有撇步的喔！一定愛假做是對心內自然
講出來的。」

予班奈先生料準準！伊這个表親就親像伊料想的遐爾仔
謔古，有影是足心適。

誠無簡單，食茶的時間到矣，高林先生的謔古話才煞鼓[6]。
茶啉煞，班奈先生邀請高林讀一本仔冊予逐家欣賞。

高林先生揀的冊號做《予女青年的講道集》[7]，伊就用伊
無聊甲強欲予人睏去的聲調朗讀。拄讀到第三頁的時，俐蒂
亞忍袂牢就出喙矣。

「母仔！你敢知影姨丈欲叫李的轉去食家己？頂禮拜六

我有聽姨丈講起這件代誌，我拍算明仔載欲閣去探聽看覓。」

　　聽著俐蒂亞拍斷高林的朗讀，珍佮伊俐莎白同齊叫伊緊恬去。

　　高林先生是誠受氣，共冊囥落來，講:「對表小妹仔來講，欲叫伊讀這種冊，若欲愛伊的命，這嘛是袂勉強得的。」

　　落尾，班奈太太和所有的查某囡仔同齊共高林會失禮，請伊愛原諒俐蒂亞遮爾仔無禮。

1. 靠勢:khò-sè，過於自信、驕傲自大。
2. 冗早:liōng-tsá，趁早、及早。
3. 唅:--hannh，表示驚訝的反問。
4. 荏:lám，形容人身體虛弱，或某事物的質地不夠紮實。
5. 扶扶挺挺:phôo-phôo-thánn-thánn，拍馬屁、奉承。
6. 煞鼓:suah-kóo，戲劇終了，用以引申事情或活動結束。
7. 譯自原文《Fordyce's Sermons》，是由蘇格蘭牧師詹姆斯·福代斯（James Fordyce）編寫的兩捲布道綱要。福代斯被認為是一位出色的演說家，他的布道集在英國神職人員和信徒中極被重視，所以，這本書很快成為許多教會和個人圖書館的主要藏書。

15

高林先生的老爸是一个毋捌字的錢貫[1]，從細漢對伊的管教就誠嚴，予高林看起來總是膽膽[2]、謙虛的形。高林雖然讀過大學、蹛過學寮[3]，煞無啥物朋友。

講起來嘛是伊好運，佇漢斯福教區有一个牧師的缺，高林因為蒂寶夫人的提拔，允著這份頭路[4]。對彼時開始，伊就對蒂寶夫人尊敬甲若神全款。

做牧師了後，高林感覺家己的身份倍別人無全，予伊變做有時靠勢、有時過謙這款矛盾個性的人。

高林這馬厝都蓄好矣，收入嘛誠好，就想欲揣一个對象。這擺，伊會想欲和班家重新交陪，目的就是想欲對五个班奈小姐內底，揣一个來做家後，這就是伊喙裡所講著的「補償計畫」。

高林頭一个看佮意的是珍，不而過，伊對班奈太太的話意內底聽會出來，珍敢若和別人有意愛矣。人講「這溪無魚別溪釣」，高林就按呢隨改變計畫，換相伊俐莎白做伊未來的家後。

佇高林來浪保恩的隔轉工下晡，班奈先生袂堪得高林一直佇書房烏白掀伊的冊，閣講一寡五四三的，聽著俐蒂亞佮三个阿姊想欲去麥里鎮，伊就隨鼓舞高林綴個做伙去。

去麥里鎮的半路，高林先生廢話直直喋，規路予所有的人攏毋知愛按怎應。行到麥里鎮，俐蒂亞就完全無欲插伊矣，沿路掠經過的軍官金金相。

忽然間，街仔路所有小姐的眼光，全予一位少年家摎過去。

這个生份人，看起來誠紳士，逐家看伊生甲不止仔緣投，對伊的印象攏誠好。俐蒂亞想欲去探聽這个人到底是啥人，假影講欲去買物件，一个人離開高林這陣人，直接傱對街仔迌去。

班家的人，看著俐蒂亞衝迌緊，隨綴咧行過去。原來，佮這个緣投的生份人做伙的軍官，俐蒂亞早就有相捌，伊叫做展尼。展尼向班家這幾个人介紹這个緣投的少年家。

這个生份人叫做蔚克漢，是前日仔對倫敦來的，連鞭嘛加入民兵團做軍官矣！

講起來，蔚克漢的人範確實是將才，毋但生做幼秀，體格閣讚，講話嘛誠合人的意，予人感覺真有禮貌。

　　當蔚克漢佮班家的人講甲足歡喜的彼當陣，達西佮賓利，一人騎一隻馬對遮過來，就佇這時，蔚克漢隨恬去，氣氛變甲足奇怪。

　　賓利遠遠相著班奈小姐，就趕緊過來佮個講話。

　　賓利講伊本成想欲去浪保恩，去探看珍的身體有較好無，想袂到會佇這个所在搪著[5]。

　　達西的目睭頭起先全佇伊俐莎白的身軀頂，毋過伊一下看著蔚克漢，面色煞變甲白蔥蔥。蔚克漢嘛全款，伊規个面紅記記。

　　這个情景，予伊俐莎白心內不止仔僥疑。無偌久，賓利佮達西就雙雙騎馬離開矣。班家的這陣人嘛佮蔚克漢和展尼相辭，去揣個的阿姨──菲立太太。

　　菲立太太誠佮意這幾个查某孫，看著個來不止仔歡喜。毋過，伊對做伙來的高林有淡薄仔分袂清，佇猶咧問親情關係的時，俐蒂亞足無禮貌，雄雄插喙問阿姨，對拄才拄著的蔚克漢敢有了解？

　　菲立太太知影的嘛無蓋濟，毋過，伊講明仔載有幾个軍官欲來厝裡食飯，若是這幾个查某孫明仔暗會當來，伊就欲叫菲立先生去約蔚克漢做伙來食飯。

　　轉去浪保恩的路裡，伊俐莎白那行那共拄才所看著的情景講予珍聽。伊咧臆，達西百面佮蔚克漢有恩怨。

　　高林轉來了後，一直呵咾菲立太太誠好客，對伊誠好，這款話予班奈太太聽甲是歡喜甲。

1. 錢貫：tsînn-kǹg，常用於比喻很愛錢的人、守財奴。
2. 膽膽：tám-tám，害怕、畏縮的樣子。
3. 學寮：hak-liâu，學生宿舍。
4. 允頭路：ín/ún-thâu-lōo，找工作。
5. 搪著：tn̄g-tiȯh，遇到，語氣完結時唸作 tn̄g--tiȯh。

16

菲立太太請人客的彼工，高林嘛綴班家的小姐做伙去麥里鎮。入去客廳了後，班家的五个小姐就聽人講蔚克漢嘛有來，就按呢，逐家誠期待會當佇這个場合認捌這个緣投的查埔人。

高林果然誠勢共人褒，伊共這間厝逐位都褒著，閣講，這間厝有夠像蒂寶夫人個兜的灶間。原底菲立太太聽著這款話閣有淡薄仔受氣，後來知影就算是灶間內底的架仔，價數攏比個規間厝的裝潢閣較貴，菲立太太到彼時才了解，原來高林講這句話是咧共褒。

這擺予菲立先生邀請來的軍官，名聲毋但好，閣真紳士，尤其是蔚克漢先生，無論是體格、面模仔抑是風度，會當講是一粒一[1]的。

084

蔚克漢坐落來了後，就隨和伊俐莎白開講。伊笑頭笑面，講話的聲調閣不止仔好聽，予伊俐莎白的心肝聽甲綿綿綿，和這个查埔人有話是講袂煞。

是講無偌久，蔚克漢隨就予俐蒂亞纏牢咧閣霸牢牢，是尾手有人講欲耍三六仔，俐蒂亞想欲碁注[2]，才毋情毋願放蔚克漢走。

蔚克漢拄離開俐蒂亞，就閣倚過去和伊俐莎白講話。

伊開喙就問尼德菲山莊離麥里鎮有偌遠？了後，小可仔頓蹬，才問講達西先生來遮是來偌久矣？

伊俐莎白講：「大概有一個月矣！聽講伊是德比郡的田僑仔。」

「是啊！伊人是誠好額，這點，應該無人比我較清楚，因為阮兩个人牽連的代誌閣不止仔濟。」

聽著蔚克漢按呢講，伊俐莎白感覺誠意外。

蔚克漢紲落去講：「班奈小姐，昨昏你敢無看著阮兩个拄著的時，是田無交水無流？是講，你佮達西先生敢有誠熟？」

「佮伊誠熟？我敢有遮好運！」伊俐莎白愈講愈氣，講，「我和伊捌佇尼德菲山莊做伙生活四工，毋過，這个人誠顧人怨。」

「伊到底是得人疼抑是顧人怨，這，我是無權利來做判斷，嘛無方便來表示我的意見。無定著你對我講伊顧人怨，佇別人的面頭前，你顛倒講伊人誠好。」

袂堪得蔚克漢這款試探的口氣，伊俐莎白就規氣將話講

予清楚：「阮遮的人對達西先生的態度攏佮我全款，絕對無人佮意伊。伊彼款自高的態度，人看人倒彈。所以恁阮遮，你袂聽著有人會講達西先生的好話。」

聽伊俐莎白講煞，過一睏仔了後，蔚克漢才開喙講：「伊確實是予人誠倒彈！只是講，無定著別人看伊有錢有勢，就去扶扶挺挺。毋過，伊目頭懸，又閣看人無夠重，見若是人，就會想欲離伊愈遠愈好。」

伊俐莎白講：「雖然我和伊無蓋熟，毋過，我感覺伊的性地誠歹。」

蔚克漢直直幌頭，講：「敢知影伊欲佇遮蹛偌久咧？」

伊俐莎白應講：「我毋知呢！是講，你既然佮意阮這个所在，嘛拍算欲佇遮食頭路，希望你莫因為伊佇這附近行踏，就來改變你的計畫。」

蔚克漢講：「我才袂去予伊趕走咧！若是達西先生無想欲看著我，伊就愛家己離開啊！雖然我看著伊就袂爽快，毋過，我嘛無理由著愛讓伊啊！你都毋知影，伊有夠對不起我。」

伊俐莎白愈聽愈興，感覺眼前這个人實在傷克虧 [3] 矣！蔚克漢又閣將家己是按怎欲來做軍官的因由，講予伊俐莎白聽：「本底，老達西先生的意思是想欲栽培我做一个牧師。」

「敢有影？」

「哪會無影！老達西先生佇遺囑內底有講明，牧師若有欠缺，一定著愛留予我。伊是我的契爸 [4]，足疼我的，伊希望我這世人毋免煩惱食穿，啥人知，後來煞毋是按呢。」

「天公伯仔！哪會有這款代誌咧？哪會當無照遺囑辦事？你哪會無去告官？」

「遺囑內底寫著遺產的部份，是含的糊的 [5]，達西先生閣烏龍踅桌 [6]，硬欲講遺囑內底有品明 [7]，若欲提拔我是愛有條件的！伊閣講我放蕩兼討債 [8]，才會來取消我所有的權利。只是，我實在是想無，到底我是犯著啥物罪，才予伊遮拔恨 [9]。」

「從出世到今，我毋捌聽過遮爾仔譀古的代誌！你毋就全部講出來，予伊的面子盡掃落地。」

「早就有人叫我愛共伊烌空[10]矣！只不過，看老達西先生的面子，我無拍算按呢做，因為我毋是忘恩背義的人，絕對袂去和伊做對頭。」

一下聽著蔚克漢的腹腸竟然遮爾仔大，予伊俐莎白有夠敬佩！伊感覺這个人毋但是緣投，閣真有品。

伊對達西遮爾仔惡質是誠不滿，就問蔚克漢，為啥物達西會按呢來蹧躂[11]人咧？

蔚克漢應講：「我想，伊一定是怨妒我，因為老達西先生將我當做家己的囝全款對待我，達西甕肚[12]，伊看在眼內，哪會袂抾恨咧？」

「誠想袂到達西先生竟然會用這款漚步[13]來共人凌治，有夠無天理！」伊俐莎白想一下仔，又閣紲落去講，「莫怪喔！我有一改聽伊講起，講伊若是和人結冤仇，就永遠無法度消敨，因為會抾恨。伊講這款話的時，猶閣誠臭殕！」

蔚克漢講：「這件代誌，聽我講的袂準，因為我對伊有成見，加減會走精[14]去。」

伊俐莎白翻頭閣再想這層代誌，愈想愈受氣，講：「有夠可惡！我實在想無，伊按呢對待你，對伊家己敢有啥物好處？別人敢講攏看無這个人誠無良心？」

「因為伊好額，開錢又閣大出手，對待伊佮意的人誠大範[15]，三不五時嘛會幫助佃戶，救濟艱苦人。伊會按呢做上主要的目的，是為著欲予別人講伊是一个好阿兄，毋才你四界嘛聽會著伊對達西小姐有偌爾仔照顧。」

「啊若按呢講，達西小姐又閣是啥物款的姑娘仔咧？」

伊俐莎白對達西小姐嘛誠好玄，毋過，蔚克漢干焦直直幌頭，講：「伊這馬十五、六歲矣！生做誠嫷嘛誠有才情，會曉彈琴閣會畫圖，可惜佮達西先生全款，目睭生佇頭殼頂。」

伊俐莎白講：「有夠奇怪，像伊這款人竟然會有賓利先生這款死忠的知己，賓利先生這个人性地遐好，哪會去交著這款人咧？你敢有熟似賓利先生？」

蔚克漢講：「我毋捌賓利先生。達西先生這个人，若是想欲佮人交陪，是誠有手段的。伊對待人的態度，愛看彼个人的身份佮地位，是看懸無看低啊。」

另外彼塊桌，高林大聲佮菲立太太咧講話，伊不時講著蒂寶夫人。

蔚克漢聽著了後，看高林幾若改，就共聲音放低，問伊俐莎白：「伊是毋是佮蒂寶夫人誠熟？你敢知影蒂寶夫人就是達西先生的阿姈[16]？」

伊俐莎白應講：「阿姈？我毋知呢！蒂寶夫人這个名，前幾工仔我才對高林先生遐聽著的。」

蔚克漢講：「蒂寶小姐未來會有一筆足大筆的遺產，逐家攏講伊佮達西先生未來定著會兩家變一家，財產嘛會因為按呢就會濟甲驚死人。」

聽著按呢，伊俐莎白去想著彼个可憐的賓利小姐，心內就起愛笑。

　　伊俐莎白講：「高林先生對蒂寶夫人這對母仔囝是呵咾甲會觸舌，我煞愈聽愈諏古。在我來看，蒂寶夫人應該是一个聳鬚閣聳勢[17]的查某人。」

　　蔚克漢講：「我相信伊這兩款症頭攏帶誠重，我到今猶是感覺伊足顧人怨的。這个蒂寶夫人毋但愛攏權[18]閣無禮貌，做代誌勥跤[19]，會去巴結伊的人，是看在伊有錢有勢。」

　　伊俐莎白佮蔚克漢，話愈講是愈投機，一直到欲食暗頓矣，別个小姐才有機會和蔚克漢先生講一兩句仔話。

1. 一粒一：it-liáp-it，最好的、第一流的。
2. 晢注：teh-tù，下注、壓寶。
3. 克虧：khik-khui，吃虧。
4. 契爸：khè-pē，乾爹。
5. 含的糊的：hâm-ê-hôo-ê，籠統而模糊不清。
6. 烏龍踅桌：oo-liông-séh-toh，意指推卸責任、顧左右而言它。「烏龍仔」是黃斑黑蟋蟀。
7. 品明：phín-bîng，兩方說好條件。
8. 討債：thó-tsè，浪費、蹧躂。
9. 抾恨：khioh-hīn，記恨、懷恨。
10. 煏空：piak-khang，事情敗露、東窗事發。
11. 蹧躂：tsau-that，輕侮對待。
12. 甕肚：àng-tōo，形容人自私、小器，隱瞞祕密或好處不肯告訴別人。
13. 漚步：àu-pōo，賤招、卑劣的伎倆、手段。
14. 走精：tsáu-tsing，走樣。
15. 大範：tuā-pān，一個人的舉止十分大方。
16. 阿妗：a-kīm，舅媽。
17. 聳勢：sáng-sè，高傲神氣、作威作福的樣子。
18. 攏權：láng-khuân，掌權。
19. 勥跤：khiàng-kha，形容一個人精明能幹，一般用在形容女人，有貶義。

17

　　隔轉工佇小樹林散步的時，伊俐莎白就共蔚克漢先生講的代誌，全部攏講予珍聽。

　　珍聽甲愣去，伊毋信達西是遮爾仔惡毒！在伊來看，蔚克漢和達西攏是好人，定著是有人使弄，才會予這兩个人誤會甲遮爾仔深。

　　珍講：「我愈想愈無可能，是人，哪會做這款代誌出來？而且，這款人閣予伊的朋友遮爾仔信任，這敢有可能？達西先生敢有遮爾仔惡質？」

　　伊俐莎白講：「我感覺賓利先生是去予達西先生騙去的！」

　　珍佮伊俐莎白佇小樹林愈講愈熱，按怎討論都無一个結果。就佇這時，厝裡有人來叫個轉去。

　　原來是尼德菲的人客來拜訪，賓利講伊佇後禮拜二欲辦

舞會，毋才和兩个小妹專工來浪保恩邀請，希望班家規家伙仔做伙來。

尼德菲山莊欲開舞會的這件代誌，予班奈太太是暢甲。

伊認定這改的舞會是賓利專工為珍所安排的，而且，閣毋是寄帖仔來，是親身行跤到來邀請，這予班奈太太不止仔歡喜。

珍和班奈太太全款嘛真歡喜！伊想著彼工就會當和賓利小姐破腹[1]相見，又閣會當受著賓利先生好禮的對待，珍心肝內的花蕊，就一蕊接一蕊開袂停。

伊俐莎白想著的，佮伊的阿母和阿姊無全。想著會當佮蔚克漢做伙跳舞，又閣會當看達西對蔚克漢的態度，只要想著達西佇彼暝的面腔，伊就足樂暢。

可能是舞會的代誌，予伊俐莎白歡喜甲過頭，竟然戀甲去招高林嘛做伙去。

高林聽著伊俐莎白開喙邀請伊，規个人是歡喜甲掠袂牢，毋但講伊一定參加，閣欲叫伊俐莎白和伊跳兩塊舞。

看著高林按呢生，伊俐莎白佇心內罵家己是大戀呆！本成是拍算欲和蔚克漢跳規暝，家己煞家婆邀請高林去，害伊原本的計畫，全部攏害了了矣！

而且，只要想著高林的用意，伊俐莎白就會規身軀起雞母皮。

高林這个人，伊俐莎白仙看都袂佮意，班奈太太閣磕袂著就講伊佮高林會當結親，這款話聽佇伊俐莎白的耳空內，

攏毋敢出聲。因為伊知影，家己若開喙，百面會佮班奈太太冤家。

閣再講，伊俐莎白心內咧想，高林嘛無一定會求婚，現此時，何乜苦為著毋知敢會發生的代誌，和家己的阿母拍歹感情？毋才班奈太太便若講著這號話，伊攏佯 [2] 做聽無。

自從賓利來的彼工過了後，雨就直直落袂煞，予班家彼兩个上細漢的查某囝，無法度去麥里鎮阿姨遐探消息、揣軍官開講。若毋是猶有舞會這件代誌通好講，這兩个早就鬱甲強欲臭殕 [3] 矣。

伊俐莎白對這款天氣嘛誠厭癢，就是一直落雨，才會害伊無法度和蔚克漢先生有啥物進展。

1. 破腹：phuà-pak，真誠相對。
2. 佯：tènn，假裝、偽裝。
3. 臭殕：tshàu-phú，發霉。

18

　佇尼德菲山莊開舞會這暗，班家所有的人攏齊到，連高林嘛綴咧去。

　本底伊俐莎白叫是蔚克漢嘛會來，就特別來梳妝打扮，拍算這暗欲共蔚克漢的心搦[1]牢咧，想袂到落尾伊是連人影都無看著。

　伊俐莎白才去想著：「敢會是賓利先生咧邀請軍官的時，為著尊存[2]達西先生的感受，才刁故意無欲請蔚克漢先生來？」

　其實，代誌並毋是像伊俐莎白所想的按呢。賓利確實有邀請蔚克漢，只是蔚克漢為著無想欲遇著達西，就刁故意佇這工去倫敦辦代誌。

　一知影按呢，伊俐莎白對達西就愈來愈反感，連達西行

過來佮伊問好的時陣，伊俐莎白嘛膨一个面予伊看。

　　伊俐莎白感覺家己若對達西好禮，袂輸咧傷害蔚克漢，伊就決心佇這暗，絕對無欲佮達西先生講話。

　　雖然佇舞會內底見袂著伊等待的人，予伊俐莎白誠失望，毋過，伊的心情猶算袂穩，猶有氣力將心內的不滿，全散予好朋友——謝露提聽。

　　伊俐莎白閣將伊彼个表兄所有離經[3]的代誌講予伊知，順紲報予伊看這个怪人是生做啥款。

　　舞會一下開始，伊俐莎白隨去踢著鐵枋[4]矣！

　　這个高林毋但口才穩，連舞都跳甲離離落落，若毋是踏著伊俐莎白的跤盤，無就是跳毋著舞步，又閣硞硞大聲會失禮，害伊俐莎白的面子是盡掃落地。

　　就佇這時，達西無張無持行過來，想欲邀請伊俐莎白跳舞。伊俐莎白拄好予高林舞甲強欲起痟，伊連想都無想，隨就答應落來。

　　達西離開了後，伊俐莎白才開始後悔，伊怪家己哪會遮爾仔無主張，竟然答應欲佮達西跳舞。

　　謝露提看伊俐莎白遮爾仔懊惱，就叫伊莫想遐濟，閣佇耳空邊輕聲仔提醒：

　　「你千萬毋通豬頭毋顧，顧鴨母卵[5]呢！為著彼个生份人，去得失著達西先生遮爾仔有地位的人。」

　　伊俐莎白感覺謝露提講甲誠有道理，會當和遮爾仔有身份的人跳舞，確實是誠有面子。

拄開始佮達西跳的時，伊俐莎白恬恬無講話；後來想著，若是伊有辦法，講甲予這个苛頭的人無話通應，定著會足趣味！就按呢，伊俐莎白就決定欲先開喙。

伊俐莎白講一寡佮舞會有關的話題，想欲誂伊講話，想袂到達西應一兩句話了後，喙就又閣窒 [6] 咧矣。

幾分鐘仔過，伊俐莎白誠實是袂忍得矣，叫達西嘛著愛揣話來講，才是一个好舞伴。

達西講：「你咧跳舞的時，敢著攏愛開講？」

伊俐莎白講：「一場舞跳落來上無欲規半點鐘去，兩个人若恬恬跳舞無講話，按呢毋是足礙虐 [7]？毋過，就是有一寡人，苦袂得舞伴攏莫開喙，我若欲替人想，就莫厚話才著。」

「你是希望我照你的心願做，抑是按我的想法做？」

「我的想法是『一兼二顧』！咱兩个人應該攏仝款，便若開喙，彼定著是金言玉語，若毋是，就較恬咧較無蠓。咱這款個性，確實是佮別人較無仝。」

「你講的這款情形，對我來講是誠對同。毋過，我感覺你的個性並毋是按呢！」

後來，達西就問伊俐莎白，伊是毋是定定會去麥里鎮。

聽著麥里鎮，伊俐莎白彼關佇心內誠久的話就留袂牢矣：「是啊！彼工拄著你的時，阮拄好咧熟似一个新來的朋友。」

這句話的力頭誠飽，達西聽了後，規个面攏皺去！半晡久，連甲一句話都講袂出來。

落尾，達西誠勉強才開喙：「蔚克漢先生，伊人緣投，

嫷水閣好，交朋友對伊來講是桌頂拈柑。只是講，朋友敢有法度做會久長，這就歹講矣。」

聽伊按呢講，伊俐莎白的聲頭就有較重矣，講：「伊誠不幸！竟然會失去你這个朋友，而且閣舞甲遮歹看，這定著是伊這世人上蓋後悔的代誌。」

就佇這當陣，呂卡斯先生看著達西和伊俐莎白咧跳舞，就停落來講話。

「達西先生，親像你遮勢跳舞的人實在誠罕見，你這个舞伴佮你嘛誠四配[8]！希望未來我定定會有這款眼福，尤其是等這層婚事辦成的時……」

伊特別向珍和賓利彼个方向看過去，講：「我看，我猶是莫閣攪吵恁跳舞好矣，若無，會去予這對遮婿的目睭睨[9]後擴[10]喔！」

後半段的話達西根本都聽無入耳，伊予呂卡斯先生講的話驚一下心肝嚓一趒。

「敢誠實所有的人攏按呢想？認為賓利佮珍的婚事是百面成的？」這時，達西的眼光一直綴賓利佮珍咧跳舞的形影，心內是愈想愈驚。

毋過，達西連鞭就閣鎮靜落來，越頭過來對家己的舞伴講：「拄才予人拍斷去，咱原底是咧講啥物話題？」

這時，伊俐莎白因佇腹肚內面的彼幾句話，雄雄對喙裡濆[11]出來：「達西先生，我會記得你捌講過你誠甕肚，得失你的人，你是永遠袂原諒伊的。所以我咧想，你和人結冤仇

的時陣，定著愛誠謹慎，敢是？」

「就是！」達西回答甲足堅定。

「敢袂去予偏見礙著，或者受人瞞騙？」伊俐莎白閣再問。

「我想應該是袂！」

「像你遮有主張的人，敢毋免自頭起先的時，著愛較斟酌 [12] 咧？」

「敢會使請教你，你問我遮的問題，用意何在？」

「我只不過是想欲將你的個性，了解甲較清楚爾爾。」

「若按呢，這馬，你清楚矣未？」

伊俐莎白輕輕仔幌頭。

「一點仔都無清楚，別人對你的看法和你家己所講的完全無全，我毋知影愛信佗一个較好。」

達西先生誠嚴肅對伊俐莎白講：「別人的看法無全，內底一定有所在重耽去。班奈小姐，希望你對我的個性先慢且做定論。」

遮的話講了後，這兩个人攏有淡薄仔激氣。

雖然伊俐莎白誠無禮，毋過，達西因為心內的好感，一下仔就原諒伊矣！伊認為攏是蔚克漢害的，所以就將規腹肚的火全搧對另外一个人遐去。

這當陣，賓利小姐行向伊俐莎白遮來，伊的態度是假甲予人看有，一下開喙就予伊俐莎白聽甲倒彈。

「哎呀！伊俐莎白小姐，聽講你對蔚克漢先生閣不止仔

有意思！恁阿姊拄才才和我講著伊爾，閣問我一大堆問題。講啥物達西先生對伊有虧欠，這全全是烏白講的。內情雖然我無清楚，毋過，看伊彼款出身，你講會佮好拄佮好，這嘛無人會信！」

伊俐莎白聽甲袂堪得氣，就應講：「聽你的意思，蔚克漢先生上大的錯誤，就是出世佇散凶人的家庭，敢是？」

「你若欲按呢想，我嘛無法度！算我加管閒仔事，我是好意欲來提醒你，好心去予雷嗌！」賓利小姐對伊俐莎白冷冷仔笑，頭越咧就離開矣。

伊俐莎白愈想愈受氣，對家己喃[13]講：「你這个無禮貌的查某！按呢講人的尻川後話敢有啥路用？足卑鄙！足無品的！」

了後，伊俐莎白就去揣珍。

伊俐莎白看著珍滿面春風，就知影，這馬伊一定是歡喜甲！伊俐莎白無想欲影響珍的心情，就共對達西和賓利小姐的怨感[14]全部囥佇心肝內，規心希望珍會當得著幸福。

珍看伊俐莎白行過來，表情有淡薄仔歹勢，講：「賓利先生雖然無清楚蔚克漢佮達西恩怨的內情，毋過，伊講這兩个人若欲比，達西先生做人加足正派，伊會當保證達西先生的人格。顛倒是蔚克漢先生，根據伊和賓利小姐的看法，這个毋是啥物好人。」

伊俐莎白講：「賓利先生早前敢捌蔚克漢先生？」

珍講：「毋捌呢！頂逝佇麥里鎮是伊頭一擺見著蔚克漢

先生。」

伊俐莎白講:「若按呢,伊對蔚克漢先生的看法定著是對達西先生遐來的!莫怪!有關牧師職務的代誌,伊是按怎講的?」

珍應講:「根據伊的了解,牧師這个職務若欲予蔚克漢先生,是愛有某乜條件的。」

聽著珍講遐的話,伊俐莎白誠不服嘛足激動,就對阿姊講出家己心內的憢疑:「賓利先生當然是一个君子,毋過,人總是會大細目,伊攏是對別人遐聽來的,內情到底如何,賓利先生嘛有講著伊無蓋清楚。若憑這點,我對達西佮蔚克漢的看法就毋願改變矣。」

一觸久仔過,伊俐莎白看賓利行對遐來,伊就緊退出去揣謝露提。

謝露提問伊和達西跳舞的感想,伊俐莎白都猶袂赴回答,高林就歡頭喜面行過來矣。

高林大聲講:「佇遐竟然有蒂寶夫人的至親!謝天謝地!我猶會赴去向伊請安問好,猶有法度去會失禮,予伊了解我是按怎會無冗早向伊請安。」

「你是按算欲去向達西先生自我紹介?」伊俐莎白感覺誠譀,就直直苦勸高林千萬毋通按呢做,閣講,「若無人介紹就青磅白磅[15] 去向達西先生請安,這毋是禮貌,是撞突[16]!」

毋過,高林完全無咧信篤,伊向伊俐莎白行一个禮了後,就隨去共達西膏膏纏。看著家己的表兄遐爾仔見笑見觸,予

伊俐莎白有夠氣惱。

　　既然這場舞會無啥物予人會期待得的，伊俐莎白就規心來觀察珍和賓利感情的發展。

　　伊看著珍遮爾仔快樂，連家己嘛感受著這款幸福，甚至替珍開始夢想未來。伊咧想，若這間厝未來的女主人是珍，閣予這兩个翁仔某糖甘蜜甜，若誠實有這工，惜花連盆，伊會連賓利彼兩位顧人怨的小妹，嘛佮意摻落去。

　　食暗頓的時，班奈太太拄好坐佇咧達西的斜對面，這予伊俐莎白感覺誠不安。伊直直聽著班奈太太和呂卡斯太太捎咧烏白講，而且閣愈講愈大聲，予伊俐莎白聽甲有夠見笑。

　　伊俐莎白提醒班奈太太的聲頭莫遐重，伊講的話攏予達西先生聽了去矣。想袂到班奈太太根本都聽袂入耳，顛倒罵家己的查某囝無路用。

　　「無啊！小借問一下，達西先生是阮啥物人？我曷著[17]驚伊？猶著看伊的面腔才會當講話喔？」

　　「阿母！得罪達西先生是有啥物好咧？你按呢做，賓利先生嘛會看你無呢！」

　　班奈太太是愈講愈刁故意，一支喙碏碏講袂停，予伊俐莎白聽甲面仔紅記記，見笑甲無地通覕。

　　好佳哉，班奈太太後來就恬去矣。毋過，伊俐莎白的耳空都恬靜猶未十分鐘咧，隨就有人建議講欲聽歌。

　　瑪俐聽著有人邀請，隨就欲起去彈琴。伊俐莎白感覺誠害，三番兩次向瑪俐使目色，叫伊愛先客氣共推掉。只是講，

瑪俐根本都無插伊，因為伊早就急欲展伊的琴藝佮歌喉矣。

唱頭一塊歌的時，伊俐莎白就聽甲足痛苦；等到唱第二塊，瑪俐就無氣脈矣，伊的歌聲就若親像雞仔刣無死全款。伊俐莎白看著兩位賓利小姐佇遐偷笑，又閣對達西先生使目色，達西先生是漚一个面竚佇邊仔看。

最後，是班奈先生開喙共瑪俐喝：「你是唱煞矣未？規暗聽你咧刣雞就好！留寡予別人唱！」

任何人聽著這款話攏會誠無自在，班奈先生煞按呢卸家己查某囝的面子，予場面有淡薄仔歹看。

厝漏閣拄著透暝雨，失體面的代誌相連紲¹⁸直直來。高林竚這個時陣，大聲發表一篇對音樂落落長的看法，講煞閣特別對達西先生行一个禮，才有通結束。

在場有一半較加的人攏聽著伊的話！有的人看甲愣去，有的人笑出來。聽甲上趣味的，應該是班奈先生，伊感覺這个人會落氣¹⁹甲這款形，實在有夠諏古。

伊俐莎白感覺這暗厝內的人若親像全攏先講好矣，做伙欲來遮落氣的，而且會使講從來毋捌落氣甲遮拚勢²⁰、遮成功的，予賓利小姐和達西看笑詼，會更加看輕班家。想著這點，就予伊俐莎白艱苦甲。

舞會後半段的時間，並無予伊俐莎白較快活。

高林猶是黏牢牢，欲佮伊講話。雖然伊無辦法閣和伊俐莎白跳舞矣，猶是共伊俐莎白霸牢咧，害別人無法度來佮伊跳舞。

好佳哉，謝露提不時會行對遮來，主動佮高林先生揣話頭開講，伊俐莎白毋才有通較輕鬆。

達西定定會徛佇離伊俐莎白誠近的所在，聽伊佮別人咧講話，毋過，一直攏無行過來。伊俐莎白咧想，可能是因為伊講起蔚克漢的緣故，所以心內暗暗仔歡喜。

這暝，浪保恩這家伙仔上慢走，人客攏散了矣，個猶閣咧坐。

終其尾，彼兩位賓利小姐連話都貧惰講，直直喝講有夠忝，看會出來咧趕人客。班奈太太若開喙欲佮主人講話，就予賓利小姐拍銃，害班奈這家伙仔攏感覺無意無思。

欲告辭進前，班奈太太專工邀請賓利一家，若有閒來浪保恩坐坐咧。賓利先生看起來是誠歡喜，毋過，伊講誠無拄好，隔轉工愛去倫敦一逝，閣講家己誠緊就會轉來，時到才去浪保恩覕嘈。

班奈太太心滿意足離開尼德菲山莊，佇伊的心內，珍和賓利的婚事算講是已經定矣！只要嫁妝款好，新娘衫做好，免三、四個月，就聽好嫁來遮做女主人矣！

1. 搦：la̍k，掌握。
2. 尊存：tsun-tshûn，禮讓、顧及。
3. 離經：lī-king，離譜、荒謬。
4. 踢著鐵枋：that-tio̍h thih-pang，比喻棘手的問題，或難以應付的人。
5. 豬頭毋顧，顧鴨母卵：Ti-thâu m̄ kòo, kòo ah-bó nn̄g. 比喻放著重要的事不管，反而去管次要的。
6. 窒：that，塞，把孔洞或縫隙堵起來。
7. 礙虐：gāi-gio̍h，彆扭、不順，令人覺得不舒服。
8. 四配：sù-phuè，匹配。
9. 睨：gîn，眼睛瞪著看，以此發洩怒氣或不滿。
10. 後擴：āu-khok，後腦杓，頭後面比較突出的部分。
11. 濆：bùn，水湧出來。
12. 斟酌：tsim-tsiok，形容做事小心謹慎。
13. 喃：nauh，小聲地自言自語。
14. 怨感：uàn-tsheh/tshueh，因為委屈而覺得悲傷、埋怨。
15. 青磅白磅：tshenn-pōng-pe̍h-pōng，形容出乎意料地突然來到或發生。
16. 撞突：tōng-tu̍t，唐突。
17. 曷著：a̍h-tio̍h，哪裡需要。反問語氣，表示沒有必要。
18. 相連紲：sio-liân-suà，一個接著一個，接連不斷。
19. 落氣：làu-khuì，出糗、出洋相。
20. 拚勢：piànn-sè，做事情很努力、不計一切。

19

🎧

　　就佇尼德菲舞會的隔轉工，高林隨向伊俐莎白求婚，因為伊請假到後禮拜六，又閣興欲娶某，一工都無想欲閣延延[1]。

　　早頓拄食煞，高林就問班奈太太，講伊敢會使和伊俐莎白單獨講話？

　　班奈太太聽著，隨共物件收收咧，講：「當然嘛好！我相信俐絲嘛誠願意。」

　　伊俐莎白是直直拜託，講：「阿母恁莫走啦！我拜託恁，攏莫走！高林先生欲和我講的話，恁逐个人攏會當聽得！若恁無欲留踮遮，我嘛欲綴恁出去！」

　　想袂到班奈太太堅持伊俐莎白一定愛留落來，好好仔聽高林欲佮伊講的話。伊俐莎白無法度，又閣感覺這件代誌緊慢愛解決，伊就按呢坐落來，心內一直咧想欲按怎應付高林

向伊求婚的場面。

　　班奈太太個一下走，高林就開喙講：「伊俐莎白小姐，若是你無按呢挨推一下，顛倒會予我感覺你無遐古錐。只是講，你愛知影，我這擺的求婚，是經過恁阿娘的同意，就算你佯做毋知，我對你的用心嘛明明明矣！我想欲娶你做牽手，這是我這逝來遮上蓋主要的目的。我定著愛予你知影，是按怎我會想欲來浪保恩揣家後。」

　　聽著高林按呢講，予伊俐莎白起愛笑，就袂赴共伊紲落來欲講的話閘落來。

　　高林講：「我欲結婚的理由有以下三點：第一，像我這款生活富裕的牧師，愛建立一个婚姻的模範予全教區的人看。第二，相信我若結婚，我就會得著幸福。第三，啊！這點上蓋重要，我三生有幸，拄著一个遐爾仔高貴的女施主，伊叫我愛較緊結婚，我當然就愛較早娶咧。

　　「伊俐莎白表小妹，親像蒂寶夫人對我的照顧，會當講是一个比別人閣較好的條件。我咧想，親像你遮精光 [2] 閣活潑，一定會誠得伊疼，只要你佇伊的面頭前較大端、較穩重咧，伊定著會佮意你。

　　「另外，我嘛有考慮著日後恁老爸若死，浪保恩所有的財產就攏是我的，為著欲彌補恁，我才著愛來遮揀一个做某。

　　「若講著嫁妝，這，你免煩惱，我袂去看重你有偌濟嫁妝，嘛袂對恁老爸提出啥物要求，因為我足了解，以伊的能力，就算我講出喙，伊嘛做袂到。這个問題，做你放心，咱

結婚了後，我絕對袂對這層代誌囉哩囉嗦。」

聽伊講甲脹脹長，伊俐莎白有影袂忍得，就拍斷伊的話。

「先生，你敢捌聽過人咧講『食緊挵破碗』？莫閣浪費時間矣！就予我來回答你好矣！多謝你的呵咾，你的求婚予我感覺誠榮幸，真歹勢，除了謝絕你的好意，我無別條路通行。」

聽伊俐莎白按呢講，高林一點仔都無受氣，攄手講：「啊！恁查某囡仔的空頭[3]我攏知知咧！就算心內是怎樣仔願意，頭擺予人求婚的時，喙裡攏嘛愛拒絕。人咧講『枵鬼假細膩[4]』，你就是這款人！相信閣過無偌久，我就會共你的手牽咧，自禮堂行出去囉！」

看高林講袂伸捙[5]，姑不而將，伊俐莎白就大聲共伊嚷。

「你是聽無人話是毋？我都開喙講無愛矣，你猶咧向望啥？講較坦白的！你無法度予我幸福，相信我嘛無法度予你幸福！若是你的大恩情人——蒂寶夫人有去探聽我這个人，相信伊嘛會講我這个人無資格做你的太太。」

高林聽了後，面腔誠嚴肅：「就算蒂寶夫人有這款想法，我想伊老大人嘛絕對袂反對的！做你安啦！另逝，若有機會閣見著伊的時，我一定會佇伊的面頭前，呵咾你恬靜又閣勤儉。」

伊俐莎白講：「坦白對你講，高林先生！無論你怎樣仔呵咾我，攏是白了工。今仔日，我予你這个機會講遮的話，主要的目的，只是為著欲予你知影我無想欲嫁你！」

高林講：「我知影！恁查某囡仔對查埔人的頭擺求婚，定著是愛拒絕的。你會按呢講，就是欲鼓舞我，予我繼續追求你。」

伊俐莎白愈聽是心愈凝，講：「高林先生，你是按怎攏聽無人話咧！話已經講甲遮明矣，你敢毋知我的意思？咱兩个人是絕對無可能的！」

高林講：「親愛的表小妹，我的財產遐濟，你哪有可能無看在眼內？而且，以我的社會地位、我佮蒂寶夫人的關係，種種遮爾仔好的條件，你哪會拒絕咧！閣再講，除了我，是絕對袂閣再有人會向你求婚。你拒絕我，只是向望我閣向你求一擺婚爾！」

伊俐莎白講：「親像你遮爾仔有地位的紳士！無錯！你向我求婚予我足有面子，我嘛足感謝！毋過，若欲愛我做你的牽手，彼是絕對無可能的！我對你誠實一點仔感覺都無，絕對毋是枵鬼假細膩。我對你講的攏是實在話！」

聽著伊俐莎白的話，高林規个面腔變甲有夠歹看，伊伴生[6]講：「你嘛咧古錐！我相信只要恁爸母做主，你就袂閣再講毋嫁這款話！」

伊俐莎白看伊按怎講高林攏聽無，就無想欲閣講落去矣，隨離開彼間房間。

伊俐莎白決定欲去共班奈先生講清楚，叫家己的阿爸千萬袂當答應這層婚事。

傲慢佮偏見

1. 延延：iân-tshiân，拖延耽擱。
2. 精光：tsing-kong，頭腦聰明，做事仔細。
3. 空頭：khang-thâu，花樣、名堂。
4. 枵鬼假細膩：iau-kuí ké sè-jī. 形容表裡不一、矯揉造作的人。
5. 袂伸捙：bē-tshun-tshia，通常指經過言詞勸說之後，仍無法改變對方的態度或想法。
6. 佯生：tènn-tshenn，裝蒜。

20

　　高林家己一个留佇房間，猶唰數想[1]伊佮伊俐莎白美滿
的姻緣。

　　班奈太太叫是婚事已經成矣，聽高林講了，班奈太太隨
就知影，這層婚事絕對烏有[2]去矣！

　　班奈太太就對高林講：「做你放心！我會叫伊較捌代誌
咧！這个毋知影好歹的實頭[3]查某，我絕對會叫伊聽我的話
嫁予你！」

　　高林講：「失禮！先予我插一下仔喙，伊若是一个實頭
查某，我就毋知影伊敢有這个資格來做我的家後矣！因為像
我這款身份地位的人，欲娶的人絕對袂使是實頭。」

　　班奈太太講：「哎唷！你誤會矣啦！俐絲毋是實頭，除
了這項代誌，伊是足精光的。我隨來揣阮頭家，我有把握，

無兩三下手，婚事百面就妥當矣！」

班奈太太隨兇兇狂狂傱去班奈先生的書房。

一下踏入去，伊就足大聲咻：「哎喲！老爺啊！較緊咧啦！天地咧欲顛倒反去矣！你緊來苦勸俐絲啦！伊竟然講無欲嫁予高林先生啦！看欲按怎才好！細漢是煩惱伊袂大，大漢煞煩惱伊無人欲娶！哎喲！我哪會遮歹命啦！」

看著家己的牽手按呢趒，班奈先生是連目眉都無振動，頭攑起來，恬恬看閣微微仔笑，等伊的某趒煞了後，伊才沓沓仔開喙：

「這，我哪有法度？看來這層婚事是罟仔寮著火[4]，無望矣！」

班奈太太講：「你去共恁查某囝講，叫伊一定愛嫁予高林先生。」

「好！就予我來共伊講。」

聽著家己的翁婿按呢講，班奈太太隨叫人去請伊俐莎白來遮。

看著伊俐莎白行入來，班奈先生隨就大聲問：「查某囝！聽講高林先生有向你求婚，敢誠實的？」

伊俐莎白應講，確實有這層代誌。

「誠好！聽講你共伊拒絕矣，敢是？」

伊俐莎白講：「無毋著！阿爸！」

「若按呢，咱現此時來講正經的！恁阿母叫你一定愛嫁伊。某的，你的意思敢是按呢？」

班奈太太講：「無錯，規欉好好！若無，伊以後就莫叫我阿母！」

班奈先生誠嚴肅，講：「這確實是一件足困難的選擇！俐絲，你愛想予清楚才決定。若你無欲嫁予高林先生，恁母仔以後就無欲插你；不而過，若你欲嫁予伊，就換我無愛見你矣！」

頭起先，伊俐莎白聽阿爸按呢講，猶小可仔膽膽；想袂到後來變做按呢，煞笑出來。

班奈太太聽著家己的翁婿按呢講，受氣閣失望，氣掣掣[5]罵袂煞。

無論班奈太太出啥物步，用騙的、用放刁的，話喝甲大聲細聲，橫直，無論班奈太太按怎花、按怎亂，伊俐莎白誠堅心[6]，伊就是無想欲嫁予高林。

到甲彼當陣高林才知，伊俐莎白是決心無欲嫁伊，毋是枵鬼假細膩。

雖然這件代誌，真正傷著高林的自尊心，毋過，伊只要想著伊俐莎白會去予班家的人罵甲臭頭，心內就暗暗仔歡喜。

就佇班家亂操操的時陣，謝露提這時煞來拜訪。

班奈太太姑情謝露提去苦勸伊俐莎白：「你叫伊無論如何一定愛嫁予高林先生。佇阮這間厝，無半个人和我徛做伙，逐家攏按呢蹧躂我，對我遮酷刑[7]，敢誠實有人會體諒我的腦神經衰弱？」

謝露提拄欲應爾，珍和伊俐莎白就行入來矣。

113

班奈太太啾甲足大聲：「你共看，伊按呢激外外[8]，一點仔都無共我囥在眼內！大主大意！另日仔恁老爸若曲去[9]，看啥人欲飼你啦！我先共你講喔，我是飼你袂起喔！按今仔日起，咱就田無交、水無流！拄才我就講過矣，我這世人攏無愛閣佮你講話矣，我是講會到做會到！啥人欲佮不孝的查某囝講話？我無欲和任何人講話啦！講實在的，親像我這款腦神經搖搖疼的人，本成就無愛講話，無講逐家就攏毋知影我的艱苦，就攏無人會來可憐我啦！」

班奈太太一直踅踅唸，無半个人敢來拍斷伊的話。尾手，高林先生就行入來矣。

班奈太太看著伊，就用哀怨的聲調，想欲將家己準備好的彼套話講出來：「喔！高林先生。」

想袂到，伊才欲開喙爾，高林就隨共伊拍銃。

伊的面腔閣誠歹看，講：「班奈太太，我欲收回對令千金的求婚！希望你莫叫是我無尊存恁兩个老大人，嘛莫見怪我！因為拒絕我的是恁查某囝，並毋是恁。我對這層婚事，自頭到尾攏是好意，目的就是欲揣一個可愛的家後，而且考慮著貴府的利益。若準我的態度有啥物毋著的所在，就予我佇遮共你會一下仔失禮！」

1. 數想：siàu-siūnn，妄想。
2. 烏有：oo-iú，泡湯、落空。
3. 實頭：tsàt-thâu，頭腦不靈光。
4. 罟寮：koo-liâu，存放漁網的簡易小屋。罟仔寮著火，即「全無網」（全無望）的意思。
5. 氣掣掣：khì-tshuah-tshuah，怒氣沖沖。
6. 堅心：kian-sim，下定決心、意志堅定。
7. 酷刑：khok-hîng，殘忍、心狠手辣。
8. 激外外：kik-guā-guā，置身事外、裝出一副事不關己的樣子。
9. 曲去：khiau--khì，過世、往生，屬於較為俚俗的說法。

21

　　高林求婚這層代誌，予伊俐莎白真歹過日，不管時就愛聽班奈太太佇退訴訴唸[1]。

　　隔轉工，高林的態度全款是氣掣掣，看起來苛頭又閣自高，伊俐莎白叫是伊會想欲緊離開遮，啥人知，高林講伊會按照原底的計畫，留佇浪保恩到拜六才欲走。

　　早頓食煞，班家的小姐攏想欲去麥里鎮，順紲探聽看蔚克漢是轉來抑未，伊俐莎白無想欲留踮厝佮高林相對相，嘛綴咧去囉。

　　拄到麥里鎮，班家的小姐就搪著蔚克漢矣！

　　蔚克漢講：「最後我無去，是因為我感覺佮達西先生猶是莫見面較好！若無，想著欲佮伊佇舞會做伙幾若點鐘，會予我誠礙虐！若因為按呢舞一寡有的無的，予人看笑詼，敢

116

毋是會予阮雙方面攏無歡喜？」

伊俐莎白實在誠敬佩蔚克漢，講伊的修養誠好。

尾手，班家的姊妹仔佮蔚克漢講一睏仔話了後，就離開矣！轉去到厝，珍就收著一張對尼德菲山莊寄來的批。

伊俐莎白看著阿姊咧讀批的時，表情怪怪，尤其珍對批內的某幾句話，是看了閣再看。

落尾，珍對伊俐莎白使一个目箭，兩个人就做伙起去樓頂。

個兩人入去房間，珍就隨共批提出來，對伊俐莎白講：「這是賓利小姐寫來的，批內的消息予我聽一下著生驚[2]！伊講個已經搬離開尼德菲山莊矣！而且……袂閣轉來矣！」

無講無呾[3]就搬離開這個所在，確實予人料想袂著；只不過，伊俐莎白是認為，若干焦這兩个姊妹仔搬離開，其實無啥物通可惜，只要賓利佮珍會當定定見著面，個搬走嘛無要緊。

珍聽伊俐莎白按呢講，一點仔就無去予安慰著。

珍對伊莉莎白講佇批內賓利小姐有提起，今年的寒人進前，包括賓利先生在內，個兜攏無人會閣轉來尼德菲山莊矣。

伊俐莎白講：「這無定著干焦是賓利小姐家己想的爾。」

珍講：「你哪會按呢想咧？你敢知影，賓利小姐佇批內有閣講，達西小姐無論是外表、內才、氣質各方面，無人比伊會得過，個兩个姊妹仔攏誠希望伊會當做賓利太太。我咧想，講欲搬離開遮，一定是賓利先生的決定。」

聽珍是愈講愈傷心，予伊俐莎白有小可仔毋甘。

珍將批讀煞，講：「俐絲，賓利小姐的意思是毋是講甲足明？伊無希望、嘛無願意我做伊的阿嫂。而且，伊嘛咧共我暗示，若準我對賓利先生有感情，叫我著愛想較開咧！伊是毋是這款意思？」

伊俐莎白講：「伊的批，當然會當另外解說啊！我所欲講的，就佮你所想的意思無全，你敢欲來聽看覓咧？」

珍講：「嘛好。」

伊俐莎白講：「我咧想，這是賓利小姐看出賓利先生已經愛著你矣，毋過，伊煞希望家己的阿兄會當娶達西小姐。伊會綴賓利先生去倫敦，上主要的原因就是欲共伊縛牢咧，而且閣欲想辦法予你相信，賓利先生對你一點仔感情都無。」

珍那聽那幌頭，目屎險險仔就輾落來矣。

伊俐莎白講：「請你愛相信我！只要捌看過恁兩个人做伙的模樣，絕對會認定賓利先生對你有感情！我相信賓利小姐全款看會出來。

「伊會遮爾仔著急想欲共達西小姐和伊的阿兄揀做堆⁴，是有私心的。若賓利先生會當娶達西小姐，伊想欲嫁達西先生的心願，欲達成就會較簡單。

「珍！你千萬莫因為伊按呢講，就叫是賓利先生已經愛著達西小姐矣！閣較毋通相信，賓利小姐有彼款才調，叫伊的阿兄莫去愛你，煞去愛達西小姐！」

珍講：「親愛的伊俐莎白，若是我會當嫁予伊，伊的姊

妹仔和朋友煞希望伊佮別人結婚，若按呢，我敢會幸福？」

伊俐莎白講：「這，就愛看你家己按怎想矣。若你感覺失去這兩个姊妹仔的痛苦，比做伊的太太的幸福閣較大，我會苦勸你猶是較早放棄會較好。」

珍閣講著賓利先生袂閣轉來的這件代誌，這點，伊俐莎白講伊無按呢想。

伊感覺這干焦是賓利小姐家己咧想的，嘛認為賓利先生袂聽賓利小姐的話。伊俐莎白講，賓利先生是一个有定見的查埔人，袂因為別人的一兩句話，就來改變家己的決定。

聽伊俐莎白按呢開破 [5]，珍就較無遐爾仔艱苦矣，嘛對賓利以後會轉來尼德菲山莊這件代誌較有信心矣。

無疑悟，班奈太太聽著賓利離開的消息，煞傷心甲吼 [6] 出來，直直怨嘆家己哪會遮爾仔歹運。

1. 詬詬唸：kāu-kāu-liām，嘮嘮叨叨、囉囉嗦嗦。
2. 著生驚：tio̍h-tshenn/tshinn-kiann，受到驚嚇。
3. 無講無呾：bô-kóng-bô-tànn，不動聲色、不聲不響。
4. 揀做堆：sak-tsò/tsuè-tui，湊成一對。
5. 開破：khui-phuà，解釋。
6. 吼：háu，哭泣，通常指哭出聲音來。

這工，班奈規家伙仔予呂家莊請去食飯，謝露提攏一直陪佇高林的身軀邊，佮伊講話。

　　謝露提的目的，是欲共高林先生的心摸過來伊遮，為著無欲予高林繼續佮伊俐莎白觸纏[1]，才會規工綴高林綴牢牢。

　　可惜，伊俐莎白並無了解謝露提的用心，顛倒佇心內感覺歹勢，伊對謝露提講：「多謝你陪伊講話，若無，伊彼款面腔予我嘛毋知影欲按怎應付。」

　　暗時，班奈這家伙仔欲告辭的時，謝露提感覺伊已經共高林的心搝牢咧矣。若毋是高林拜六就欲離開，伊感覺高林早慢會向伊求婚。

　　其實，謝露提確實無了解高林的個性。高林會來遮，就是興欲娶某，就佇第二工透早，伊趁班家的人攏無發覺的時

121

陣，偷偷仔旋出去，趕去呂家莊，就是欲向謝露提表達伊的愛慕，順紲向伊求婚。

雖然高林佇昨昏的晚宴內底，就感受著謝露提對伊嘛有意思，只是講，自從頂逝向伊俐莎白求親失敗了後，伊就毋敢閣傷衝碰矣。

高林按怎想就想袂到，伊一下開喙求婚，謝露提隨就頷頭[2]答應囉！

高林歡喜甲，反來反去的情話，按怎講都講袂煞，謝露提聽甲差一點仔連笑都笑袂出來。就按呢，這兩个人就決定欲趕緊辦喜事囉。

講起高林這个人，生成就是孝呆孝呆，逐查某是足頇顢[3]，只要有人去予伊相著，聽著伊表達愛意的話語，最後攏會予伊食膨餅[4]，無一个成。

這擺，謝露提答應高林的求婚，全然是看伊有錢閣有地位。

呂卡斯這對翁仔某，一下知影高林欲和家己的大漢查某囝結婚，不止仔歡喜！因為謝露提已經有歲矣，厝裡閣無啥物錢通好款嫁粧，高林的條件確實誠好，閣較免講，未來猶有一注大注[5]的遺產通好得。

謝露提佇家己一个人的時，想起這層婚事，伊猶算誠滿意。雖然伊知影高林是一個無人緣閣誠無聊的人，伊猶是需要這款人來做翁婿。

論真講起來，家境穩又閣受過教育的小姐，結婚是唯一

的彼條路，就算結婚無一定會予人幸福，謝露提感覺嫁予高林，上無，日後就毋免為著食穿來操煩。

只是伊知影，伊俐莎白定著會對這層婚事驚一趒，無定著閣會怨伊。

謝露提就來吩咐高林，轉去浪保恩的時，愛保守祕密，千萬毋通共這層婚事講出去。

因為高林隔轉工透早就欲離開，班家所有的人才會佇欲睏進前，齊過來佮伊相辭。

班奈太太誠心誠意閣帶禮數對伊講，另日仔若有閒，一定閣愛來浪保恩行行坐坐咧。

高林應講：「敬愛的夫人，承蒙邀請，內心感激，好意領受。做恁放心，最近我誠緊就會閣來。」

聽高林按呢講，逐家攏驚一趒！尤其是班奈先生，伊根本都無希望高林閣再來。

班奈太太叫是伊講的「會閣來」，意思是欲向其他的查某囝求婚，所以，班奈太太拍算欲去苦勸第三查某囝——瑪俐，若高林閣來求婚，一定著愛同意。

誠可惜，第二工透早，班奈太太遮的向望，全部碎糊糊矣！

高林離開無偌久，謝露提就隨過來浪保恩，共昨昏高林向伊求婚的代誌，私底下講予伊俐莎白聽。

伊俐莎白聽著這件代誌，驚甲無顧禮數，就大聲叫出來：「和高林先生訂婚？親愛的謝露提，這哪會使！」

謝露提勻勻仔[6]講:「親愛的伊俐莎白,你哪會遮爾仔驚惶?敢講,高林先生無上你的目,別人就袂使佮意伊?」

等甲伊俐莎白的心情較平靜矣,才勉強將家己真正的想法哲佇腹肚內,用定著的氣口祝福謝露提,講伊希望個兩个人會當永結同心、幸福美滿。

這件代誌予個互相感覺真礙虐,過一觸久仔,謝露提就來相辭矣。

伊俐莎白感覺這个表兄有夠諏古,竟然有才調佇三工內,向兩位無全的人求婚;予伊閣較料想袂到的是,伊的好朋友竟然會頕頭!

伊俐莎白從來毋捌想過,謝露提會為著現實佮世俗的利益,做這款選擇。在伊看來,這才是天下間上蓋卸面底皮的代誌。

1. 觸纏:tak-tînn,糾纏、麻煩。
2. 頕頭:tàm-thâu,點頭。
3. 頇顢:hân-bān,形容人愚笨、遲鈍、笨拙、沒有才能。
4. 食膨餅:tsiah-phòng-piánn,挨罵、碰釘子。
5. 大注:tuā-tù,鉅款。注:計算金錢的單位。
6. 勻勻仔:ûn-ûn-á,慢慢地。

23

　　呂卡斯先生綴佇謝露提的後壁，嘛來浪保恩報喜！又閣講，未來會當和班家親疊親，實在是足榮幸的代誌。

　　班奈太太聽著伊按呢講，連禮數都袂赴顧，隨講：「這無可能！一定是你聽毋著去！」

　　俐蒂亞本成就真毋是款[1]，聽著這款消息隨大聲講：「呂卡斯先生，你是咧講啥瘠話啥！你敢毋知影人高林先生是欲娶阮俐絲的？」

　　普通人若搪著這款場面，百面是接載袂牢的！只是講，呂卡斯先生並毋是普通人，伊閣不止仔有腹腸，共所有的歹聽話總攬起來：「人情留一線，日後好相看。親事現此時都已經決落去矣，恁逐家愛來接受毋才著！」

　　伊俐莎白這時嘛徛出來，證明拄才伊嘛聽謝露提講起這

125

層婚事矣。

班奈太太佇呂卡斯先生的面頭前是氣甲講無話；等伊前跤走，後跤就風火著，大聲哭呻[2]。

彼工，班奈太太罵來罵去、餾來餾去攏是歹聽話，毋管別人怎樣仔苦勸攏無效，嘛無人有才調予伊莫閣受氣。班奈太太磕袂著就罵，想著就詈，到甲暗時，彼口氣猶是袂消散。

謝露提佮高林的婚事，在班奈先生看來，感覺是誠心適。伊對伊俐莎白講，本底伊認為謝露提是一個捌世事的人，啥人知，這个查某囡仔竟然會遮爾仔戇呆。

閣有呂卡斯太太，講起伊這个人嘛誠各祕[3]，伊三不五時就去浪保恩，就是欲對班奈太太品[4]，不時煬講家己的查某囝連鞭就欲嫁好翁矣。

用跤頭趺想嘛知，聽著這款話的班奈太太，面腔哪有通倍好，對喙裡講出來的話，全攏是三角六尖[5]，害呂卡斯太太毋但風神[6]展無成，顛倒規面全豆花。

自從知影高林的婚事了後，伊俐莎白和謝露提這兩个人的感情，就按呢來抔空[7]矣！

伊俐莎白對謝露提實在有夠失望，後來想開了後，規个心就全倚對家己阿姊的身軀頂去。

這馬，伊俐莎白是愈來愈無信心矣，因為賓利已經離開規禮拜矣，到今猶無聽著伊欲轉來的消息，予伊替珍開始緊張起來。

自從珍回批予賓利小姐了後，伊逐日攏咧等批，逐工咧

算家己閣愛幾工，才會當閣再收著賓利小姐寫來的批。

賓利小姐的批一直等無，班家先收著的批信，是高林寫予班奈先生的感謝函。批內蓬心[8]的感謝詞是濟甲驚死人，閣講，為著欲來看伊心所愛的人，誠緊就會閣來浪保恩。

這擺高林欲閣來的消息，予班奈太太無蓋歡喜，一直踅踅唸講高林是按怎無欲去呂家莊，又閣怨嘆這種人客予伊誠麻煩，害伊的頭殼又閣不時咧揎揎疼⋯⋯班奈太太翻來踅去，較唸嘛是遮的代誌。

這段時間，珍佮伊俐莎白攏無收著任何賓利先生的消息，兩个人的心肝內嘛因為按呢，起起落落。

日子是一工過一工，賓利連甲一屑仔消息都無，干焦有聽著麥里鎮的人咧風聲講，今年的寒人，賓利先生是袂閣轉來尼德菲山莊矣！

聽著這款的消息，珍若行佇咧暗毵[9]的路裡，心肝頭齊是驚惶佮不安。只是，伊無願意予任何人知影伊的心事，連對伊俐莎白，伊嘛無閣再提起賓利的代誌。

干干仔班奈太太全無體諒著珍的苦情，磕袂著就提起賓利先生，講啥物伊家己等甲心狂火著[10]，閣講若賓利真正袂閣轉來，就是一个薄情郎，叫珍莫閣戀戀仔等矣。

過無偌久，高林又閣來浪保恩，是講伊這擺來的目的是欲來揣謝露提，大部分的時間攏踮佇呂家莊。對班家的人來講，毋免佮伊接接，實在是省誠濟麻煩。

班奈太太自從接受謝露提欲嫁高林的這件代誌了後，便

若看著這兩个人細細聲仔咧講話，就會想講這兩个人定著咧按算，參詳欲等班奈先生曲去，隨就欲共伊和彼幾个查某囝對浪保恩卼出去。

班奈太太講：「見若想著咱所有的財產攏愛交予高林翁仔某就足毋願！若毋是繼承權的問題，我才無欲管待伊咧！」

班奈先生講：「謝天謝地！看起來你猶無遐儑面[11]。」

班奈太太講：「老爺，只要和繼承權有關的代誌，我是絕對袂謝天謝地的！哪有人會去違背家己的良心，無欲共遺產留予家己的查某囝，顛倒愛予無底代的親情？這款規定我誠實是想無！閣再講，高林是有啥物資格會當得著你的遺產？」

班奈先生講：「這个問題，就予你家己沓沓仔想囉。」

1. 毋是款：m̄-sī-khuán，不像話。
2. 哭呻：khàu-tshan，訴苦，講出不平。
3. 各毖：kok-pih，滑稽。
4. 品：phín，誇耀。
5. 三角六尖：sann kak la̍k tsiam，比喻話鋒尖利，講話帶刺。
6. 風神：hong-sîn，神氣。
7. 扴空：khê-khang，指雙方感情有了隔閡，不再親近。
8. 蓬心：pōng-sim，空心。
9. 暗毿：àm-sàm，陰暗，通常形容地方陰森森的。
10. 心狂火著：sim-kông-hué-to̍h，氣急攻心、火冒三丈。
11. 儑面：gām-bīn，罵人因無知或不識趣而做出不適宜的蠢事。

24

珍逐工矚矚看的回批，總算是予伊等著矣！這張批，除了假仙假觸的鋪排話，全無問著珍這馬過了按怎。

賓利小姐干焦咧講達西小姐的代誌，而且又閣講伊的阿兄已經佮達西先生躡鬥陣矣，伊相信閣無偌久，達西小姐就會變做伊的阿嫂。

這張批，予珍心肝內的向望全碎去，碎甲破糊糊。

伊俐莎白到今才知，賓利先生竟然是這款耳空輕[1]的人！伊就若像一隻予人貫鼻的牛全款，予歹心烏漉肚[2]的朋友佮小妹牽咧硞硞趄，閣將伊的幸福提來滾耍笑。

伊俐莎白反過來、想過去，仙想都想無，到底是賓利僥心[3]去愛別人？抑是伊根本都毋知頭毋知尾？伊俐莎白知影，無論按怎，珍的心去予傷甲無底矣。

班奈太太猶原和平常時仔全款，若講著尼德菲山莊佮賓利先生，就會佇珍的面頭前，踅踅唸規半晡，等伊唸甲忝矣、無力矣，才會離開。

尾手，珍實在是袂堪得，才開喙對伊俐莎白講：「譁！阿母敢袂當小控制一下！三不五時就提起彼个人的代誌，予我的心真正絞咧疼。毋過就算我的心會疼，嘛袂去怨嘆任何人。」

伊俐莎白是那聽那毋甘，講：「珍！你哪會遮爾仔古意？凡事攏替人咧想，就算天頂的仙女嘛無你的一半仔好。」

珍直直講家己無伊俐莎白講的遐爾仔好。

伊俐莎白講：「在你的眼內全無歹人，只要我講人一句歹，你就聽袂過心[4]。若是我，真正予我佮意的無幾个，世事看愈濟，我就愈不滿；我愈來愈相信，人總是會變的，反常就是人性。你看謝露提，伊的婚姻誠實是莫名其妙！予我按怎想都想袂通！」

珍講：「你千萬毋通按呢烏白亂想！若無，你一世人的幸福就會烏有去。你對每一个人的處境佮個性，無夠諒情，你著愛顧慮著謝露提的感受，無定著伊對高林先生，確實有敬愛佮尊重。」

「阿姊，高林先生是一个囂俳、愛展風神、腹腸閣狹的實頭人，這，你佮我攏知影啊。干焦彼款頭腦無清楚的查某人，才會去嫁予伊。這馬，雖然講這个查某人就是謝露提，你嘛免為著伊的自私自利來辯解啊。」

「你話講甲傷重矣！日後，若是你看著這兩个人過著幸福快樂的日子，你就會知影，我講的並毋是假。猶閣有，咱千萬莫向望一个跳踢⁵的查埔人，做代誌會周至周至⁶、細膩細膩⁷。這一切攏是我虛華的心，共別人的欣賞，當做是愛情。」

伊俐莎白講：「就算賓利先生毋是存範欲騙你，事實就是事實！這个查埔人，無精光！無眼光！連你的真情實意伊攏看袂出來！」

珍講：「親像你講伊予朋友佮姊妹仔控制牢咧，這點我是毋信！一个查埔人哪有可能清彩⁸予人控制咧？而且，做姊妹仔的攏嘛希望阿兄會當幸福，若準賓利先生是真心咧愛我，別个查某人敢有法度予伊幸福？」

伊俐莎白講：「你頭一个就想重耽去矣！這對姊妹仔除了向望賓利先生會當幸福，上蓋重要的是個猶有別个按算。個希望賓利會當娶一个門風⁹好、身份高貴的千金小姐，因為只要按呢，這个家族就會錢疊錢、勢疊勢。」

珍講：「若按呢，達西小姐就是個揣的對象。是講，賓利先生若是真心佮意我，我想，應該無人會當改變伊的想法。若無，賓利小姐對我遮爾仔無情無義，這會予我的心，疼甲袂接力。我猶是接受較合世情的設想，是賓利無意，按呢想較袂予我艱苦。」

人攏講，最近的浪保恩是咧行衰字運¹⁰，無人敢倚過去。佳哉猶有蔚克漢不時會來厝裡坐，予班家的鬱悶消散袂少。

講著蔚克漢，麥里鎮的查某人攏講伊做人坦白、豪爽，逐家攏咧呵咾伊。

原本蔚克漢干焦講予伊俐莎白聽的話，現此時麥里鎮全全湠開[11]矣！逐个人攏講，莫怪達西看起來會遮爾仔鑿目[12]、顧人怨，伊對蔚克漢傷酷刑，誠無良心。

珍的心肝較善良，便若聽著有人講達西，伊總是會去拜託講的人慢且下結論，又閣講代誌可能有誤會。

可惜，珍的話無人聽會入耳，逐家猶是共達西看做是這个世間上蓋歹心的人。

1. 耳空輕：hīnn/hī-khang-khin，指人耳根軟，容易聽信別人的話。
2. 烏漉肚：oo-lok-tōo，心腸極壞。
3. 僥心：hiau-sim，變心。
4. 過心：kuè/kè-sim，過意。袂過心：不能安心、過意不去。
5. 跳踢：thiàu-thah，活躍、活潑。
6. 周至：tsiu-tsì，周到。
7. 細膩：sè-jī，做事小心謹慎。
8. 清彩：tshìn-tshái，隨便。
9. 門風：mn̂g-hong，家庭的名譽。
10. 卯字運：báu-jī-ūn，比喻走霉運。
11. 湠開：thuànn--khui，蔓延擴大。
12. 鑿目：tshàk-bàk，刺眼。

25

　佇高林第二改來浪保恩的這禮拜，高林先生是那談情說愛，那咧計畫未來的婚事。高林感覺家己是全世界上幸福的查埔人，因為後逝閣來浪保恩，伊就欲共謝露提娶轉去矣。

　這站仔，班奈個兜誠鬧熱，前跤的人客才走爾，後壁隨閣有人客欲來矣。

　班奈太太的小弟和弟婦仔——嘉定先生佮嘉定太太，就欲來浪保恩過聖誕節，這予班奈太太有夠歡喜。

　這對翁仔某一下來到位，班奈太太隨共這站仔班家所發生的代誌，講予嘉定太太聽。

　班奈太太是足怨嘆的：「阮珍乎，我袂去怪伊。因為伊若有通嫁予賓利先生，早就嫁過去矣！我若講著俐絲，就會規腹肚火！你敢知？若毋是伊的個性敢若牛咧，早就變做高

134

林夫人矣！

「你看啦！呂卡斯太太就比我較好運。阮浪保恩的財產早慢攏愛讓予個矣啦！我嘛毋願按呢講，毋過，事實就是事實！我遮爾仔凝心¹，又閣搭著這款自私的唇邊，腦神經哪會袂衰弱咧？」

落尾，賭伊俐莎白一个人的時陣，嘉定太太又閣問起這件代誌。

伊講：「賓利先生確實是好對象，親事無法度順咱的意，是有較可惜。不而過，人生總是難免會去拄著這款代誌。親像賓利先生這款少年家，看一个愛一个，這款的代誌，是濟甲窒倒街²。」

伊俐莎白講：「賓利先生對珍確實誠痴情，逐个人攏看會出來。我相信伊對珍是愛甲入骨，毋知佗位重耽去，落尾哪會變甲按呢。」

嘉定太太講：「珍有影足可憐的！連我都替伊咧艱苦，這層代誌一定會牢佇伊的心肝內。你看，咱敢有法度苦勸伊去阮遐蹛一站仔？無定著離開遮，去外口散一下仔氣，珍的心情會較好。」

伊俐莎白對這个建議誠贊成，嘛相信珍會來同意。

嘉定太太閣講：「我希望珍莫因為賓利佇倫敦，就躊躇³毋敢來阮遐。阮佮伊蹛的是無仝區，往來的朋友嘛無仝，除非是伊家己來阮遐拜訪，若無，個兩个人欲見面是無啥可能的。」

伊俐莎白講：「我咧想，賓利先生絕對是予伊的小妹佮朋友掬[4]牢咧！才袂予伊有機會去看著珍。」

珍聽著嘉定太太的邀請，歡歡喜喜就答應落來，伊佇心內暗暗仔咧想，欲趁這擺去倫敦的時，揣機會去拜訪賓利小姐。

嘉定翁仔某佇浪保恩蹛的彼禮拜誠無閒，逐日攏有人來請欲食飯。逐擺食飯的時陣，班家攏會邀請蔚克漢來浪保恩。

看著伊俐莎白佮蔚克漢個兩个人互相有意思，這予嘉定太太的心肝頭是真不安。

1. 凝心：gîng-sim，因為心煩而不開朗。
2. 窒倒街：that-tó-ke/kue，到處都有、充斥四處。
3. 躊躇：tiû-tû，猶豫。
4. 掬：khînn，用力抓住固定的東西。

26

嘉定太太見若揣著機會，就會共伊俐莎白提醒。

伊講：「感情的代誌，愛較斟酌咧！你若欲和蔚克漢談戀愛是誠危險的。我毋是講伊無好，伊這个查埔人確實誠心適。毋過，我欲提醒你喔，目睭愛擘較金咧，感情莫下傷緊，千萬毋通予信任你的人失望。」

伊俐莎白笑笑仔講：「阿妗！你莫緊張啦！我會替蔚克漢先生踏擋仔，袂予伊衝落來這段感情內底。」

嘉定太太講：「聽你按呢講，就知影你共阿妗的話當做馬耳東風。」

伊俐莎白聽嘉定太太遮爾仔嚴肅，就誠正經回答：「阿妗！坦白對你講，自頭到今，我對蔚克漢先生一點仔愛意都無，這點你會當放心。總講一句，我袂予任何人對我來失望。

「只是講，談戀愛敢著考慮這个人是好額抑是散赤？準講現此時我已經愛著矣，欲對這段感情內底抽退，你想敢有可能？我毋是會去違背家己感情的彼款人。阿妗！我干焦會當允¹你，對這段感情，我會寬寬仔來！」

聽伊俐莎白按呢講，嘉定太太就有較安心矣。無偌久，嘉定翁仔某離開浪保恩的時，珍嘛綴佇轉去倫敦。

過無幾工，高林又閣來浪保恩拜訪。這改伊來，是欲辦婚禮的。

班奈太太見若講著這層婚事，話就不止仔鹹閣澀，伊講：「天公伯仔就來保庇個兩个人會幸福啦！」

拜四欲辦結婚典禮，典禮了後，這對新人就會直接轉去漢斯福，毋才謝露提佇拜三這工，提早來班家佮逐家相辭。

謝露提對伊俐莎白講：「你一定愛定定寫批予我喔！」

伊俐莎白應講：「彼曷著講！」

謝露提問伊講：「若有閒，你敢會來看我？」

就佇伊俐莎白猶咧想的時，謝露提講：「阮阿爸佮小妹，佇三月的時欲去阮遐，向望你嘛會當和個做伙來！」

伊俐莎白看伊遐爾仔誠懇，就頷頭應落來。

謝露提嫁無偌久，伊俐莎白就收著伊寫來的頭一張批矣！

謝露提佇批內對高林佇漢斯福的這間厝，若講著一項，就呵咾一項，看會出伊結婚了後的生活，確實是袂穩。

伊俐莎白那看批那起愛笑，批內所描寫的，予伊感覺謝

露提只不過是共高林一直唌品的代誌，講甲予人較袂遐爾倒彈爾爾。

和謝露提的批比起來，伊俐莎白較向望的是珍對倫敦寫來的批，佳哉，無偌久，伊嘛收著矣。

珍講伊已經佇倫敦一禮拜矣，賓利小姐連甲一个影都無看見，甚至連回批嘛無寫予伊。珍家己唌臆，這誠有可能是頂擺的批半路交落[2]去，賓利小姐無收著，才會無回批予伊。

過欲一個月，伊俐莎白又閣收著珍寫來的批，這擺就有寫著伊和賓利小姐見面的詳細。

珍佇批內講，伊刁工揀一工下晡，行去賓利小姐蹛的彼區去拜訪伊。看著伊來，賓利小姐表面是喙笑目笑，煞講家己連鞭就欲出門，又閣共珍踅踅唸，講欲來也無先通知。

珍問起頂一改寫予賓利小姐的批，伊應講到今猶未收著。看著賓利這對姊妹仔趕欲出門，珍姑不將只好告辭。

珍佇批內講，原本伊叫是賓利小姐知影家己來倫敦，誠緊就會來看伊，想袂到過誠久攏無消無息。賓利小姐的冷淡佮無情，到甲這時，才來予珍看現現。

閣[3]誠久，賓利小姐誠無簡單才行跤到，毋過尻川都坐猶未燒咧，隨就喝欲告辭。看著賓利小姐對伊的態度和早前差遐濟，予珍傷心甲。

珍佇批內講，今已經證明伊俐莎白的看法是著的，猶毋過，到今猶是予伊想無，是按怎早前賓利小姐會對家己遐爾仔好？珍又閣講，若準閣重來一擺，伊全款會相信賓利小姐

對家己的感情是真心的。

　　珍講，伊聽賓利小姐的口氣，若像咧煩惱賓利先生無佮意達西小姐，這點予珍聽甲霧嗄嗄[4]，才懷疑賓利先生敢是猶毋知家己佇遮？才相信伊俐莎白所講的，一定有人咧變空[5]。

　　這張脹脹長的批，予伊俐莎白看甲有夠艱苦。

　　對賓利這个人，伊俐莎白是全然無期待矣！甚至希望伊莫閣佮珍有牽連。伊對這个查埔人，愈想愈看伊無，甚至希望伊會當冗早去和達西小姐結婚。伊俐莎白相信賓利日後一定會後悔，因為，放揀意中人去娶千金小姐，伊的未來一定袂得著幸福。

　　伊俐莎白翻頭閣想著家己，心內有淡薄仔失志，蔚克漢這馬規个心已經佇另外一个小姐遐，無親像早前按呢捷來揣伊矣。

　　會按呢改變，伊俐莎白誠清楚因端[6]，失志是失志，煞無特別艱苦。伊知影蔚克漢所佮意的彼位小姐，只不過是雄雄去得著一萬英鎊的財產，才會遐爾仔唌人。

　　伊俐莎白對蔚克漢的看法，佮早前批評謝露提的時無仝。伊毋但諒解蔚克漢，嘛認為伊按呢做，對雙方面攏較好。就按呢，伊俐莎白誠大方，祝福蔚克漢未來會當幸福。

1. 允：ín/ún，答應。
2. 交落：ka-làuh，丟失。
3. 閬：làng，空。
4. 霧嗄嗄：bū-sà-sà，一頭霧水。
5. 變空：pìnn-khang，搞鬼、耍花招、做手腳。
6. 因端：in-tuann，原因。

27

　　日子過甲不止仔緊，伊俐莎白欲出門的日子到矣！

　　佇欲去漢斯福的前一日，伊俐莎白有佮蔚克漢相辭。這改見面，兩个人攏誠客氣，蔚克漢祝福伊俐莎白未來會當萬事順利，閣講蒂寶夫人若看著伊俐莎白，定著會足佮意的。

　　這款喙脣皮相款待[1]的言語，予伊莉莎白聽甲誠感動，閣共遮的話當做是蔚克漢對伊的關心，對這个人就更加看重。

　　隔轉工，伊俐莎白、呂卡斯先生和呂家的第二查某囝，誠早就坐馬車出門。

　　按謝露提所安排的，個會佇倫敦蹛一暝。伊俐莎白感覺伊安排甲誠十全，因為按呢家己就會當看著珍矣。

　　到倫敦了後，伊俐莎白看著珍攏無變，氣質猶是遐爾仔文雅，就較安心矣。

只是講，伊猶是私底下向嘉定太太探聽珍的狀況。

嘉定太太表示，佇倫敦的這段日子，珍雖然看起來誠平靜，毋過，伊的頭猶不時都頕垂頕垂[2]。

嘉定太太閣將賓利小姐來拜訪彼工的代誌講予伊俐莎白聽，在伊來看，珍確實看破伊佮賓利小姐的感情，下定決心欲佮伊扯[3]矣！

珍的代誌講煞，嘉定太太就提起蔚克漢的代誌，伊笑講伊俐莎白腹腸誠闊，啊都去予這个查埔人放揀矣，煞毋捌聽伊講啥物長短跤話[4]。

嘉定太太又閣講：「這个金小姐，到底是啥款人物？蔚克漢竟然為著伊來放揀你。話講倒轉來，咱有這款看錢遮重的朋友，有夠見笑。」

伊俐莎白講：「阿姈，看錢結婚佮看人結婚，啥物是斟酌？啥物是貪財？舊年你猶咧煩惱，驚我無考慮著伊的經濟就來嫁伊。這馬，伊不過是欲佮有財產的小姐結婚，你怎會來講伊看錢真重咧？」

嘉定太太講：「金小姐若無個阿公留落來的這筆手底[5]，像早前按呢，蔚克漢是連看就無欲共看呢！」

伊俐莎白講：「若無這注遺產，伊當然看金小姐袂上目！若金小姐佮我全款，空空無錢，伊哪著去追求一个伊無要意的人咧？」

嘉定太太講：「毋過乎，金小姐得著手尾[6]，伊就隨親像胡蠅去黏著肉，這敢袂傷毋是款矣？」

伊俐莎白講:「伊這款艱苦人,敢著愛管待別人按怎看伊?閣再講,咱是有啥物立場去反對咧?」

　　嘉定太太知影伊俐莎白的心情去予這件代誌影響著,熱人的時,就邀請伊來做伙迌迌。嘉定太太講:「欲耍甲佗位,這馬猶毋知,無定著咱會行到大湖區遐去喔!」

　　聽著欲去迌迌,伊俐莎白規个精神攏來矣,講:「阿妗!我袂閣鬱悶矣!佮遊山玩水比起來,這點仔失志是算啥咧!你哪會對我遐爾仔好?我實在足幸福的!咱這見去耍,我袂干焦行跤花⁷爾,我絕對會共咱看著的景緻,深深記佇咧頭殼內,等待日後閣再回想,抑是別人有提起的時,我就會將咱行過的這幾个所在,勻勻仔講予逐家聽。」

1. 喙脣皮相款待:tshuì-tûn-phuê sio khuán-thāi,口頭上應酬、應付。
2. 頕垂:tàm-suê,低垂。
3. 扯:tshé,原意有打結、截短之意,後引申為切斷關係、做個了結。
4. 長短跤話:tńg-té-kha-uē,異議,抱怨的話。
5. 手底:tshiú-té,遺產。
6. 手尾:tshiú-bué,遺產。
7. 行跤花:kiânn-kha-hue,漫步、閒逛。

28

🎧

第二工的旅途，伊俐莎白的心情誠輕鬆，見若想著欲佮阿舅、阿妗去旅行，伊的心內就不止仔歡喜。

馬車本成攏佇大路咧行，欲倚漢斯福的時，就斡入去較細條的路矣。

這時，坐佇馬車內底的人，目睭皮攏毋甘瞌[1]，因為馬車踅圍柵仔行攏袂透的所在，就是羅辛花園；佇遮爾仔大的花園內面，有一棟誠氣派的羅辛大樓，彼个高林千呵咾、萬扶挺的蒂寶夫人，就正正蹛佇花園底。

一搭過一搭的樹林，馬車是行了閣再行，終其尾，高林的徛家[2]總算予個看著矣。

高林翁仔某早就佇門口埕咧聽候矣！尤其是高林，伊歡喜甲趒袂停。伊俐莎白感覺伊並無因為結婚，個性就來改變，

猶是佮較早仝款厚禮數。

　　入廳了後，高林用學仔仙的口氣，對個三个人講：「蒙君不棄，光臨寒舍，榮幸至極。」講煞，隨將謝露提準備好的點心展予逐家看，閣叫逐家莫客氣，做個食。

　　高林等這个展寶的機會已經等誠久矣！尤其是咧呵咾家己的厝宅佮裝潢的時，伊俐莎白感覺，這是高林刁工欲講予伊聽的。

　　講起來，高林先生是一个袂博假博又閣頇顢講話的人，有當時仔伊講出來的話，連謝露提都感覺見笑。

　　見若拄著高林咧講戇話，伊俐莎白就會眼一下仔謝露提，謝露提是面仔紅紅，感覺歹勢歹勢，是講伊是巧巧仔人，攏佯做無聽著。

　　高林後來有邀請個去伊的花園行行看看咧。這个花園真曠闊，大大細細的花草攏是高林先生親手所栽，伊誠愛種花，認為這是高尚的娛樂，謝露提嘛認為這對健康誠有幫贊，就不時會鼓勵高林去栽樹種花。

　　後來，謝露提就𤆬伊俐莎白參觀家己的厝。

　　這間厝雖然無蓋大間，毋過誠有篤[3]。厝內所有的佈置是誠幼路[4]，安排甲足四序，予伊俐莎白一直呵咾謝露提的才情。

　　會當做遮的女主人，誠實是福氣，有較落漆的，是愛佮高林做伙生活，就算是謝露提，百面嘛會誠礙虐。

　　伊俐莎白不時咧觀察謝露提的表情，看伊遐爾仔得意就知影，謝露提定著是共高林當做空氣。

食飯的時，高林講：「伊俐莎白小姐，你這禮拜佇教堂就會當看著蒂寶夫人矣！我敢講，只要你閣蹛佇阮遮，伊若來邀請阮去食飯，嘛一定會邀請恁做伙去。」

謝露提綴伊翁的話尾講：「蒂寶夫人確實是一個莊嚴又閣通情達理的貴夫人，而且，是一位足頂真的厝邊。」

高林講：「婿某的，你的話和我是真對同！共我心肝穎仔的話齊講出來矣！像伊這款的貴夫人，無論你按怎共尊存，永遠嘛無夠。」

聽著這款對話，伊俐莎白有夠佩服謝露提，伊確實有伊的手路[5]，才有才調經營這款的婚姻。

隔轉工的透中晝，伊俐莎白當欲出去散步的時，雄雄聽著樓跤大聲細聲，規厝間的人攏誠緊張；過一觸久仔，就有人兇兇狂狂走起來樓頂，大聲叫伊。

伊俐莎白將門拍開，看著謝露提的小妹誠激動，一句話都講袂輾轉，直直叫伊緊落去樓跤，講有大場面通看。伊俐莎白按怎問都問無路來，只好綴伊行入去樓跤的飯廳。

這間飯廳拄好向車路，遠遠看過去，有一台四輪閣低低的馬車停佇咧高林的花園門跤口，內底坐兩位女客。

伊俐莎白講：「干焦按呢爾？我叫是有豬仔囝傱入來花園咧！當時仔是蒂寶夫人個母仔囝來喔。」

謝露提的小妹講：「伊毋是蒂寶夫人啦！彼个是金太太，是蒂寶小姐的奶母啦！另外彼个就是蒂寶小姐，伊生做有夠幼骨[6]的，而且閣遮爾仔薄板[7]！」

「瘦閣薄板！按呢毋才好！」伊俐莎白愈想愈趣味，「蒂寶小姐性地看起來嘛無蓋好，佮彼个人四配甲，予伊做某拄拄仔好。」

後來人客離開矣，高林看著飯廳的這兩位小姐，就大聲恭喜講個欲行大運矣！

看伊俐莎白聽無伊咧講啥，謝露提就將高林的意思解說予逐家聽：明仔載蒂寶夫人欲請高林的人客去羅辛食飯，對個來講，這是天大地大的好消息。

1. 瞌：kheh，眼皮闔起來。
2. 徛家：khiā-ke，住家。
3. 有篤：tīng-tauh，結實、堅固。
4. 幼路：iù-lōo，精細、精緻。
5. 手路：tshiú-lōo，手法。
6. 幼骨：iù-kut，形容身材瘦小。
7. 薄板：póh-pán，形容身材瘦得像木板一樣扁平。

29

🎧

　　人客是蒂寶夫人咧請，高林煞比任何人閣較風神、閣較奢颺[1]，規工貼貼，便若開喙，講的、喃的全全是羅辛。

　　高林對伊俐莎白講：「你免煩惱你無媠衫通穿，蒂寶夫人袂因為按呢就看袂起你，因為伊講『做人著愛知本份』，高貴的媠衫，干焦伊佮伊的查某囝才有資格通穿。」

　　欲去羅辛的這逝路，高林先生一直咧品彼棟大樓有偌爾仔價值連城，毋過，伊俐莎白對伊這款嘮潲話[2]，一句都聽袂入耳。

　　一下踏入羅辛，高林就歡喜甲嚓嚓趒！對這間厝的裝潢，褒攏褒袂停；這時，蒂寶夫人母仔囝和金太太攏坐佇客廳，等待謝露提來替個紹介人客。

　　伊俐莎白勻勻仔觀察眼前的蒂寶夫人佮伊的查某囝。

蒂寶夫人體格誠懸，喙目鼻明明明。伊是一个高高在上的人，無論是講話抑是聲調，齊對鼻空出來，而且參仔氣[3]帶重。這點，佮伊的外甥仔——達西先生，閣不止仔成。

蒂寶小姐果然生做瘦閣薄板，和伊的阿母完全無仝款，看起來敢若有帶病，規个面白死殺。蒂寶小姐無話無句，便若有講話，嘛干焦佇金太太的耳空邊講爾爾。

晚宴果然攢甲足豐沛，佇邊仔侍候的使用人、瓷仔、甌仔，攏佮高林事先形容過的一模一樣。

食飯的時，高林那食那褒，便若有菜捙上桌，攏予伊講甲諏呱呱。伊俐莎白看著這款扶挺形，雞母皮是落甲欲規塗跤。

看起來，蒂寶夫人誠食褒[4]，伊聽著這種諏淬[5]話，愈聽愈歡喜，喙角的笑紋就愈來愈深囉。

飯食煞，所有的女客攏齊集佇客廳，聽蒂寶夫人講話。

蒂寶夫人對謝露提按怎扞家，事事項項攏問甲一枝柄。伊閣叫謝露提一定愛照伊的方式做，連牛牢內的牛母愛按怎照顧，雞籠仔內的雞仔愛按怎飼，伊全意見了了。

伊俐莎白感覺這个貴夫人只要揣著機會，就會教大教細，就算是鼻屎大的代誌嘛是仝款。

蒂寶夫人對伊俐莎白特別要意，問伊有幾个姊妹仔？敢有人結婚矣？生做婿抑穤？佇佗位讀冊？厝裡的馬車是啥款形的？老母的後頭[6]姓啥？

遮的問題予伊俐莎白感覺誠無禮貌，閣無意無思，只是

為著顧禮數，伊猶是誠有耐心一个仔一个回答。

伊俐莎白的禮數，煞予蒂寶夫人軟塗深掘[7]，問講：「聽講恁老爸的財產，未來是高林先生欲繼承的，敢是？」

講到遮，伊越頭對謝露提講：「徛佇你的立場，我是替你歡喜！若無，我實在是想無呢，家己的財產是按怎欲全分予外人？佇阮蒂寶家族內底，就無這款代誌！阮的財產攏蒂寶小姐的！別人一角銀都免數想！」

伊閣問伊俐莎白，厝裡敢有倩家庭教師？伊俐莎白共伊應講毋捌。

「厝裡有五个查某囝，煞連甲一个女家教攏無倩！若按呢，恁母仔為著欲教恁，毋著拖甲若奴才咧？」

聽蒂寶夫人按呢講，伊俐莎白就笑出來，講事實毋是伊所想的按呢。

蒂寶夫人閣問：「班奈小姐，恁姊妹仔敢出來咧佮人交際矣？」

伊俐莎白講：「是，夫人，阮齊攏出來矣。」

「啥？恁五个姊妹仔同齊？是著抑毋著？你毋是排第二的？恁阿姊都猶未嫁，恁就攏齊出來交際？恁小妹仔毋是猶少歲？」

「上細漢的才十六歲爾爾。只是講，夫人，若是因為阮阿姊無法度早嫁，或者是無想欲早嫁，做小妹仔的就袂當有社交佮娛樂，按呢未免傷無公平矣。」

「像你遮少歲，閣遮爾仔有主張！請問，你今年幾歲？」

「我彼三个小妹攏已經成年矣。」伊俐莎白笑笑仔講,「夫人,你總袂閣愛我將年歲講講出來才是乎?」

從來無人敢用這款轉彎踅角[8]的態度來共蒂寶夫人應,伊俐莎白咧想,敢佮這款無禮貌的人滾耍笑的,恐驚家己是頭一个。

這暝的宴請,蒂寶夫人母仔囝落尾感覺無聊,蒂寶夫人隨就吩咐下跤手人用馬車送高林個轉去。

馬車才行出羅辛的門跤口,高林就隨要求伊俐莎白發表伊的感想。伊俐莎白是看謝露提的面子,才勉強講一堆好話。

　　想袂到高林聽了無夠氣，後來規氣家已來，共這位貴夫人扶了閣再扶、褒了閣再褒，喙瀾強強[9] 講欲規甕去，講甲有夠矣、滿意矣，才來停喙。

1. 奢颺：tshia-iānn，排場或派頭過於奢華而引人注目，有負面意味。
2. 嘐潲話：hau-siâu-uē，吹牛、虛妄的大話。
3. 參仔氣：sim-á-khuì，形容人自以為尊貴無比，一副高不可攀的樣子。
4. 食褒：tsiáh-po，喜歡受別人的讚美、誇獎。
5. 譀淈：hàm-phúh，浮誇。
6. 後頭：āu-thâu，娘家。
7. 軟塗深掘：nńg-thôo-tshim-kút，得寸進尺。
8. 轉彎踅角：tńg-uan-séh-kak，拐彎抹角。
9. 強強：kiōng-kiōng，幾乎。

30

🎧

伊俐莎白這改來漢斯福做客，並無像原本料想的按呢，不時會看著高林，這點予伊感覺誠佳哉。

拄開始，伊俐莎白感覺誠奇怪，這爿的餐廳較大，光線嘛較好，是按怎無共這間兼來做客廳咧？

後來，伊就知影原因矣！若是用餐廳來做客廳，高林的書房離餐廳遮爾仔近，伊絕對毋願佇書房屈傷久，會不時出來客廳揣謝露提開講。

連這點，謝露提都有法度想甲遮爾仔周至，伊俐莎白有夠佩服！

高林差不多逐工攏愛去羅辛拜候蒂寶夫人，謝露提嘛全款。伊俐莎白實在是想無，這對翁仔某是按怎定定欲去羅辛浪費時間咧？

　　三不五時，蒂寶夫人嘛會來遮行踏，伊若有來，這間厝的大細項代誌伊攏欲管甲到。蒂寶夫人罕得來食飯，便若有，嘛干焦是欲看高林太太敢會曉扞家？個的食食[1]敢有討債？

　　伊俐莎白連鞭就發覺，蒂寶夫人就若親像是這區上攬權的法官，連胡蠅鼻屎大的代誌，高林嘛會報予伊知影；無論佗一个艱苦人咧冤家量債[2]，伊就親身去庄仔內調解處理，將糾紛抑落來，閣會共退的散凶人罵甲叫毋敢。

　　羅辛這爿，差不多逐禮拜會請高林太太佮女賓去食一兩改飯。

　　除了羅辛的宴會，佇這个所在，實在是無啥物社交生活，因為這附近較有頭有面的人物，人彼款派頭，高林猶陪綴[3]袂起。

　　蹛佇漢斯福，伊俐莎白上愛佇附近散步。佇通向羅辛花園的所在，有一條誠嬌的小路，閣有鮮沢[4]的草仔埔，行佇咧樹蔭內底，是一種享受。現此時天氣當好，伊俐莎白不管時攏會去遐散步。

　　伊俐莎白有聽高林講起，達西先生佇兩禮拜後，嘛會來羅辛，伊這擺是欲𣍐阿舅的屘仔囝[5]——許隆來遮蹛一站仔。

　　達西來羅辛的這工，高林彼規早起攏守佇咧門跤口行來行去，因為伊想欲冗早知影達西到位的時間。

　　達西一下到位，高林就隨趕去羅辛拜候這兩位貴客，轉來的時，達西佮許隆嘛綴伊來漢斯福，予逐家攏驚一趒。

　　謝露提私底下對伊俐莎白詼講：「貴客光臨，這定著是

為著你啦！若無，達西先生才袂一下來就來拜訪阮咧！」

許隆上校這个人，生了是無蓋緣投，毋過人範佮風度，攏是紳士款。達西猶是一副高高在上的模樣，連向高林太太問好的話，攏誠束結[6]。

許隆上校誠緊就佮逐个人誠有話講，伊講話誠清，反應閣緊，人是蓋有底蒂；毋過，達西就無全矣，干焦坐佇遐，恬恬無講話。

過一觸久了後，凡勢是感覺按呢禮數無夠，達西就向伊俐莎白問安，連班家所有的人攏予伊問好著。

是客氣嘛是禮數，伊俐莎白應講厝裡的人攏誠好。

過一停仔了後，換伊翻頭問達西先生：「阮阿姊這三個月攏佇咧倫敦城，毋知你敢捌搪著？」

達西先生是講無搪著，毋過，伊應話的時陣，彼款面色，予伊俐莎白感覺有淡薄仔奇怪。

1. 食食：tsia̍h-si̍t，飲食。
2. 冤家量債：uan-ke-niû-tsè，吵架。
3. 陪綴：puê-tuè/tè，人與人之間的交往酬酢。
4. 鮮沢：tshinn-tshioh，新鮮有光澤。
5. 屘仔囝：ban-á-kiánn，家中排行最小的孩子。
6. 束結：sok-kiat，小巧玲瓏不虛大，而且結實大方。

157

31

　自從達西個到羅辛了後，高林這家已經幾若工無予蒂寶夫人邀請去做人客，因為現此時羅辛的主人袂無聊，就免人過去做伴矣。

　一直等到規禮拜了後，逐家攏佇教堂咧做禮拜，羅辛伶漢斯福這兩家才有機會見著面。尾手散場的時陣，蒂寶夫人才無意仔無意，問高林這家敢欲去羅辛迢坐坐咧？

　這工下晡，高林翁仔某伶伊俐莎白就去羅辛啉茶。看著個來，上歡喜的猶是許隆上校，因為伊佇羅辛的生活，實在是無聊甲掠蝨母相咬。

　閣再講，伊感覺高林太太的這位朋友誠婧，會當和婧姑娘仔講話，本底就是予人歡喜的代誌，就按呢，伊就佇伊俐莎白的身軀邊坐落來，兩个人講話講甲誠投機。

無定著是這兩个人講甲傷歡喜矣，落尾，連蒂寶夫人佮達西攏注意著這兩个人！

　　蒂寶夫人是真無禮貌，曨喉空大大聲，問講：「恁是咧講啥？是有啥通講的？你佮班奈小姐講的話，講來予我聽看覓咧！」

　　許隆上校姑不將，只好開喙講：「阿姨，阮咧講音樂啦！」

　　蒂寶夫人講：「我這个人上愛音樂，若是恁咧講音樂，我就欲插一跤。這毋是我家己咧講，全英國，無幾个人會當親像我遮厲害！若講欣賞音樂，內才絕對無我的飽。恁小妹現此時學了按怎？達西？」

　　達西誠肯定家己小妹的琴藝，講伊的琴練甲誠有起 [1]。

　　蒂寶夫人講：「聽著伊遮勢，我是真歡喜！毋過，你著愛共伊講，若無捷練習，會好嘛袂完全！」

　　達西回講：「阿姨，做你放心，伊免人講，家己就不時咧練琴。」

　　「按呢就好！練習一定愛綿爛 [2]！這點我嘛共班奈小姐講幾若擺去矣！除非伊捷練，若無，是永遠無可能好甲佗位去的。」

　　達西看著家己的阿姨遮爾仔毋捌禮數，感覺誠見笑，就無去共插矣。

　　咖啡啉煞，許隆上校提醒伊俐莎白，講伊拄才有允欲彈琴予聽。伊俐莎白就開始彈鋼琴，許隆上校就拎一條椅仔過來，恬恬坐佇伊的身軀邊聽。

　　尾手，達西嘛行對遮來矣。

　　看著達西行倚來，伊俐莎白就無閣再彈落去，對伊笑笑仔講：「達西先生，你行過來聽，敢是欲共我嚇驚？就算恁小妹確實彈了足好的，我嘛袂驚！我誠硬氣[3]，予人 hat[4] 袂倒，愈欲共我嚇驚，我就愈在膽[5]。」

　　達西講：「我知影你是咧滾耍笑！因為我實在捌你誠久矣，絕對袂因為我行過來，就看做我是存範欲 hat 你！」

　　伊俐莎白聽著達西按呢形容伊，就喙笑目笑，攑頭對許隆上校講：「恁表兄竟然佇你的面頭前，共我講甲遮害！達西先生，你若是欲共我落氣，按呢做就無巧矣，我會來報鳥鼠仔冤喔，會共你的一寡代誌，全講講出來。」

　　許隆上校聽著，誠有興趣，隨講：「緊！講來聽看覓！達西有啥物毋著的？我足想欲知影伊佮生份人鬥陣的時，是圓抑是扁。」

　　伊俐莎白講：「我頭一擺遇著達西先生，是佇咧舞會的時，伊干焦跳四改舞！彼擺的男賓有較少，伊煞干焦跳四改舞爾爾！而且，彼當陣揣無舞伴，佇邊仔徛的人誠濟。達西先生，我敢有講毋著？」

　　達西講：「當初時佇咧遐，除了賓利的兩位姊妹仔，我毋捌半个女賓。」

　　伊俐莎白講：「是啊！佇舞會內底，攏無半个人願意紹介舞伴予你！嗯！許隆上校，你閣欲叫我彈啥？我的指頭仔猶咧等你的吩咐呢！」

　　達西講：「彼時，真正愛請人介紹一下無錯。只是講，我感覺我是無資格去勞煩生份人，才會無按呢做。」

　　伊俐莎白全款是面向許隆上校，攏無看達西，講：「欲共恁表兄問看覓咧無？是按怎一個有見識又閣受過教育的人，會感覺家己無夠資格共家己介紹予生份人？」

　　許隆上校講：「若這，免問伊啦，我知！因為伊這个人驚麻煩。」

　　達西講：「我確實無像人遐爾仔有才調，扙著生份人，嘛有法度佮人有講有笑。我嘛袂親像人按呢，問一聲應三句，假仙假觸。」

　　伊俐莎白講：「我咧彈鋼琴的時，指頭仔無親像別个小姐遐爾氣派，嘛無個的有力佮健丟[6]。我認為，這毋是我家己天生的缺點，是我無認真練的結果。」

　　達西笑笑仔講：「可見只要定定有演奏的機會，你的成績定著會比人較好。只是講，咱兩个人攏無願意佇生份人的面頭前表演。」

　　講到遮，蒂寶夫人大聲問個咧講啥？就按呢拍斷個咧講話。

　　伊俐莎白隨閣開始彈琴，蒂寶夫人行倚過來，聽幾分鐘仔了後，就對達西講：「班奈小姐若準加練寡，閣有法度請一位倫敦的名師來指點，按呢彈起來就較無啥毛病矣！唉，若是阮查某囝身體會堪得，有法度來學，定著會是一位出擢[7]的演奏家。」

蒂寶夫人直直對伊俐莎白的琴藝批評指教，閣予伊誠濟有關演奏和欣賞各方面的指示。

伊俐莎白去佇人兜，姑不而將吞忍落來，聽人教示[8]。伊恬恬順彼兩位男賓的請求，琴就按呢直直彈，彈甲蒂寶夫人將馬車準備好，送個轉去為止。

1. 誠有起：tsiânn-ū-khí，相當不錯。
2. 綿爛：mî-nuā，專注認真，堅持到底。
3. 硬氣：ngē-khì，有骨氣，不輕易低頭、不隨便妥協。
4. hat：喝斥、恐嚇。
5. 在膽：tsāi-tánn，膽子大、不畏怯。
6. 健丟：kiān-tiu，伶俐、靈活。
7. 出擢：tshut-tioh，傑出。
8. 教示：kà-sī，教導訓誨。

32

　　隔轉工透早，高林翁仔某攏無佇咧，干焦賰伊俐莎白一个人留踮漢斯福。

　　就佇伊俐莎白咧寫批予珍的這當陣，門鈴仔聲雄雄霆起來，伊叫是蒂寶夫人又閣無講無呾走來矣，心肝頭就噗噗惝，隨共彼張寫猶未了的批先收起來，較免伊看著問東問西，閣講一寡五四三的。

　　開門了後，予伊俐莎白驚一越，來的人竟然是達西！而且，干焦伊一个人來！

　　達西看伊俐莎白嘛是一个人佇咧，嘛驚一越足大越！隨共伊會失禮，講，原本叫是逐家攏佇咧厝，才會無先約就過來拜訪。

　　這兩个著生驚的人坐落來了後，伊俐莎白就問起達西來

羅辛了後的種種，講無幾句話，就無話通講矣。

這時的恬靜，予這兩个人攏足礙虐，就硬起寡話頭來講。

伊俐莎白講：「賓利先生應該是袂閣轉來尼德菲山莊矣，是無？」

達西講：「我是毋捌聽伊按呢講過。毋過，伊的朋友濟，親像伊這款歲數的人，交際應酬閣濟，會四界去嘛是誠四常。」

伊俐莎白講：「若是伊無欲閣轉去迌迌，規氣就退租退退咧，按呢，阮閣會當有一位較固定的厝邊。只是講，無定著賓利先生欲租彼棟厝，只是為著家己的利便爾，厝邊隔壁按怎想，伊並無要意。」

達西講：「我咧想，伊若買著適合的厝，彼間隨就會退租矣。」

伊俐莎白驚閣再講對賓利退去，就無閣應矣。

既然都無話通講，伊就決定欲予達西家己去動頭殼、起話頭。

達西講：「高林先生有才調娶著謝露提這款某，誠實是有福氣。」

伊俐莎白講：「你講了有影！阮朋友是誠精光，可惜，我對伊的做法無認同。當然啦，在人來看，攏嘛講伊這門的親事結了誠好。」

達西講：「伊和後頭佮查某囝仔伴離遮近，這一定予伊誠滿意。」

伊俐莎白講:「近?離欲五十英里呢!」

達西講:「路草[1] 若好,五十英里哪有遠!半工就到位矣!」

伊俐莎白講:「實在予人料想袂到,連路草好歹嘛成做是這門親事的條件之一!我無感覺伊佮後頭厝離誠近。」

「我看,你只要行出浪保恩一跤步,就會嫌遠!」

達西講這句話的時陣,喙笑目笑,予伊俐莎白看甲誠礙虐。

伊面仔紅紅,應講:「是近是遠,是愛看條件才會當撨摵[2] 的。高林個翁仔某的生活雖然猶會過得,若欲不時出去旅行,嘛是袂堪得。就算轉去後頭的路程干焦這馬的一半路,我咧想,阮朋友猶是袂感覺近。」

佇這時,達西共椅仔徙去離伊俐莎白較近的所在,講:「你對故鄉的感情,千萬毋通按呢剝都剝袂離呢!你無可能會一世人攏蹛佇浪保恩啊!」

伊俐莎白聽著達西按呢講,心肝摵[3] 一趒!

達西嘛感覺家己有較失禮,就共椅仔拖較後面去,對桌仔頂提一張報紙來看。

後來,伊用一款較冷靜的聲音講:「你有佮意肯特郡無?」然後,這兩个人就掠這來做話題,短短仔閣束結講幾句話了後,謝露提和伊的小妹就轉來矣。

達西走了後,謝露提講:「親愛的伊俐莎白,伊一定是去愛著你矣!若無,達西先生是按怎會無張持來遮,閣守踮

久？」

　　伊俐莎白將和達西講無話的情景，詳細講予謝露提聽。謝露提聽了後，就一直咧臆達西來遮的目的。

　　臆來臆去，最後干焦會當想做是達西無聊，才會出門來訪親問友。漢斯福離羅辛又閣近，毋才會行對遮來。

　　佇許隆佮達西踮佇羅辛的這段日子，個若有出去散步，攏會順紲去漢斯福行行蹓蹓 [4] 咧。

　　這兩个人，差不多攏是頂晡 [5] 過去，有時早，有時晏 [6]；去的時間嘛無一定，有時做伙去，有時分開行，三不五時，蒂寶夫人嘛會做陣來。

　　逐个人攏看甲誠明，許隆會逐日來遮，是因為伊俐莎白的緣故，這點予伊俐莎白暗暗仔歡喜。

　　伊感覺，雖然許隆無蔚克漢遐爾仔溫柔，毋過，論內才，伊是比蔚克漢好濟咧。只是講，是按怎達西嘛不時會來遮行踏，這點，就較予人想無矣！

　　達西若綴許隆來漢斯福，伊攏是坐落來了後，就無閣講話；若有講著話，敢若親像是顧著禮數，硬逼家己開喙的款，講話的時，看起來嘛無蓋歡喜。

　　種種情景，予謝露提是愈看愈掠無頭摠。

　　許隆有時會笑達西，講伊這款形是咧激戇！可見，達西普通時仔絕對毋是這款模樣。

　　謝露提誠希望達西是因為愛情才會變甲按呢。

　　伊發覺，達西不管時攏咧相伊俐莎白，有當時，達西閣

167

會看甲愣去。只是講，謝露提分袂清楚達西的表情，這到底是思慕甲愣去的表情？抑是，干焦是愣去的表情爾爾？

這予謝露提看甲霧嗄嗄，全然毋知影達西心內咧想啥。

1. 路草：lōo-tsháu，路況。
2. 摭搣：tshiâu-tshik，安排配置。
3. 搣：tshik，上下用力搖晃。
4. 蹓：lau，走走看看、兜風散心。
5. 頂晡：tíng-poo，上午。
6. 晏：uànn，晚。

33

🎧

伊俐莎白佇花園散步的時，有幾若見搪著達西，伊感覺
誠奇怪，因為這條路，別人罕得行跤到，偏偏達西見行就行
對遮來。

若是一兩改遇著，無定著會當講是拄拄[1]；毋過，已經
相連紲幾若改矣，予伊俐莎白認定達西是刁故意欲佮伊做對
頭的。

會記得有一改，達西問伊俐莎白踮佇遮敢有慣勢？又閣
問講伊一个人散步敢會無伴？上奇怪的是，達西竟然問伊，
是毋是感覺高林翁仔某足幸福的？

落尾，達西又閣講著羅辛的代誌，聽伊的話意，就若親
像伊俐莎白日後會有機會閣來，而且，閣會去羅辛踮。

「敢講，伊是咧替許隆上校探聽？」一下想著達西的用

意，閣聽著伊講遮的話，煞予伊俐莎白齷齪² 甲。

有一擺，伊俐莎白佇這條花園小路，那行那咧讀珍的批，內底的文字，予伊感受著珍的痛苦佮清心³。

就佇這時，伊俐莎白聽著尻脊後的跤步聲，原本叫是達西閣來矣！落尾攑頭一下看，佳哉，是許隆上校。

伊俐莎白隨共批收起來，強佯出笑容講：「想袂到你會來遮散步。」

許隆上校應講：「我逐冬攏嘛按呢，欲走進前會共花園全部踅一輾。你敢欲閣繼續行？」

「無。我連鞭就欲轉去矣。」伊俐莎白那講那踅翻頭，尾手，兩个人做伙向高林的徛家彼方向行轉去。

伊俐莎白問講：「恁敢誠實拜六就欲離開矣？」

「是啊！只要達西莫閣拖落去。這个人咧做代誌，攏嘛在伊歡喜。」

「我毋捌看過有啥人親像達西先生遮爾仔專權，凡事攏欲做主。」

許隆應講：「伊是較攏權無錯，毋過，伊是有這款條件的人。達西好額，別人散赤，講起來，一切攏是錢咧做主！親像我，就是做人的細漢後生，凡事攏愛靠別人，無較撙節咧哪會當！」

伊俐莎白講：「一个貴族的細漢後生，哪會知你所講的代誌？攏嘛是食飯坩中央的！閣再講，你敢真正知影啥物是撙節？凡事愛靠別人是啥款滋味？現實生活的鹹洘，你敢捌

真正啖過？」

許隆講：「我確實是食飯坩中央的人，到今猶毋捌拄著啥物困難，這款問題，我無才調應你。只是講，像我這款屇仔囝，以後若是欲結婚，愛顧慮的條件，就袂當干焦是自我的感情爾爾。」

伊俐莎白講：「除非個所愛的是好額人，若無，像你這款身份，揣一个好額人的千金來結婚，這是常在看會著的。」

許隆聽伊俐莎白按呢講，就笑出來矣：「這是因為阮攏開錢開慣勢矣！所以只好倚靠別人！像我這款身份的人，若欲結婚，會當免考慮對方經濟條件的，用五肢指頭仔都算會出來。」

伊俐莎白聽著許隆按呢講，心內感覺遮的話是伊刁工講的，面就按呢紅絳絳，兩个人煞攏揣無話頭通講。

伊俐莎白咧想，若伊閣無講話，驚會去予許隆誤會，叫是家己為著伊拄才講的話咧傷心。

過一睏仔了後，伊俐莎白就閣開喙矣。

「達西先生哪會無欲趕緊結婚咧？像伊遮攏權，伊若結婚，敢毋是就有人會當予伊搦佇手裡咧？是講，這馬伊有一个小妹仔通管，莫怪會無想欲結婚。」

許隆講：「講起達西小姐的監護權，我嘛有一份。」

伊俐莎白問：「聽講這位小姐誠歹款待乎？像伊這款小姐，有影較歹管顧！我想，伊定著是一个歹剃頭的大小姐。」

聽著這款話，許隆就問伊俐莎白，是按怎會按呢想？

伊俐莎白隨應講：「你免煩惱！我從來都毋捌聽人講起伊的歹話，像賓利小姐就足佮意伊的。我若親像捌聽你講過，你嘛捌伊，敢是？」

許隆講：「我佮伊無熟，毋過，伊的阿兄是一个紳士，嘛是達西的好朋友。」

伊俐莎白聽著這，冷冷仔講：「是好朋友無錯！達西先生對賓利先生好甲有賰，特別照顧伊。」

許隆講：「是啊！賓利若無法度主意的代誌，達西總是會替伊想辦法。阮欲來遮的時，佇路裡，達西有共我講一寡代誌，聽了後，予我閣較相信，賓利先生好佳哉有這個朋友，來替伊落決心。」

伊俐莎白誠好玄：「達西先生所講的，是賓利先生的啥物代誌啊？」

許隆講：「其實達西無共我講這是啥人的代誌，是我家己咧臆，主角應該是賓利。達西只是共我講，伊有共一層誠無妥當的親事擋落來，予伊的朋友省誠濟麻煩。雖然伊無提起彼个人是啥人，細節嘛無講足明，毋過我認為，這一定是賓利！因為我相信，賓利早慢會惹出這款麻煩來；閣來，就是達西和賓利規个熱天，兩个人攏結做伙。」

「達西先生敢有講伊是按怎欲插人的閒仔事？」

「是有聽伊咧講，這位小姐的條件無通佮好。」

「伊是用啥物手段，共這兩个人拆分散？」

許隆笑笑仔講：「啥物手段？伊並無講予我聽呢！達西

有講予我聽的，拄才，我已經攏講予你聽矣！」

伊俐莎白氣甲血攻心，強強欲爆炸，一句話都講袂出來！許隆看伊這號形，就問伊哪攏無欲講話。

伊俐莎白講：「我是咧想你拄才講的代誌。我感覺達西先生的做法誠無妥當！伊憑啥物欲替人做主？」

許隆講：「你認為伊傷家婆矣，敢是？」

伊俐莎白愈講愈受氣：「我誠實是想無，達西先生有啥物權利來斷定朋友的感情代咧？有四配抑無四配，毋是伊講就準算！伊哪會當替人來做決定？」

「你講了有道理。」許隆上校講，「達西本成是好意，予你按呢講，伊的功勞煞無一半較加去。」

許隆上校的這句話，本成是咧激五仁[4]的，毋過，聽佇咧伊俐莎白的耳空內，顛倒感覺這句話講了有夠對同。

許隆一下走，伊俐莎白就將家己關佇咧房間仔內，將拄才所聽來的遐的話詳細仔詳細閣共想一擺。

自頭到今，伊俐莎白攏叫是賓利小姐咧主意的，若準講，賓利並毋是去予錢糊[5]著目睭，嘛毋是予富貴黏著頭殼，若按呢，珍這馬所受著的種種痛苦，佮日後欲拄著的折磨，所有的一切，攏是達西造成的。

這齣伊自作自專[6]所引起的悲劇，無人知影，這到底是愛到啥物時陣，才有通煞戲。

伊俐莎白愈想愈氣，伊氣甲吼出來，落尾，吼甲規个頭殼攏疼搐搐。天暗落來了後，伊俐莎白的頭疼甲足厲害，而

且伊無想欲看著達西，所以就決定這暗無欲去羅辛。

謝露提看伊俐莎白確實咧艱苦，就無勉強伊去。毋過，高林驚甲欲死，伊足驚伊俐莎白若無去羅辛啉茶，惹蒂寶夫人受氣，按呢就害囉！

1. 迨拄迨：tshiāng-tú-tshiāng，碰巧。
2. 齷齪：ak-tsak，心情鬱悶、煩躁。
3. 凊心：tshìn-sim，寒心、灰心。
4. 激五仁：kik-ngóo-jîn，製造笑料、裝出詼諧的樣子。
5. 糊：kôo，黏貼。
6. 自作自專：tsū-tsok-tsū-tsuan，擅作主張、獨斷獨行。

34

🎧

伊俐莎白為著欲更加怨恨達西，就共珍寫予伊的批，全部提出來閣詳細看一遍。

坦白講，批內並無啥物怨嘆的話，因為珍溫馴閣恬靜，軟心閣有量。所以伊寫來的批，從來毋捌有暗毵的色彩，全部攏是鼓舞人的文字。

只不過，伊俐莎白煞感覺，珍的逐張批，甚至每一逝、每一字攏揣無早前的自在。現此時在伊來看，批內全全是不安的心情，有珍講袂出喙的痛苦。

想著達西欲離開遮，許隆上校嘛愛綴咧做伙走。只不過，許隆已經表明家己的婚姻袂做主得，所以伊走，伊俐莎白並無啥物特別的感覺。

就佇這時，門鈴仔聲霆矣！予伊俐莎白料想袂到的是，

行入來的人竟然是達西！

　　達西講，伊是聽著伊俐莎白人無爽快，專工過來看伊的。

　　達西坐無幾分鐘，隨就徛起來，伊行過來、踅過去，看起來若親像有啥話欲講的款。伊俐莎白雖然感覺好玄，喙煞激恬恬，據在達西佇房間仔內咧踅玲瑯。

　　過一觸久仔，達西誠激動，伊行過來，徛佇伊俐莎白的面頭前。

　　「我實在是激袂落去矣！這馬佇我心內這款感情，壓攏袂落去！你敢會當允准我講出心內話？予你了解，我是怎樣仔愛你！思慕你！」

　　伊俐莎白的目睭褫甲大大蕊，規个面紅記記，伊予達西驚甲一句話都講袂出來，喙就若親像予針線紩牢咧，心臟一直咇噗跳。

　　達西直直講誠濟話，除了表明伊對伊俐莎白的愛意，嘛講誠濟無禮貌的話。伊高高在上的態度，予伊俐莎白全看在眼內。

　　後來，達西講著伊俐莎白的家庭，伊愈講愈濟，煞予伊俐莎白愈聽愈感，聽甲尾仔，伊強欲掠狂矣。

　　達西講，伊對伊俐莎白的愛是遐爾仔熱，就算伊知影班家配伊袂起，毋過，無論伊按怎壓、按怎擋，猶是無法度共這份感情壓落去、擋落來，姑不而將，伊干焦會當來請求伊俐莎白，接受伊的感情。

　　聽達西講煞了後，伊俐莎白毋知是見笑抑是受氣，伊規

个面紅紅紅。

伊俐莎白講:「普通人若搪著這款代誌,量其約會按呢,就算無法度接受對方的心意,嘛會感謝伊才著。只不過,誠歹勢!我無稀罕你對我的愛,更加免講你對我的感情是遮爾仔勉強。」

伊俐莎白的回答,予達西聽甲面仔反青,伊硬死伴出鎮靜的模樣,一直到家己認為激甲足成矣,才開喙講話。

達西講:「我竟然會得著這款回答!敢會當共你請教,是按怎我會受著遮爾仔無禮貌的拒絕咧?」

伊俐莎白講:「你這款表白,分明就是咧訾譬相我、侮辱我!你講你若欲愛我,是你的心違背你的意志、反背你的理智,甚至張掇¹你的個性!若準你感覺我誠無禮貌,這嘛是你代先無禮貌,毋才予我按呢應你!」

聽到遮,達西的面腔齊變,毋過,伊猶是隨平靜落來,恬恬聽伊俐莎白繼續閣講落去。

「我氣的,猶毋但是這點爾。請你想看覓咧,一个將阮阿姊一生的幸福全毀掉的人,敢有法度打動我的心,叫我去愛伊咧?這,敢無夠理由予我討厭你?你拆散個兩个人的感情,你害這个查埔人予人譴責,講伊是探花蜂,這个查某人予人講是空笑夢,你予這兩个人攏受盡苦楚!」

伊俐莎白講到遮,看達西一點仔反悔都無,更加予伊氣甲強欲煏斷腦筋。

達西講:「我想盡辦法拆散阮朋友和恁阿姊的這段姻緣。

177

我對賓利確實是比我對家己閣較用心。」

聽達西按呢講,這時,伊俐莎白心內的彼口氣,就親像火山爆發全款,擋袂牢矣!所以,伊就閣提起另外一件代誌。

「予我怀²你的猶母但是按呢爾。幾個月前,我聽蔚克漢先生講過你的代誌,就了解你的人格有偌爾仔糞埽矣!敢講這件代誌,你嘛想欲硬拗³?我看你欲按怎烏龍踅桌!怎樣仔去含血霧天⁴!」

達西聽伊講到遮,更加歹看面,聲音嘛無早前遐爾鎮靜,講:「看來,你對彼位先生閣不止仔關心!」

「只要有聽過伊彼段不幸的遭遇,啥人袂關心咧?」

「伊不幸的遭遇!」達西共這句話重講一見,「著啦!伊誠不幸!有影!」

「這攏是你一手造成的!」伊俐莎白大聲對達西講,「攏是你害伊變甲遐爾仔散!你明明知影彼是伊該得的,煞來奪走伊的權利!遐爾仔失德⁵的代誌,齊你做的!」

達西的聲頭嘛真重,那講那行對門口去,講:「原來,你將我看做是這款人?多謝你解說甲遮清楚!按呢看起來,我誠實是罪孽帶足重!只是……」

達西的跤步停落來,越過來對伊俐莎白講:「我誠後悔傷古意,共我早前躊躇的原因講出來,去傷著你的自尊。若無,你就袂對我講出遮苛⁶的話。

「誠可惜!我毋是彼款人,拄才我講的敢有毋著?敢講,你閣向望我會為著怹退阿沙不魯⁷的親情,歡喜甲噪笑

目笑？抑是講，你叫是我牽著這款門風的親事，會去感謝天感謝地？」

伊俐莎白愈聽愈心狂火著，只是，伊盡量予家己冷靜，才有法度將下面的這段話講出來：

「達西先生，若是你較有禮貌淡薄仔，無定著我拒絕你了後，會感覺歹勢。毋過，若你叫是換你講的這款方式來向我求婚，我就會接受，按呢，你就想重耽去矣！」

達西聽伊按呢講，心肝內驚一趒，毋過並無開喙回應。

伊俐莎白就紲落去講：「無論你按怎用心計較，攏無法度掠著我的心，予我接受你的求婚。」

這幾句話，予達西看起來不止仔驚惶，表情足痛苦，目睭內滿滿是失望，伊直直看伊俐莎白的面，一直看、一直看……

伊俐莎白閣繼續講：「自頭仔捌你的時，就予我感覺你足自大自專、自私自利、看人無目地；後來，發生遮濟代誌了後，閣較予我感你感甲貼底[8]！從彼時，我就了解，像你這款的人，就算天下的查埔人攏死了了矣，我嘛無欲嫁你！」

「你的話講甲傷透底！小姐！我這馬全然清楚你心內的想法矣，請原諒我耽誤你遮濟時間！請接受我誠心誠意的祝福！向望你會當永遠健康佮幸福！」

達西這幾句話講煞，誠生狂從出大門，離開漢斯福。

伊俐莎白的心肝亂操操，規个人軟膏膏，連徛都無法度徛起來，干焦會當坐伶咧遐，據在目屎一直流、一直流……

1. 張掇：tiunn-tuah，故意做和心意相反的事。
2. 伢：gê，討厭。
3. 硬拗：ngē-áu，強辯。
4. 含血霧天：kâm-hueh-bū-thinn，含血噴人。
5. 失德：sit-tik，缺德。
6. 苛：khô，高傲。
7. 阿沙不魯：a-sa-puh-luh，形容人或事物粗俗、不入流。
8. 貼底：tah-té，指很接近最後極限的部分。

　這暝，伊俐莎白翻過來、反過去，攏睏袂落眠，頭殼內全是達西向伊求婚的情景。

　到甲早起時，伊規粒頭殼猶是敢若予糊仔糊牢咧，無法度思考，就決定欲出去行行咧，散一下仔氣。

　這條小路的景緻有夠媠！伊俐莎白沿花牆仔，來來回回已經行兩三逝矣！只要想著達西有時陣嘛會行對遮來，伊跤步就會踅倒轉去；毋過，看著花園小路的景色，又閣會共伊的跤跡拽過去。

　就佇這時，伊俐莎白看著達西對花園邊的樹林內底，行對伊遮來。現此時，伊俐莎白上驚的就是拄著伊，所以就隨行翻頭，閣愈行愈緊，因為伊無想欲佮這個人相拄搪。

　可惜袂赴矣！達西已經行到伊的面頭前，提一張批予伊

俐莎白。

達西的面腔佮氣口猶是遐爾仔自高，講：「我佇樹林仔內已經踅誠久矣，就是想欲遇著你。拜託你！共這張批詳細看一下。」

達西向伊俐莎白行一个禮，就踅入去樹林內底，隨就無看見人影。

本底，伊俐莎白叫是伊閣欲講昨昏的代誌，無想講，達西只是共這張厚厚的批信交予伊爾。

伊俐莎白會拆批來看，上主要的原因是好玄。伊看著批囊內底竟然有兩張批紙，達西用誠幼路的筆跡寫甲密密密，連批囊嘛寫甲全全字。

伊俐莎白佇這條伊上佮意的小路，那行那讀這張批，批的內容是按呢：

　　小姐，接著這張批，請你莫驚。昨昏我向你表達愛意佮求婚，結果煞予你遐爾仔刺疫[1]，雖然，我是誠向望咱兩个人攏會當得著幸福，毋過，我袂閣佇這張批裡講著這件代誌，較免予你艱苦、予我枉屈[2]。

　　昨暗，你共兩件性質無全、輕重嘛無全的罪名安佇我的身軀頂。

　　第一件，你譴責我拆散賓利先生佮恁阿姊的好事；第二件，你責備我無顧情義、違背良心，共蔚克漢的權益破壞了了，又閣斬斷伊光明的前途。

這馬，請允准我將家己是按怎欲按呢做的動機來講予你聽，向望你了解內情了後，未來看我，莫閣親像昨暗按呢，共我想甲遮爾仔惡質。

我到好德福郡無偌久，就佮別人全款，對賓利先生佮意恁阿姊這件代誌，看甲誠清楚。毋過，一直到佇尼德菲山莊開舞會彼一暗，我才看現現，伊對恁阿姊毋但是佮意爾，是已經躽落去，想欲娶伊矣。

彼工，我聽呂卡斯先生講起才知影，賓利先生對恁阿姊的愛慕，予規個庄仔頭攏叫是個連鞭就欲結婚。

我看會出來，賓利對恁阿姊的感情放甲誠深。話閣講翻頭，我嘛有注意著，恁阿姊對賓利干焦是較親切爾，並無用佮賓利全款的感情來回應伊。若是你所講的無毋著，就是我誤會恁阿姊矣！若準做是按呢，確實是我造成恁阿姊的痛苦，莫怪你會遮爾仔受氣。

雖然，以我的私心，我誠向望恁阿姊莫對賓利動心，你講，我這款私心敢有毋著？搪著這款無佝頭[3]的婚事，就算是我家己，若毋是換袂過感情的力量，哪有人會想欲結這款親事咧？

閣再講，賓利的親事我會反對，並毋但干焦遮的理由爾爾。講較坦白的，門風無相對的問題，伊無親像我遮爾仔重視，是恁兜猶有予人講袂出喙的缺點。

令堂後頭厝的親情，雖然毋是予人誠滿意，毋過，若佮恁厝裡的人比起來，恁的親情顛倒猶予人會接受得。

恁彼三个小妹，做代誌誠無體統，有當時仔，連令尊嘛會按呢。

請原諒我話講甲遮爾仔直，聽我按呢講，你一定會誠無歡喜，毋過，你只要想著恁阿姊佮你，並無因為按呢就予人棄嫌，顛倒敬愛恁的優雅，呵咾恁是有見識佮好品行的查某囡仔，這，對你來講，敢毋是另外一種安慰？

我必須愛予你知影，佇尼德菲山莊辦舞會的彼暝，我看著貴府誠古的行為，更加堅心欲阻止賓利結這門不幸的婚姻。賓利小姐嘛佮我全款，為著阿兄急欲佮恁結親事，伊感覺誠不安。

阮認為必須愛共這兩个人分開一段時間，所以就跤接跤，綴賓利去倫敦。

本底，賓利認為恁阿姊的心內佮伊全款，就算對伊無算迷戀，上無，猶是誠向望伊採取行動來追求。代誌會變做按呢，講起來嘛是賓利先生的心肝軟、耳空輕，只要是我講的話，伊攏誠尊存。所以，我誠簡單就予伊相信，恁阿姊對伊並無要意。

只要伊相信這點，後壁的代誌就較好處理矣！就算是今仔日翻頭閣來想，我對我所做的代誌，一點仔都無後悔，我感覺這是著的！干焦有一點予我的良心較不安，彼就是恁阿姊來倫敦的時，我用心計較共這個消息掩崁落來，無予賓利知影。

　　只是講，我代誌做都做得了去矣，就算閣按怎會失禮，嘛無幫助，而且，我真正是為著實利好才會按呢做。若因為按呢去傷著恁阿姊的心，請你相信我，我毋是刁故意的。

　　咱這馬閣來講另外一條罪名較重的，也就是我阻斷蔚克漢先生前途這件代誌。

　　欲講這項，我著愛將伊和阮兜的關係，全講出來。我會當保證，有關蔚克漢的代誌，佇這張批內所講的攏是事實，而且，我閣會當揣出誠濟有信用的人出來做證。

　　蔚克漢先生的阿爸，佇阮翻堡理做管家做誠濟年，伊足認份的，嘛蓋死忠，就是因為按呢，予阮過身去的阿爸願意共伊的後生收做契囝，毋但予伊讀冊，閣予伊讀甲劍橋大學，會使講對伊實在足疼痛[4]。

　　若毋是阮阿爸，像蔚克漢的阿母遐爾仔大出手，早就將個老爸所趁的錢開甲焦去，哪有法度通予蔚克漢受高等教育咧？

　　阮阿爸誠器重蔚克漢先生，向望伊未來會當去教會服務，才會專工替伊安排一个好職務，閣踮遺囑內底，留一千英磅做信託，逐冬用利息予蔚克漢繼續讀落去。

　　只是阮阿爸毋知影，蔚克漢這个人毋但放蕩閣浮浪貢，是一个歹癖[5]兼惡質的人，伊所做的歹代誌，我攏看在眼內。

　　阮阿爸是佇五冬前過身的，無偌久，連蔚克漢先生

的阿爸嘛往生去矣。彼時，蔚克漢就寫批來共我講，伊想欲去學法律，若欲用彼點仔利息錢來讀，是無夠的，叫我共遺囑內底的一千英磅總予伊。

伊閣講以後無欲去教會食頭路。既然伊無欲去教會矣，日後就領無教會的薪水，希望我會當閣共遐的薪水打[6]錢予伊，錢會當予伊較濟咧。

雖然我知影伊講的種種，只是藉口爾爾，終其尾，我猶是答應伊的要求，提三千英鎊予伊。毋過，我有佮伊品，就算日後伊想欲轉來做牧師，嘛袂當閣要求我出力，阮阿爸佇遺囑內底所安排的，是伊家己放棄的。

自彼時開始，伊佮我就田無交、水無流矣！坦白講，我看伊誠無，毋捌閣請伊來翻堡理矣。若佇倫敦有搪著，我就當做無熟似。

我知影伊佇咧倫敦，無人縛牢咧，伊早就敢若野馬仝款，毋但放蕩閣勢開，生活過甲真匪類[7]。

差不多三冬後，伊毋知影去佗位探聽著原本伊欲做的牧師缺，拄好有咧欠人，伊就寫批來予我，講日子歹過，叫我愛允伊去做這个牧師。

伊閣講，阮阿爸在生的時，有允伊這个職務；現此時，既然我嘛無人會當補這个缺，予伊來做，拄拄仔好爾爾。

伊誠綿精[8]，硬纏硬花，我猶是拒絕。這，你應該會當諒情敢是？伊的環境愈差，對我的怨感就愈深，最後

阮兩个人拆破面，連最後一線的人情，嘛無了了去矣。

　　猶閣有一件我誠無想欲提起的代誌，本成我無想欲予任何人知影，毋過，這改的代誌，煞予我無講袂使。相信你一定會替我保守祕密，敢是？

　　我有一个減我十外歲的小妹，伊的監護人就是我佮許隆上校。量約佇一冬外前，阮共伊對學校接轉來，安排伊蹛佇倫敦。

　　舊年熱天，伊綴倫敦的管家太太做伙去渡假，蔚克漢知影了後，嘛隨綴咧去。伊是有企圖的，因為伊佮彼个管家太太早就熟似。

　　我誠實袂曉看人，若無，哪會去倩著這款飼鳥鼠咬布袋的管家咧？若無伊私底下的掩崁佮鬥相共，蔚克漢哪有機會向阮小妹表示愛意？伊共阮小妹拐去，閣答應欲綴伊走。

　　彼時，伊才十五歲爾，人情世事猶毋捌半項。佳哉，就佇個欲相㨂走進前，伊共一切的代誌講予我聽。

　　阮小妹一向共我當做老爸咧看待，毋願傷我的心閣予我受氣，雖然伊的目睭去糊著蜊仔肉，毋過，總算是猶誠尊存我這个阿兄。

　　這免想嘛知，蔚克漢會按呢做，主要是相著阮小妹的財產。是講，我嘛捌想過，伊敢是想欲借這个機會來報復咧？哎！閣真正差一點仔就予伊成功矣。

　　小姐，佇遮我已經共一切，老老實實，全部攏講予

你聽矣。我毋知影蔚克漢是用啥物白
賊話、啥物手段來欺瞞你。我知
影，早前你對阮的代誌全無理
解，嘛無通探聽，所以會受伊
瞞騙，一點仔都袂奇怪。

無定著你會真好玄，是按怎昨暝我無欲將這一切當面講予你知？彼當陣，我猶無法度撙節，啥物話會講得，啥物話無應該講。

　　這張批內底所寫的，到底是真抑是假？你攏會當去問許隆上校，伊是阮的親情，閣是阮的至交。而且，伊對其中的內情，了解甲誠清楚，伊會當來做見證人。

　　我會早起時仔就揣機會，欲共這張批提予你，就是想欲予你有時間通去揣阮表小弟，證明我所講的攏是事實。

　　這馬，我欲講的話，全部講煞矣！向望上帝會來祝福你。

達西敬上

1. 刺疫：tshiah-iah，各種不舒服、不愉快的感覺。
2. 枉屈：óng-khut，冤屈。
3. 佝頭：thīn-thâu，相裼。
4. 疼痛：thiànn-thàng：疼愛、關切憐惜。
5. 歹癖：pháinn-phiah，壞習慣。
6. 打：tánn：折算現金。
7. 匪類：huí-luī，形容人不學好、為非作歹。
8. 綿精：mî-tsinn，鍥而不捨。

36

🎧

　本底達西提彼張批予伊的時，伊俐莎白全然無想著內容竟然是按呢。伊那讀那緊，心內敢若是捙倒搵料[1]全款，鹹、甜、酸、苦、澀全部濫[2]濫做伙，予伊分袂清這是啥物款滋味。

　頭起先，伊看著發生佇尼德菲舞會的代誌，誠袂堪得忍。伊感覺達西佇批內講的，並毋是事實，全攏是伊家己想的，所以，一句都讀猶未了，伊俐莎白隨就想欲看後一句。

　「珍對賓利本底就無啥物情意。」看到遮，隨予伊俐莎白斷定伊咧講白賊。達西閣講若結這門親事，絕對是錯誤，這點更加予伊俐莎白氣甲想欲共批擲掉，差一點仔就讀袂落去矣。

　不而過，讀到後半段的時，伊俐莎白就冷靜落來，頭殼嘛較清楚矣。

講著蔚克漢的身世，達西佇批內寫的佮蔚克漢所講的足對同；若準達西寫的是事實，伊早前對蔚克漢這个人的看法就重耽去。想著這點，就予伊俐莎白足艱苦。

伊苦袂得批內的代誌，全是達西空喙哺舌³生出來的，伊的批愈看愈緊，一下看煞，隨就兇兇狂狂共批紙㧎轉去批囊。

伊俐莎白規个心絯氅氅，頭殼內想來想去，愈想愈袂通，落尾忍袂牢，就又閣共批對批囊抽出來，共有關蔚克漢的彼幾段，閣餾一遍。

批內講著蔚克漢和翩堡理的關係這段，佮蔚克漢家己所講的一模一樣，到遮為止，事實應該是無啥物重耽。

毋過，講著遺囑彼部份，這兩个人所講的，就天差地矣！為著欲清楚到底是佗一个人咧講白賊，伊俐莎白就誠斟酌，共批讀了閣再讀。

伊俐莎白原底叫是講，無論達西按怎死諍，嘛無法度減輕伊的卑鄙佮罪業，想袂到這代誌無遐簡單。

伊看著達西用匪類佮奢華⁴來形容蔚克漢這个人，伊俐莎白才發覺，伊連想欲替蔚克漢辯解，都提袂出證據。

蔚克漢佇參加民兵團進前，伊的一切，伊俐莎白連聽都毋捌聽過。佇麥里鎮所有的人，全因為蔚克漢予人看著誠佮意，就認為伊是一个有品德的人。

到甲這時，伊俐莎白硬欲對頭殼內揣出一兩件事證，來共達西佇批內所講的偃⁵予倒，毋過，伊俐莎白仙想就想無，

有啥物通證明蔚克漢人品的代誌。

伊俐莎白詳細共批讀落去，後壁講的代誌，予伊看甲跤尾齊冷。

天公伯仔！蔚克漢竟然會對達西小姐動這款腦筋！達西閣叫伊會當向許隆上校求證。

伊俐莎白想起許隆捌講過，伊嘛是達西小姐的監護人，達西會叫伊去問，就表示許隆上校的答案，佮達西是完全仝款的。這時，就算伊俐莎白無想欲承認，蔚克漢對達西小姐有不良的企圖，這應該是真的。

伊俐莎白這馬才雄雄想著，第一擺佇姨丈的厝裡，伊初初熟似蔚克漢的時，伊就對家己這个生份人講遐爾仔濟私人的代誌，這敢毋是誠撞突？是按怎早前攏無想著這點？

伊俐莎白猶會記得，佇賓利這家猶未搬走的時，蔚克漢從來毋捌佮別人講過伊的身世；毋過，賓利搬走了後，規个庄頭就攏咧風聲講達西這个人誠酷刑。

早前，蔚克漢對伊俐莎白一再表示，為著尊存老達西先生，伊絕對袂共達西的殘忍捅出來。後來，蔚克漢煞四界去放送[6]，達西的人格佇這時，早就予伊盡掃落地矣。

猶閣有，就是金小姐的代誌，這馬來看，蔚克漢會向伊求婚，應該是為著錢！這个人誠惡質！講起來，金小姐的財產並無濟，毋過這點，拄好證明蔚克漢是一个痟貪的人。

伊俐莎白想來想去，干焦會當怪家己！竟然會予這款姼仔誃看出家己對伊有意，愈想愈感覺蔚克漢這个人，確實毋

是正人君子。

翻頭來看，雖罔達西的態度是退爾仔驕頭、顧人怨，毋過，伊毋是無品佮拗蠻[7]的人，伊俐莎白閣較毋捌看過伊有違背天理，或者是傷風敗俗的歹癖。

達西的親情朋友攏對伊誠尊存，連蔚克漢嘛講伊是一个好阿兄，足照顧厝內的小妹。毋但一擺，伊俐莎白聽著達西講起家己的小妹，是退爾仔溫柔佮關心。可見，達西對人，猶是有伊親切的一面。

若準達西親像蔚克漢所講的退爾仔狼毒，伊為非糝做[8]的代誌，敢有法度全部掩崁落來？這个歹甲無天理的人，賓利這種好人會對伊退爾仔死忠？這，敢有可能？

伊俐莎白感覺誠見笑，家己的目睭就若像去糊著蜊仔肉，毋但看人有私心，閣有偏見，就是這款偏見，予家己看毋著人去。

伊俐莎白對家己講：「見笑嘛是我家己做得來的！因為蔚克漢對我扶扶挺挺，我就足歡喜，達西無啥要意我，我就誠受氣。見若扛著這兩个人的代誌，我就無法度分辨是非。這一切攏是我愛人褒閣無自覺，毋才會予我侗戇甲按呢，心肝大細爿閣毋知影。」

伊俐莎白檢討家己了後，又閣想著珍佮賓利之間的代誌。伊就共批內所寫的這段，閣讀一擺。

第二遍讀佮第一遍的感受，就全然無仝矣。

對有關蔚克漢的代誌，伊俐莎白到今是信任達西所寫的，

所以，對另外這件代誌的看法，嘛佮拄開始讀批的時陣無全矣。

達西講伊無想著珍對賓利確實有意愛，若這點，早前謝露提就捌講過，伊俐莎白無法度辯解達西所形容的情景，因為珍看起來的彼款恬靜佮溫柔，確實予人看袂出伊心內的痛苦。

閣看著達西提起家己厝裡其他的人彼段，雖然文字、用詞閣不止仔利，只是講，達西寫的敢有毋著？尤其是佇尼德菲開舞會的種種情景，予達西看做是伊反對賓利佮珍鬥陣上主要的原因。

有這款兩光[9]的至親，才予人按呢看個無，這時，伊俐莎白認為珍這擺的戀情會化去，齊是厝裡的人所造成的。這擺是因為親人行為的無檢點，予家己佮阿姊去受著傷害。

伊俐莎白佇這條小路行兩點外鐘久，自頭到尾，想了閣再想，這張批共伊俐莎白原本的想法齊舞亂去。

伊俐莎白誠實想甲足忝足忝的，想著家己出來遮爾仔久，著愛轉去矣囉！

伊俐莎白拄入門，就有人共伊講，拄才佇羅辛做客的彼兩位先生攏有來相辭，達西坐無偌久就走矣！許隆上校為著欲等伊轉來，足足坐點外鐘，差一點仔就欲出去揣伊。

伊俐莎白的表情激甲真無彩，心內煞顛倒有淡薄仔歡喜。現此時伊啥物都無掛念，干焦掛念彼張批爾爾。

1. 搵料：ùn-liāu，沾醬。
2. 濫：lām，混合。
3. 空喙哺舌：khang-tshuì-pōo-tsih，信口開河，說話沒有憑據。
4. 奢華：tshia-hua，奢侈、浪費。
5. 偃倒：ián-tó，推倒、推翻。
6. 放送：hòng-sàng，廣播、散布。
7. 拗蠻：áu-bân，蠻橫無理。
8. 為非糝做：uî-hui-sám-tsò，為非作歹。
9. 兩光：lióng-kong，形容人精神渙散，漫不經心。

37

第二工透早，達西伶許隆就離開羅辛矣，蒂寶夫人感覺稀微[1]，就希望高林這家口仔伶伊俐莎白會當做伙去羅辛食飯。

佇食飯的時，蒂寶夫人便若開喙，較講嘛是拄離開的這兩个人客，高林佇邊仔做應聲鑼，閣不時安慰蒂寶夫人。

食飽，蒂寶夫人看伊俐莎白若有心事的款，叫是伊無想欲離開遮，所以就講：「若你無想欲轉去，就寫一張批去予恁阿母，拜託伊予你跤遮加蹛一站仔。」

伊俐莎白講：「多謝你的好意，可惜後禮拜六，阮一定愛離開。」

「我六月初欲去倫敦蹛一禮拜，若是你有法度閣蹛一個月，我就會當炁你去。阮這台四輪的馬車，若欲加坐一个人

是無問題。」

「夫人，你誠實是足好心的！可惜，阮後禮拜六定著愛相辭。」

聽伊俐莎白按呢講，蒂寶夫人就無閣再強留落去。伊叫謝露提著愛安排馬車予伊轉去，閣講：「若予個家己轉去，恁的面子是會卸了了喔！」

欲轉去浪保恩進前彼幾工，伊俐莎白逐日攏會去彼條小路散步。伊會將所有發生過的代誌，想過一擺閣一擺，達西寫的彼張批，現此時，伊強欲背起來矣。

伊俐莎白共每一句話，反來反去、想了閣再想。這張批予伊對達西的感情，連鞭熱、連鞭冷。

達西求婚彼時的失落，予伊俐莎白同情；伊的意愛，令伊感激；達西的品行，閣較予伊俐莎白尊敬。只不過，無論如何，伊攏無後悔拒絕達西，甚至，伊希望以後佮達西會當莫閣見著面矣。

伊俐莎白只要想著家己厝內的缺點，就予伊感覺不幸佮鬱悶。

班奈先生，對彼三个上細漢的查某囡心狂火熱的行為，連管都無想欲管，更加共個做的見笑代，當做笑詼來看。

班奈太太，伊本身都已經走精去矣，當然袂感覺彼幾个查某囡有啥物毋著。

伊俐莎白不時著愛和珍約束上細漢彼兩个小妹三八甲有賰的行為。可嘆的是，有阿母倖牢咧，這兩个人哪有可能有

啥物長進咧？尤其是俐蒂亞，伊毋但固執閣激放放[2]，虛華又閣貪惰骨，麥里鎮若有軍官來，就隨從去遐展嬌[3]。

伊俐莎白猶有一層心事無法度敨，伊猶咧操煩珍的代誌。原本是一層好姻緣，若毋是厝裡的人行差踏錯，珍的幸福哪會硬拗斷去咧？只要想著這，伊俐莎白的心就會愈凝。

伊俐莎白欲走的彼禮拜，捷捷去羅辛遐食飯，連最後一暝嘛是守佇咧遐。

蒂寶夫人詳細仔詳細，問了閣再問，連個欲按怎轉去浪保恩攏欲管。後來又閣喝起喝倒[4]，叫個的行李一定愛照伊吩咐的按呢整理。

伊俐莎白心內感覺誠佳哉，總算是欲離開這个所在矣！

1. 稀微：hi-bî，寂寞。
2. 放放：hòng-hòng，散漫、馬虎。
3. 嬌：hiâu，形容女性舉止輕佻、風騷。
4. 喝起喝倒：huah-khí-huah-tó，指揮、命令。

38

　　欲離開進前，高林特別來佮伊俐莎白相辭，伊表示，這
是絕對袂簡省得的禮數。

　　高林講：「伊俐莎白小姐，這擺誠榮幸會當邀請你來，
你會當來，予阮感受著你惜情的心。阮厝內狹櫼櫼，也無啥
使用人，親像你這範的小姐，定著會感覺阮遮足無聊；毋過，
你予阮面子，千里萬遠來到遮，予阮誠感心，若是有無周到 [1]
的所在，請你著愛原諒。」

　　伊俐莎白直直說多謝、講勞力，閣講這擺來漢斯福實在
足快活，這六禮拜的日子，逐工攏過甲誠樂暢。閣再講，主
人家好禮的款待，予伊誠感激。

　　高林是食褒的人，對伊俐莎白講的鋪排話是真滿意，笑
甲喙仔裂獅獅。

「阮遮雖然是歹所在，佳哉阮佮羅辛的貴人有交情，予你會當不時去遐做人客。你看！蒂寶夫人對阮實在是足照顧！嘛予你看著阮怎樣仔受著貴人的重視。我干焦會當講，你較無福氣啦！」

看伊風神甲，伊俐莎白只好想出幾句仔簡單、誠意閣客氣的話來共伊扶挺，高林聽了後，歡喜甲若干樂佇食飯廳硞硞踅。

「親愛的伊俐莎白，請你聽我講，佇我的心肝內，誠心誠意，向望你未來的婚姻嘛有通遮爾幸福！我佮謝露提一體仝心，事事項項攏誠鬥搭²，是天上一對、地下一雙，別人無地通比的翁仔某！」

伊俐莎白雖然喙裡順伊的話尾，講個翁仔某確實是誠四配，心內煞替謝露提感覺可憐，愛佮這款的查埔人鬥陣一世人，暝日攏著見面，便若想著就感覺痛苦。

謝露提雖然人客欲走伊誠毋甘，毋過，伊並無需要別人同情伊；佇這間厝裡，除了高林，伊猶有誠濟穡頭³會做得，飼雞飼鴨，紩衫煮食，教會內底的代誌濟甲若山，伊袂感覺無聊。

相辭了後，高林再三吩咐伊俐莎白一定愛替伊向班奈全家請安。高林好禮甲，連伊毋捌看過的嘉定翁仔某嘛予拜託著，叫伊俐莎白愛替個致意。

離開漢斯福猶無四點鐘，就到嘉定先生厝裡矣，個欲佇遮停幾日仔。

伊俐莎白看著珍的氣色誠好，伊就決定轉去厝了後，才來想看覓，欲按怎講出彼件天大地大的代誌！

1. 周到：tsiu-tò，面面俱到，沒有疏漏。
2. 鬥搭：tàu-tah，相稱。
3. 穡頭：sit-thâu，本指農事，今則泛指一切工作。

39

　　班奈先生早就和伊俐莎白約好勢，對倫敦轉來的時，叫個先佇一間飯店等待，班家才派一台馬車去載個轉來浪保恩。

　　個人到飯店，珍佮伊俐莎白就看著綺蒂佮俐蒂亞坐佇飯店樓頂的餐廳。

　　個講，個佇一點鐘以前就到位矣！早就暢甲四界去踅街，毋但去帽仔店交關¹，閣去看徛衛兵的少年家。

　　俐蒂亞講：「阮是有想欲請恁啦，毋過，恁愛借錢予阮！因為阮拄才踅街，攏共錢開了了矣。」

　　講到遮，俐蒂亞就共買來的物件，全部展予兩位阿姊看。

　　「恁看！我買的這頂帽仔。看起來是無婿啦！毋過，我就是想欲買！」

　　兩位阿姊攏講伊這頂帽仔穤甲有賰。

203

俐蒂亞一點仔都無要意，講：「佇彼間店裡，比這頂較歹看的帽仔猶有兩三頂。閣再講，民兵團兩禮拜後就欲離開矣！等個若離開，規個熱天清彩你按怎穿，攏嘛無要緊！」

「民兵團欲離開矣？敢誠實的？」伊俐莎白聽著這個消息，誠歡喜。

俐蒂亞講：「民兵團欲徙去光明鎮，我足希望阿爸會當炁咱規家伙仔去避歇熱！喔！若無綴咧去，咱這个熱天定著會無聊甲反過。」

伊俐莎白心內咧想：「若照你講的按呢，無偌久，阮就會予你舞死。天公伯仔！干焦佇麥里鎮民兵團的這幾个，就予怎迷甲楞楞踅矣，哪閣會堪得規个光明鎮的士官咧？」

等逐家坐定了後，俐蒂亞講：「我有好空的欲報怎知！怎臆看覓仔是啥？這个好消息，是和咱攏足佮意的某乜人有關係喔！」

珍和伊俐莎白感覺紲落來的話，無適合予人聽著，就吩咐走桌的²閃邊仔去。

俐蒂亞看著伊俐莎白遮爾仔細膩，話就笑對鼻空出來。

「哎喲！怎是咧驚啥啦！我共怎講，蔚克漢和金小姐的婚事化去矣呢！金小姐欲離開咱遮，蔚克漢安全矣！」

「你愛講金小姐安全矣！」伊俐莎白順伊的話尾接咧講，「佳哉！伊無烏白清彩嫁。」

俐蒂亞講：「若是伊煞著蔚克漢，又閣閬港³，這才是戀瘾頭⁴咧！」

珍講：「誠希望這兩个人的感情猶未躔真深。」

俐蒂亞講：「哪會深到佗位去？蔚克漢才看伊無上目咧！規个面全烏斑疿仔子，哼！予人忿潲[5]的死查某鬼仔，啥人會去佮意伊咧！」

聽著家己的小妹講話遮粗魯，予伊俐莎白掣一趒！到今才知，對俐蒂亞的喉裡講出來的這款話，像佃這款好人家是講袂出喙的。

食飯飽，兩位阿姊去納數[6]了後，就共行李佮這兩个小妹烏白買的物件捆起去馬車裡，全部的人，攏軁入去這台馬車內底。

「咱按呢軁燒，有夠爽！」俐蒂亞唏甲誠大聲，閣講伊會買彼頂歹看的帽仔，就是為著欲挃[7]彼个盒仔。

俐蒂亞講：「恁離開唇了後，有扯著啥物代誌無？敢有看著佮意的查埔人？有去哪個來共恁挲無？我有夠向望恁其中一个人有牽翁轉來呢！毋是我愛講，珍欲二十三歲矣！天公伯仔！若是我無法度佇二十三歲進前結婚，就真正有夠落氣矣。天公伯仔！我是苦袂得比恁任何人閣較早嫁喔！若按呢，我就會當做頭，炁恁四界去參加舞會矣……」

俐蒂亞串講攏是這款無聊的代誌，綺蒂嘛佇邊仔講參落去，予逐家聽甲耳空攏無時通開，不時都唸講蔚克漢，害伊俐莎白無想欲聽都無法度。

這陣人轉去浪保恩，上歡喜的是班奈先生。伊看著伊俐莎白轉來，食飯的時磕袂著就講：「俐絲，你轉來矣！我足

歡喜的！」

　　班奈太太上蓋無閒，因為珍坐佇伊的邊仔，伊直直問珍這馬倫敦城咧時行的衫仔範；俐蒂亞的聲音上蓋大，伊共規工發生的代誌，一件一件講予逐家聽。

　　俐蒂亞講：「阮去的時，共窗仔簾全放落來，予人叫是馬車是落空逝！後來若毋是綺蒂會眩車，阮才欶共窗仔簾拍開咧！喔！轉來的時陣閣愈趣味，我笑甲強強欲反過！規路攏阮的聲，十里外嘛聽會著。」

　　轉到厝無偌久，伊俐莎白就知影班奈先生並無計畫去光明鎮。毋過，班奈太太無死心，直直撏[8]，伊誠希望班奈先生會當讓步，予規家伙仔通齊做伙去光明鎮渡假。

1. 交關：kau-kuan，買賣、惠顧。
2. 走桌的：tsáu-toh--ê，跑堂、侍者。
3. 閬港：làng-káng，開溜。
4. 瘋頭：giàn-thâu，傻瓜。
5. 吇潲：gê-siâu，表示討厭的粗俗用語。
6. 納數：lap-siàu，繳納帳款或所欠的金錢。
7. 挃：tih，要。
8. 撏：jû，無理取鬧。

40

伊俐莎白忍誠久，尾仔猶是忍袂牢，就共達西求婚的情景，掠重點講予珍聽。

珍真替達西可惜，認為伊無應該用這款方式，來表達家己的感情。

珍講：「就算伊心內按呢想，嘛袂當予你看出來。只是講，伊予你拒絕甲遮爾仔歹看，這馬伊的心內，毋知會有偌爾仔鬱卒¹咧！」

伊俐莎白講：「伊若親像你所講的按呢，顧慮遐爾仔濟，我相信閣過無偌久，連鞭就袂鬱卒矣！阿姊，你敢會怪我？」

「怪你？哪會咧！我欲怪你啥？」

「早前，我替蔚克漢講遐爾仔濟好話，你敢袂怪我戀？」

「袂啦！你替蔚克漢講話，嘛無啥毋著啊！」

伊俐莎白就共彼張批，有關蔚克漢所有的一切，全全講出來。

珍聽一下險驚破膽，伊毋敢相信，這个世間上竟然會有遮爾仔濟的惡行；更加毋敢相信，所有的惡行，會攏佇蔚克漢這个人的身軀頂。

珍誠希望這件代誌毋是事實，伊想欲替達西洗清伊的枉屈，又閣無想欲予蔚克漢受著冤枉。

伊俐莎白對珍講：「這兩个人的優缺點，加加咧就是遮爾仔濟啊，啥人是好人，另外彼个就是歹人。對我來講，達西是好人占較大面；若你家己，會當在你的意思去想，攏無要緊。」

想誠久，珍勉強才同意伊俐莎白的看法。

珍講：「這代誌予我攲一趒！原來蔚克漢是遮惡質的一个人，叫人欲按怎相信？上蓋可憐的是達西先生，俐絲，你想看覓咧！伊佇你遮，受著遮爾仔大的打擊，閣予伊知影你看伊無。伊才會姑不而將，共家己小妹的見笑代，全部搝搝出來！按呢做會予伊足痛苦，敢毋是？」

伊俐莎白講：「我就知！你定著會替伊講好話，所以，我愈來愈袂感覺達西可憐。你愈替伊怨嘆毋甘，我的心內就愈輕鬆！」

珍講：「啥人想會到咧？蔚克漢看起來是遐爾仔善良，有風度又閣足斯文！」

伊俐莎白講：「這兩个人哪會按呢咧？一个是好甲予人

全毋知，另外一个是歹甲予人看袂出來。」

　　珍講：「俐絲，你頭擺讀著這張批的時，想法一定是佮這馬無全，是毋？」

　　「彼是當然的啊！彼時，我誠實足艱苦的，艱苦甲強強欲斷氣。我心內有滿腹的話想欲講，煞揣無人通敨，更加無一个阿姊佇邊仔安慰我。阿姊，我誠實無你袂當呢！」

　　「你佇達西先生的面頭前，講著蔚克漢先生的時陣，口氣過爾仔硬，按呢做無好勢。現此時來看，你講的話確實是無妥當。」

　　「有影啦！我的話是講了有較鹹無錯；毋過阿姊，伊本底就無我的緣矣，當然會講彼款話啊！阿姊，我是毋是愛共蔚克漢的品行，講予朋友知影咧？」

　　珍想一睏仔，才講：「人情留一線，咱嘛毋免予伊遮爾仔歹看。」

　　「我嘛感覺咱毋免做甲遮爾仔絕！而且，就算我想欲講，嘛無人會信。佳哉！蔚克漢連鞭就欲走矣，伊是啥款人，總有一工，定著會予人看出出。」

　　珍講：「你講按呢就著矣！你若將遮的代誌講予人知，蔚克漢的一生就烏有去囉！咱千萬毋通共伊挕甲走投無路。」

　　和珍講遮的話了後，伊俐莎白亂操操的心情就較定著矣。這兩禮拜晢佇伊俐莎白心肝頭的這个祕密，佇這時，總算會當放落來矣！

　　只是，佇這張批內，猶有另外一半的代誌，是伊俐莎白

毋敢講的;更加毋敢講出佇賓利的心目中,珍有偌爾仔重要。

伊俐莎白看會出來,珍的心情全款是誠鬱悶,到今猶是無法度共賓利放予袂記得。

連珍嘛料想袂到,伊對賓利的感情竟然會躐甲遮爾仔深,甚至比初戀的時閣較熱、閣較堅心。珍希望賓利永遠會當將家己园佇心內,因為伊嘛是全款。

有一工,班奈太太對伊俐莎白按呢講:「聽人講,珍佇倫敦,連賓利的一个影嘛無看著。譙!這个探花蜂!我看,咱珍這世人攏免數想欲嫁予伊矣!你敢有聽人講起?這个熱天賓利是會轉來尼德菲抑袂?」

伊俐莎白講:「我看伊是袂閣轉來矣!」

班奈太太講:「哎!清彩伊啦!我只是足毋甘阮查某囝,賓利先生誠對不起伊。我若是珍,才無欲放伊煞!」

伊俐莎白並無共伊應。

過無偌久,班奈太太閣再問伊:「俐絲,高林個翁仔某的生活定著誠四序,敢是?個的食食按怎?謝露提一定誠會曉扞家,只要伊有個阿母的一半精喔,是袂去拍損[2] 著啥,無定有通儉錢。」

伊俐莎白講:「伊當然是袂去討債人的物啊。」

班奈太太講:「是啦!是啦!希望天公伯仔會保庇個啦!我咧臆,個一定有講著欲接恁爸仔財產的代誌!哼!我咧看,個早就共浪保恩看做是個的矣!」

伊俐莎白講:「這款代誌,高林翁仔某哪會當我的面講

211

咧。」

　　班奈太太講：「我相信個尻川後定著不時咧講。若是得著這款財產，閣會食、會睏得，彼就誠實屬害矣！若是我，欲叫我接受這種不義之財，是會見笑甲喔！」

1. 鬱卒：ut-tsut，心中愁悶不暢快。
2. 拍損：phah-sńg，浪費、蹧躂。

41

一目𥍉，民兵團就欲徙離開麥里鎮矣！除了珍佮伊俐莎白，規庄仔頭的查某囡仔攏足傷心，尤其是俐蒂亞佮綺蒂，傷心甲若親像失去親人全款。

班奈太太嘛綴咧流目屎，講：「若是咱會當綴民兵團去光明鎮，彼毋知有偌好咧！」

俐蒂亞講：「就是講啊！若是咱會當去，一定暢甲！毋過，偏偏仔阿爸毋就是毋！」

班奈太太講：「我若去退洗海水浴，就會身體健康食百二啦！」

綺蒂講：「阿姨嘛有講呢！海水浴對身體健康足好的。」

看著這幾个咧哼來哼去，見講攏是這款有空無榫[1]的話，伊俐莎白原本想欲講一兩句仔話共個剾洗，毋過，家己是愈

213

聽愈見笑，感覺達西真正無枉屈伊，莫怪會去阻擋賓利結這層親事。

過無偌久，俐蒂亞的悲傷就走無去，換做暢甲掉袂牢的心情。

原來是伊的查某囡仔伴嫁予民兵團的團長，伊邀請俐蒂亞綴民兵團做伙去耍。俐蒂亞聽著，毋但暢甲吱吱叫閣跳來跳去，叫班家的姊妹仔攏愛來共伊恭喜。

伊俐莎白感覺這層代誌無妥當，就算這个小妹袂戀甲予人拐去，毋過去光明鎮，有遐爾仔濟的少年軍官，這對俐蒂亞的名聲來講，風險嘛誠大。

就按呢，伊就私底下去拜託班奈先生，向望伊會當阻擋這件代誌。

伊俐莎白就共俐蒂亞日常的三八行為，講予班奈先生聽。伊閣講，若予俐蒂亞去光明鎮，伊做的代誌會比這馬閣較譀。

班奈先生攏恬恬咧聽，一直到伊俐莎白講煞，才開喙講：「恁這个小妹若無予伊食一下仔鹹，伊是袂甘願的啦。這擺，伊欲去落氣予人看，閣免開厝裡的錢，像這款好機會，是欲去佗位揣咧？」

「阿爸，你知影俐蒂亞全顧前無顧後，出門在外，一定會予人笑！阮姊妹仔嘛會為著伊來食虧！」

班奈先生講：「你是按怎會講這款話？敢講，伊已經共恁的愛人仔驚走去矣？哎喲，可憐的查某囡！若是看著恁小妹遮放蕩，彼个查埔人就毋敢來向你求親，這款的猶是莫有

往來較好。」

「阿爸，你完全誤會我的意思矣！我若話講了有較直，請阿爸原諒。俐蒂亞這个人，若無人共伊管教，看著查埔人，伊就糊起去，人早就私底下笑伊嬈矣。若閣按呢落去，伊會一世人抾捔[2]！

「伊已經十六歲矣，煞一點仔世事都攏毋捌，規工干焦想欲蹛查埔人來共伊逐。阿爸！像伊按呢，行到佗位就會予人笑甲佗位，連阮做阿姊的嘛愛戴小鬼仔殼[3]！」

班奈先生看伊俐莎白愈講愈嚴重，愈講愈想袂開，就溫柔共伊的手牽牢咧。

「乖查某囝，做你放心。你佮珍兩个人，無論恁行到佗位，人攏會尊存恁，絕對袂因為有侗戇的小妹，就看恁無。

「閣再講，俐蒂亞無錢，無人會去佮意著伊。光明鎮佮咱遮的情況無仝，就算伊想欲嬈花，嘛無夠格。予俐蒂亞去趒，伊就會看清楚家己，人人扶的彼款查某人，伊是無才調做的。」

伊俐莎白聽著這款回應，心內猶是無認同，誠鬱卒行出班奈先生的書房。

民兵團欲離開進前，伊俐莎白佮蔚克漢有閣見一擺面。

伊俐莎白想著家己，早前因為伊的外表佮風度，竟然會去佮意著這款人，予伊不止仔歹勢。看著蔚克漢全款是假仙假觸，講來講去攏是彼套，伊俐莎白聽甲不止仔厭。

想著眼前這个人，竟然是一个欲食毋討趁的浮浪貢，這

馬閣想欲來騙，哪袂予伊感心佮餒志⁴咧？閣較好笑的是，這个浮浪貢的，竟然叫是只要伊使目尾，家己就會予伊閣騙去，這予伊俐莎白足受氣。

氣是真氣，毋過當蔚克漢的面，伊俐莎白猶是激笑面佮伊接接。蔚克漢問起伊俐莎白佇漢斯福的生活，問伊過了敢有四序？

原本伊俐莎白無想欲佮伊拆破面，煞聽著伊閣敢提起這件代誌，就刁故意講伊佇遐有三禮拜的時間，不時佮許隆上校、達西先生來往。

聽著伊俐莎白按呢講，蔚克漢的表情若親像著生驚；過無偌久，隨就鎮靜落來，講伊早前定定看著許隆上校，閣講伊是一位誠有風度的紳士。

尾手，伊問伊俐莎白對許隆上校的看法。

伊俐莎白喙笑目笑講，許隆上校是一位君子，予伊不止仔佮意。

蔚克漢問：「恁……敢有捷見面？」

伊俐莎白講：「差不多逐工攏有見著面。」

「伊的風度佮伊的表兄足無仝的，敢毋是？」

「確實無仝！其實，達西先生這个人，你若佮伊捌久了後，就會知影伊的性。」

聽著伊俐莎白按呢講，予蔚克漢誠意外。

蔚克漢盡量控制家己的聲調，講：「是伊佮別人咧講話的時，口氣有較好淡薄仔？抑是咧對待人的時，變較有禮貌？

哼！因為，我實在毋敢向望伊……」講到遮，伊的聲調愈降愈低，聽起來誠嚴肅，「向望伊會改頭換面。」

伊俐莎白講：「我相信，達西先生自頭到尾攏毋捌變過。」

蔚克漢一聽著伊俐莎白講出這款話，心內是又閣著急，又閣驚惶。

伊俐莎白講：「我並毋是講伊的思想佮態度有改變，我只是講，你若愈捌伊，對伊的個性就會愈了解。」

蔚克漢聽甲規个面紅絳絳，看起來誠不安。

按呢恬靜足久足久，蔚克漢才沓沓共伊的表情掩崁起來，越過來看伊俐莎白。落尾，伊用溫柔的聲調對伊俐莎白講出遮的話：

「你足了解，我心內對達西先生是怎樣仔的一款感覺，無定著伊佇羅辛是較會曉做人，這不過是欲做予伊的阿姨看的爾。我誠清楚，達西佮蒂寶夫人見面的時，攏誠謹慎，這完全是為著欲佮蒂寶小姐結婚。哼！我敢講，伊所做的一切，一定攏是為著這个目的！」

聽著蔚克漢又閣講這款話，予伊俐莎白聽甲愛笑，毋過伊干焦小可頕頭爾，並無出聲。因為伊俐莎白誠清楚蔚克漢的意圖，這馬伊才無想欲閣浪費時間，繼續佮伊觸纏落去。

佇這兩个人誠客氣互相講再會的時，無定著佇心肝內，兩个人攏按呢想：「上好，咱永遠莫閣見面矣！」

俐蒂亞暗頓食煞，就綴福斯特太太轉去個遛蹛一暝，因為明仔載一透早，個就欲佮民兵團去光明鎮矣。

班奈太太千交代萬交代，叫俐蒂亞愛趁這擺的機會，好好仔享受。班家的眾姊妹仔是有共俐蒂亞祝福，煞予班奈太太的大聲嗽總崁過，予俐蒂亞連一句祝福的話都無聽著。

1. 有空無榫：ū-khang-bô-sún，比喻不合理、不著邊際或沒有結果的事情。
2. 拈抾：khioh-kȧk，形容一個人不成器，一輩子都沒有用、沒出息。
3. 戴小鬼仔殼：tì siáu-kuí-á-khak，戴著鬼臉面具，比喻羞於見人。
4. 餒志：lué-tsì，氣餒。

42

🎧

　想當初時，班奈先生看佮意班奈太太的青春美麗，煞毋知伊是一個無智識閣甕肚的查某人。結婚無偌久，伊對這个家後就完全無感情矣。

　若換做是別个查埔人，可能會佇外口花天酒地，毋過，班奈先生毋是這款人。伊愛讀冊，猶閣有，看班奈太太逐工咧做戇代，嘛成做伊的娛樂矣。

　失敗的婚姻予人不幸的感覺，對伊俐莎白來講，毋捌像現此時遮爾仔深。

　班奈先生靠勢家己的才情，不時恥笑家己的家後，這毋但予班奈太太愈來愈侗戇，閣造成家庭的傷害。伊俐莎白不時咧想：「若早前阿爸無按呢做，就算阿母猶是會歁歁[1]，上無，嘛袂做出失體面的代誌。」

219

蔚克漢離開矣，予伊俐莎白有較安慰，只是講，佇這个所在的生活，並無任何值得快樂的代誌。這時的伊俐莎白，規心咧希望去大湖區遊覽的日子，會當較緊來。

俐蒂亞欲走的時，有允講會捷捷寫批轉來，閣欲沿路共詳細的情景攏寫佇批內，講予逐家聽。毋過，伊離開足久足久了後，厝裡才接著伊寫來的第一張批，而且閣寫無幾逝。

伊寫予班奈太太的批，實在無啥物內容，若毋是講軍官的代誌，無就是咧講伊買啥物物件。俐蒂亞佇批內直直講，伊本成有想欲寫較詳細咧，只是，福斯特太太又閣咧叫伊矣！有機會才閣寫。

伊寫予綺蒂的批，雖然有較長，毋過全是無意義的話，閣有一寡較無方便講的代誌，伊就用一粒一粒的烏點來表示。

本底閣兩禮拜就欲上北去遊覽矣，想袂到這時，嘉定太太煞寄一張批來，講原本按算好的行程愛來延，欲去耍的所在嘛愛減少，極加干焦會當行到德比郡爾爾。

這張批予伊俐莎白誠失望，因為伊足想欲去大湖區。只是講這擺的旅遊，伊是綴人去耍的，是有啥物權利通反對咧？

講著德比郡，就予伊俐莎白想著足濟代誌，尤其是翩堡理佮蹛佇內底的主人。

伊俐莎白對家己講：「我一定有法度大大方方行入去伊的故鄉，趁伊無注意的時，共內底的寶物，看予過癮！」

欲出發的日期，延了閣再延，等了閣再等。落尾，總算是共嘉定翁仔某等來矣。

嘉定翁仔某干焦佇浪保恩蹛一暝，第二工透早就佮伊俐莎白做伙去渡假矣。

　　欲親像這三个人這款的迢迌伴，毋是清彩揣就揣會著的。這毋但體力愛相當，性地閣愛好，無論搪著啥物款的無順序，攏會當互相體諒。所以，這逝的旅行，伊俐莎白是有夠心滿意足。

　　佇德比郡，有一个叫做藍白鎮的所在，早前嘉定翁仔某捌蹛佇咧遐。

　　伊俐莎白聽人講，離藍白鎮無五里路就是翩堡理，雖然是無順路，準講欲斡入去遐，嘛蓋利便。嘉定太太就講伊想欲去遐參觀。

　　嘉定太太問伊俐莎白：「這个所在你嘛捷聽著矣敢毋是？咱做伙來去遐看覓咧。蔚克漢做囡仔的時陣，就蹛佇咧遐啊。」

　　伊俐莎白講伊無想欲去翩堡理，但是，伊並無講出真正的原因。

　　嘉定太太笑伊實頭，講：「若干焦是一棟裝潢甲婿婿的樓仔厝，我嘛無啥興趣。是講乎，翩堡理的花園佈置甲誠婿，樹仔林更加是美麗甲無所在通比的。」

　　想著去遐有可能會去遇著達西，伊俐莎白規个面就紅絳絳。

　　後來，伊俐莎白又閣想講：「無定著達西根本都無佇咧厝咧！我就先私底下去探聽，才閣來決定明仔載是欲去抑

母。」

　　欲睏進前，伊俐莎白向飯店的人探聽。聽著翩堡理的主人規个熱天攏袂轉來，伊俐莎白原底不安的心，就按呢安定落來矣。

　　第二工透早，嘉定太太閣來問的時，伊俐莎白隨就答應欲去翩堡理。

1. 歁歁：khám-khám，呆呆笨笨的。

43

　坐佇馬車內的這三个人本底有講有笑，一下看著翩堡理外圍樹仔林，伊俐莎白的心就直直跳袂停，感覺誠不安。

　翩堡理的花園確實是真大，遠遠看過去，有懸懸低低的山崙，閣有大大細細的溪水佮湖面，每一个斡角全是美景，佇日頭光所照著的所在，媠甲若親像一幅圖。

　伊俐莎白看著遮爾仔媠的風景，伊的心內滿滿是感動佮無限的感慨。

　翩堡理山莊是一棟誠豪華的建築，用石頭做建材，起佇咧崁頂[1]；厝後是小山崙，山崙仔頂的樹仔發甲足茂[2]、足青翠，厝前是一逝溪水，馬車行到位的時，這逝溪水當咧飽流。

　伊俐莎白不止仔欣賞這个所在，看著遮爾仔媠的景緻，予伊俐莎白雄雄感覺，若準會當做翩堡理的女主人，有影是

值得驕傲的代誌。

就佇這時，管家出來共個接待。

這位管家是一位誠大端的查某人，雖然有淡薄仔歲數，接待人客的禮數閣誠周至。伊邀請這三位人客入去翩堡理的餐廳參觀。

這間餐廳誠挑俍[3]，嘛佈置甲不止仔幼膩。伊俐莎白略仔綴管家行一遍了後，就家己行去窗仔邊，欣賞窗仔外的景緻。

對這爿看過去是一个山崁，彎彎斡斡的溪水對遠遠的山流過來，沿溪邊的樹林，修剪甲誠婧。遮爾仔婧的景緻，予這个廳的每一面窗攏看會著清幽的大自然，伊俐莎白規个心是愈看愈痴迷。

伊佇心內暗暗仔想：「我差一點仔就是遮的女主人矣！若是按呢，無定著翩堡理每一個所在，我早就行透透矣，閣會當邀請阿舅阿妗來遮做人客……」

伊足想欲問管家，主人敢誠實無佇咧厝？毋過，伊俐莎白無勇氣開喙。

無意中，阿舅嘛問仝款的問題，管家太太回講達西確實無佇厝，毋過，明仔載就會佮足濟朋友轉來翩堡理。

伊俐莎白聽著這个消息，心內有夠歡喜！伊佳哉家己無慢一工才來，這馬總算會當好好仔參觀。

嘉定太太喊伊俐莎白過去看一張細細張仔的畫像。

伊俐莎白行過去看，原來這張是蔚克漢的畫像，邊仔閣有幾若張寸尺仝款的畫像，全部攏囥做伙。

管家太太後來行過來介紹，講這張畫像的主人是早前管家的後生，翩堡理的老主人對伊從細漢栽培到大漢。

管家太太講：「伊這馬恐驚已經變甲足放蕩矣！」

嘉定太太笑笑仔向伊俐莎白眼一下，只是講，伊俐莎白實在是笑袂出來。

管家太太指另外一張畫像講：「這个就是阮主人，伊本人佮這張畫像有夠成的啦！這張和彼張是全時間畫的，差不多八冬有矣。」

嘉定太太看達西的這張畫像，講：「我捷聽人講起，恁主人生做一表人才！俐絲，你來講看覓。這張像，畫了有成抑無？」

管家太太聽著伊俐莎白和主人有相捌，就對伊誠尊敬，講：「原來這位小姐和達西先生有熟似喔？」

伊俐莎白規个面紅朱朱，應講：「喔……無蓋熟。」

管家太太講：「我敢講，我從來毋捌看過生做遮爾仔緣投的主人。樓頂猶有一張伊的畫像，比這張較大張，畫甲比這張閣較好。」

管家太太又閣指另外一張達西小姐的畫像予伊看，講彼是伊八歲的時陣畫的。

嘉定先生問：「達西小姐敢有佮伊的阿兄全款，生做遐爾仔好看？」

「喔！我從來都毋捌看過親像伊遮婧的小姐，閣遐爾仔有才情。伊逐日攏會彈琴佮唱歌。隔壁房內底，有一台拄買

來的鋼琴，彼是阮主人送予伊的禮物，我誠希望伊會當定定躐佇遮。」

嘉定先生講：「若恁主人有娶某，躐佇遮的時間就會較濟矣。」

管家太太講：「有影！只是講乎，伊的親事毋知當時才會成？嘛毋知佗一家的小姐才配伊會起。」

遮的話，予嘉定翁仔某聽甲愛笑。伊俐莎白講：「有你按呢褒，伊足有面子的。」

管家太太講：「我講的攏是實在話！我從伊四歲就來遮矣！這世人，我猶毋捌聽伊對人講過較重的話。」

這款話聽在伊俐莎白的耳空內，感覺誠譀，是按怎管家太太講出來的，佮家己熟似的，敢若是兩个人？予伊愈聽愈想欲了解達西先生。

嘉定太太講：「老達西先生是一个了不起的人。」

管家太太笑講：「太太，你講了誠著！伊確實是一位了不起的人，阮主人佮伊若全一个模仔印出來的，嘛親像伊全款體諒散凶人。」

管家太太閣講起達西誠濟無人知的優點。

嘉定太太勻仔聽，那佇伊俐莎白的耳空邊輕輕仔講：「伊講的攏好話，只是這款好話和咱聽著的，未免差傷濟矣。」

伊俐莎白講：「無定著是咱予人誑去矣！」

這陣人行起去樓頂一間足婿的房間，這間房的裝潢和樓跤的比起來，加真高雅佮幼路，聽講是達西小姐舊年講伊佮

意這間房間，達西就隨吩咐人來款好勢，單獨欲予達西小姐使用。

「伊確實是一个誠好的阿兄！」伊俐莎白那講那行去窗仔邊看風景。

樓頂閣有幾若間房，有一間內底有足濟誠媠的油畫，閣有達西家族的畫像。

最後，伊俐莎白揣著一張看起來足成達西的畫像，內底的笑容就若親像印象中的人仝款。

伊俐莎白佇這張畫像頭前徛誠久，對畫面內底的達西，那來那感覺親切。就算早前定定佮伊見面的彼當陣，嘛毋捌有過這款感覺。

翻堡理大樓會參觀得的所在，這三个人攏行透透矣，管家太太就吩咐一个下跤手人，炁人客去𧶍翻堡理的花園。

佇嘉定這對翁仔某咧臆這棟厝起偌久的時陣，伊俐莎白嘛綴咧停落來，伊越頭閣再看一改翻堡理山莊。

哪知，就佇這時，達西扴好行對遮來矣！

達西雄雄出現，予伊俐莎白袂赴走閃，兩雙目睭佇這時相拍電，兩个人的面攏紅絳絳。

達西表現甲更加生驚，伊規个人攏愣佇遐，連動都無法度振動。

達西頓蹬誠久，才行過來向伊俐莎白請安，口氣雖然猶無法度足鎮靜，毋過猶是誠好禮，一个一个共浪保恩班家的人全致意著，不止仔有風度。

這時，伊俐莎白規个頭殼挈氄氄，頭仔犁犁，連應啥物話攏毋知影。伊感覺家己有夠落氣，來人的地盤煞去予人搪著，面子全部卸了了！

其實，達西嘛無比伊俐莎白較自在，伊講話的聲調嘛無親像往過遐在穩。

伊問伊俐莎白個是當時對浪保恩出發的？已經佇德比郡蹛偌久矣？這款無頭神 [4] 的問題，是問了閣再問，看會出達西的心內嘛是亂甲。

落尾，達西若像揣無話通講矣，就佇遐恬恬徛幾若分鐘久，後來就告辭矣。

伊俐莎白是真後悔，現此時的達西定著咧笑伊「無人請，家己來」，哪會遮爾仔見笑咧！早知，提早十分鐘離開就好矣！

伊俐莎白閣想著達西對待伊的態度，伊的口氣是遐爾仔溫柔閣好禮，彼款斯文的模樣，是從來都毋捌看過的。

會記得頂一擺見面，彼時，達西佇樹林內底挈批予伊，伊的態度佮這馬哪會差遮濟？敢會是對家己猶有感情？這敢有可能？

伊俐莎白規个心攏佇拄才搪著達西的彼幾分鐘，連嘉定太太喊伊喊幾若改，伊攏無聽著。

一直到嘉定太太問伊咧戀神啥，伊俐莎白才回魂，提醒家己，千萬毋通閣烏白想！

嘉定先生看著風景遮爾仔清幽，就講欲共規粒山踅予透，

後來聽管花園的人講，踅一輾著愛十英里路，毋才這个提議就取消去，改佇山崁佮溪仔邊躘躘咧。

嘉定先生看著溪仔內底有魚，伊誠愛釣魚，不時會停落來佮管花園的人講釣魚的代誌。因為按呢，這段路予個行咧停咧，行足久足久。

就佇嘉定先生沓沓仔趖[5]的時陣，看著達西又閣行對遮來，予個攏掣一趒，尤其是伊俐莎白。

這搭的樹仔無親像扮才迄發甲迄密，遠遠就通看著達西的形影矣。伊俐莎白對家己講，若達西行來遮，是欲來佮伊講話的，家己千萬著愛較鎮靜咧，袂當閣予伊看出心內緊張的模樣。

達西行來個的面頭前，向伊俐莎白請安問好。伊的表現佮扮才全款，是迄爾仔謙和、捌禮數，無任何派頭佮失禮的所在。伊問伊俐莎白，對翩堡理的印象按怎？

伊俐莎白誠直透，講翩堡理是伊看過上婧的所在。講了才想著，講遮的話，敢會予達西誤會咧？伊俐莎白的面又閣紅起來，這幾句話講煞，就隨閣恬去矣。

伊俐莎白恬恬攏無出聲，這時，達西就來請求，請伊共身軀邊這兩位朋友紹介予伊。

看著達西遮爾仔有禮貌，予伊俐莎白完全料想袂到。想當初時，伊毋是苛頭甲？伊共班家的親情講甲無一塊仔好，完全看袂起個。

伊俐莎白想：「若予伊知影這兩位是啥人，毋知會偌爾

仔著驚咧！」

達西知影這兩位是伊俐莎白的阿舅佮阿妗了後，確實有驚著，煞無來離開，閣留落來陪個踅。

達西和嘉定先生行做伙，伊俐莎白就和嘉定太太做伙行。

伊俐莎白佇後壁注意咧聽這兩位紳士講話。佳哉！嘉定先生是一个有內才、學問飽滇的人，伊講出來的話，攏予人感受著伊的高尚。

達西誠客氣邀請嘉定先生來翩堡理釣魚，又閣指予伊看，佇這條溪裡佗一搭的魚上蓋濟。

伊俐莎白一直咧想：「伊哪會改變遮爾濟咧？敢真正是為著我？伊的口氣遮爾仔溫馴，敢會是因為我共伊罵甲臭頭，才予伊改頭換面的？哎！絕對無可能是因為伊猶閣咧愛我，才會按呢做！」

落尾，嘉定太太講伊行了足忝，閣嫌伊俐莎白的手骨無翁婿的粗勇，就換過來牽嘉定先生，就按呢，伊俐莎白就佮達西行做伙。

拄開始，這兩个人攏恬恬無講話，後來伊俐莎白講個事先有探聽過，知影達西無佇厝，才會來參觀。後來看著伊，予個真意外。

達西講本底確實是按呢，只是伊雄雄有代誌，才會提早轉來。

伊講：「明仔載透早其他的人客才會來！內底嘛有你捌的人，賓利先生和伊的姊妹仔嘛攏會來。」

聽著賓利的名，伊俐莎白嘛毋知影欲按怎回，就恬恬無講話。

停一睏仔了後，達西講：「有一个人，我想欲專工紹介予你熟似，彼个就是阮小妹。我想欲趁你猶佇遮的時，予恁熟似一下，毋知你敢會認為這傷唐突？」

伊俐莎白想著達西小姐會想欲和伊熟似，這定著是達西的鼓舞，予伊俐莎白的心內是歡喜甲！

這兩个人恬恬向前行，各人的心肝內攏有講袂出喙的心事。

少年人的跤步有較緊，行到門口的時，嘉定翁仔某猶佇後壁足遠的所在。達西邀請伊俐莎白入去內面坐，伊俐莎白笑講家己袂忝。就按呢，這兩个人就徛佇草埔仔頂懸等。

等待的時間實在有夠長！伊俐莎白規个心挐絞絞，佮達西該講的話攏講了矣，嘉定翁仔某猶親像龜咧趖，行攏袂到位。

落尾，達西再三邀請嘉定翁仔某佮伊俐莎白入去客廳歇睏，個三个人直直推，誠有禮貌講定著愛離開矣。

達西送個上馬車，等馬車離開翻堡理了後才入去。

佇馬車內，嘉定先生就講：「這个人風度好，有禮貌閣斯文，而且閣袂激派頭。」

嘉定太太講：「確實是有淡薄仔高高在上的款，毋過，袂予人討厭。到今，我才感覺彼个管家太太所講的話，一點仔都無重耽。」

嘉定先生講:「受伊按呢款待,誠實予人料想袂到,這毋是浮有的禮數爾喔,是真正好禮。其實伊免遮好禮,伊佮咱伊俐莎白嘛無啥特別的交情。」

嘉定太太講:「俐絲啊!雖然伊無親像蔚克漢先生遐爾仔飄撇,或者是講,伊袂佮人有講有笑。毋過,你哪會講伊足顧人怨咧?」

伊俐莎白解說講,今仔日達西遮爾仔親切,家己嘛是頭一擺拄著。

嘉定先生講:「我看伊誠厚禮數,只是講,這無定著是客氣,才會招我做伙去釣魚。我看,這款話嘛袂當傷信得。」

嘉定太太講:「伊看起來心肝袂穤啊!只是講,怣咱去參觀的管家太太,共伊褒甲欲上天!有幾若改,我差一點仔就笑出來矣。我看,伊定著是一个足慷慨的主人!」

伊俐莎白聽到遮,感覺無替達西講兩句仔話袂使。

伊講,達西和蔚克漢這兩个人的人品,佇肯特郡朋友所認知的,佮浪保恩的人所捌的,差不止仔濟。

為著欲證明這點,伊俐莎白閣共兩个人錢項的往來,全部講出來。遐的代誌,予嘉定太太聽甲喙仔開開,完全無法度相信。

轉去到飯店,伊俐莎白想著今仔日發生的代誌,有影是足心適、足滿意的,誠期待正式熟似達西小姐的彼一工。

1. 崁頂：khàm-tíng，小山的山頂。
2. 茂：ōm/ām，草木繁盛的樣子。
3. 挑俍：thiau-lāng，形容建築物的空間寬敞，光線明亮。
4. 無頭神：bô-thâu-sîn，健忘、沒記性。
5. 趖：sô，閒蕩。

44

　　伊俐莎白本底料想達西小姐到翩堡理了後，上無，嘛愛隔轉工才會來拜訪；想袂到，伊到的彼工，達西就隨炁伊的小妹來旅舍矣。

　　嘉定翁仔某嘛驚一趒，個看伊俐莎白遮爾仔歹勢，又閣共昨昏佇翩堡理拄著達西的情景，頭尾全想過一擺。這對翁仔某料定達西一定是愛著伊俐莎白矣！若毋是按呢，伊這馬遮爾仔好禮，就真正予人想無路理來。

　　伊俐莎白嘛誠緊張，伊坐也毋是，徛也毋是，感覺有夠齷齪。佳哉，看著達西小姐了後，伊的心就安定落來矣。

　　總是聽人講達西小姐誠苛頭，嘛有人講，伊是一个看懸無看低的人。伊俐莎白看伊了後才清楚，原來是達西小姐傷閉思[1]，歹勢佮人講話，外口人才會來誤會。

235

無偌久，達西共伊俐莎白講賓利等一下嘛會來。彼當陣，伊俐莎白都猶袂赴應話咧，耳空內就聽著賓利踮樓梯的跤步聲。

　　賓利親切的面容，予伊看起來佮較早全款，退爾仔予人佮意。

　　嘉定翁仔某認為賓利是一个誠好的人，另外，對達西佮外甥女的關係，個認為伊俐莎白的心思是猶閣咧躊躇，毋過，達西應該早就跋落愛河矣。

　　伊俐莎白一下看著賓利，就足想欲知影，賓利到今敢猶會想起珍？有一、兩擺，伊俐莎白發覺賓利看伊的眼光，敢若是想欲對家己的身軀頂揣出珍的形影。

　　伊俐莎白閣觀察賓利佮達西小姐鬥陣的情形，伊更加確定，這兩个人是完全無男女之間的感情。看起來，賓利小姐所向望的，無可能實現矣。

　　後來，賓利用足遺憾的口氣對伊俐莎白講：「我佮恁阿姊誠久無見面矣！我實在無彼个福氣，差不多有八個外月矣呢！阮是十一月二六彼工分開的，彼暝，咱猶佇尼德菲咧跳舞。」

　　看著伊連日子都記甲遮爾清楚，伊俐莎白就不止仔歡喜。

　　伊又閣看著今仔日達西的態度，佮昨昏全款，伊佮嘉定翁仔某咧講話的時，表情總是退爾仔親切、斯文、客氣。

　　今仔日的種種，予伊俐莎白又閣歡喜又閣激動！無論佇尼德菲抑是佇羅辛，無論面對的是伊的好朋友抑是親情，伊

俐莎白從來毋捌看過達西遮爾仔親切，佮人有講有笑。

猶會記得斯當時，達西佇漢斯福批評班家所有的親情，予伊俐莎白一句話都無才調應。這馬，達西遮爾仔急欲予阿舅佮阿妗佮意，這予伊感覺足有面子，嘛受著誠大的尊重。

這陣貴客佇遮坐欲半點外鐘，欲走的時，達西閣提醒伊的小妹，愛會記得邀請嘉定翁仔某佮班奈小姐，去翩堡理食飯。

達西小姐人罕得開喙，所以有淡薄仔膽膽、袂慣勢；毋過，聽著阿兄的提醒，伊就隨邀請個去翩堡理。

嘉定太太看外甥女的態度，感覺伊是歹勢，並毋是無想欲去；又閣看著家己的翁婿，是足想欲去的彼款形，伊一聲就替這兩个人答應落來，閣共日期定咧後日[2]。

人客走了後，彼半點鐘的情景，予伊俐莎白愈想愈歡喜，愈想愈得意。嘉定翁仔某所想著的，仝款是達西先生的好。

有人講達西目頭懸，嘉定太太認為這是一種誤會，無定著是鎮上的人，看達西全家規年週天攏無來相借問，才會去予人當做囂俳。

除了這點，佇遮，眾人公認達西是上蓋大範的人。若講著濟苦救貧，伊攏大出手，不止仔慷慨。

顛倒是蔚克漢，佇這个所在有誠濟人看伊無；雖然無人清楚伊佮達西之間到底有啥物恩怨，毋過，每一个人攏知影，蔚克漢離開德比郡的時有欠誠濟錢，所有的負債，全攏是達西替伊還的。

伊俐莎白這暝，規心攏咧想翻堡理的主人，反來反去直直睏袂去。

伊俐莎白心內早就肯定達西高尚的人品，昨昏閣看著伊遮爾仔好禮，知影伊的個性有誠溫馴的所在。這馬佇伊俐莎白的心目中，除了尊敬，閣加添幾分仔親切。

本底，伊俐莎白叫是達西會感伊入骨，這世人絕對袂原諒伊；毋過，這改閣再見面，予伊發覺代誌並毋是家己所想的按呢。

原本遐爾仔聳勢的查埔人，這時會變甲遮爾仔謙和，予伊俐莎白足感激。就按呢，伊對達西的感情，猶想無閣來欲按怎做。總是，伊俐莎白誠希望這段感情會當繼續落去。

1. 閉思：phì-sù，個性內向、害羞，醜䬺的樣子。
2. 後日：āu-ji̍t，後天。若唸成āu-ji̍t則是日後、以後的意思。

45

　伊俐莎白到今才知影，原來賓利小姐就是咧食伊的醋，毋才會對伊歹面腔。這擺欲去翩堡理做客，伊俐莎白免想嘛知，若閣拄著賓利小姐，伊定著無好面色。

　伊佮嘉定太太到翩堡理的時，達西小姐誠有禮貌嘛接待甲誠周至，只是伊人傷閉思，毋知愛按怎起話頭。就按呢，逐家攏坐佇膨椅，無人出聲，恬靜甲礙虐礙虐。

　後來，達西小姐就輕聲仔對伊俐莎白問一寡天氣的代誌。這時，伊俐莎白就發覺，賓利小姐一直掠伊金金看，注意咧聽個兩个人咧講啥。

　雄雄，伊俐莎白聽著賓利小姐冷冷仔向伊請安問好。

　有來有去，伊俐莎白全款用冷淡的態度簡單回應，了後，這兩个人就無閣再講話矣。

使用人早就共冷盤、點心佮各種果子攏款好勢矣，雖然毋是每一个人攏會曉佮人接接，毋過，若欲食物件，逐家就愛齊倚過來坐做伙。達西小姐誠親切邀請逐家做伙來食，後來，所有的人攏圍佇桌仔邊，做伙食豐沛的點心。

就佇這時，達西先生行入來廳裡。

本成，達西是陪嘉定先生和朋友佇溪仔邊釣魚，尾仔，一下聽著伊俐莎白嘛來拜訪，伊就共釣魚的這陣人放咧，隨趕轉來厝裡見伊俐莎白。

賓利小姐看著達西的表現，心內是咧食醋，表面上猶是激甲喙笑目笑。伊的笑容，是刁工欲展予達西看的，這予伊俐莎白知影，賓利小姐對達西猶無死心。

達西小姐看著阿兄行入來，為著欲予伊歡喜，就盡量逼家己開喙，不時佮伊俐莎白講話。

賓利小姐的目睭內，看著這款情景，閣不止仔受氣。伊就共禮貌抨佇咧尻脊骿，趁機會欲予伊俐莎白落氣。

賓利小姐講：「伊俐莎白小姐，麥里鎮的民兵團徙走矣，貴府定著感覺誠無彩乎？」

伊俐莎白清楚這是賓利小姐歹意咧攻擊伊，刁故意用誠冷淡、無要意的態度去回應這個問題。

這時，伊莉莎白看著達西規个面紅記記，掠家己金金相，嘛看著達西小姐更加驚惶，頭仔犁犁，一句話都講袂出來。

賓利小姐叫是伊講遮的話，會去擾亂伊俐莎白的心情，因為伊捌佮意民兵團的蔚克漢，就刁故意提起這件代誌。只

是講，伊毋知影達西小姐佮蔚克漢的過去，賓利小姐按呢做，顛倒是予達西閣較敬重伊俐莎白爾爾。

過無偌久了後，伊俐莎白和嘉定太太就告辭離開翩堡理。

人客一下離開，賓利小姐隨來批評伊俐莎白，無論人品、穿插佮行踏，攏予伊嫌甲無一塊仔好。

賓利小姐批評的話，並無影響達西小姐對伊俐莎白的看法，因為伊相信家己阿兄的眼光。這擺，伊佮伊俐莎白接觸了後，更加感受著伊親切閣古錐的個性。

達西送人客走，轉來客廳了後，賓利小姐就共扙才講予達西小姐聽的話，閣餾一改。

「達西先生，扙看著伊俐莎白小姐，伊面色實在有夠穤的！諱！伊的皮膚實在是烏閣粗，害我佮阮阿姊險險仔袂認得！」

達西聽著這款話誠無歡喜，毋過，伊猶是有應賓利小姐，講伊俐莎白的皮膚是有較烏淡薄仔，這是熱人遊覽造成的，人是無啥變著。

賓利小姐講：「老實講，我根本都看袂出伊有佗位仔嬌。伊的面傷瘦，鼻仔嘛普普仔。若講著伊的目睭根本就無嬌。在我來看，是刻薄甲欲死喔，誠無我的緣呢！而且，伊彼款臭屁形，實在予人擋袂牢。」

聽著遮的話，予達西不止仔齷齪，賓利小姐叫是家己的算盤撨了有順，就愈講愈毋知通煞。

「猶會記得頭一擺看著伊的時，聽著人講伊是有名的美

女呢，咱攏感覺誠奇怪。閣有一暝，就是佇尼德菲彼擺，你講伊若算美女，伊彼个阿母就是天才矣！」

這時，達西實在是袂堪得忍矣，就應賓利小姐講：「你講了無錯，毋過，彼是我才拄熟似伊的彼當陣。這幾個月來，我感覺伊是我捌的人內底，上蓋媠的一个！」

達西講了，頭越咧就走，賭賓利小姐一个人愣佇咧遐。

嘉定太太和伊俐莎白轉去旅社了後，兩个人就詳細仔詳細，共這擺去翩堡理的種種攏提出來講。只是講來講去，就是無講著彼个主角。

這兩个人攏咧等對方提起達西，煞攏等無，毋才會到最後，煞變做是俗語所講的「三下咬，袂見餡」。

46

伊俐莎白來藍白鎮了後，一直攏等無珍寫來的批。第三工，才相連紲收著珍寫來的兩張批，其中一張，住址寫甲傷潦草，送毋著所在，才去延著。

嘉定翁仔某知影伊俐莎白想欲看批，這工就無招伊出門，予伊家己留踮飯店，沓沓仔看批。

伊俐莎白先讀寄毋著去的彼張批，這張是五工前所寫的。

佇批的前半節，只不過是交代日常的一寡代誌，順紲講庄內發生的一寡新聞。想袂到後半節所講的，煞是天大地大的消息！

珍佇批內寫講：

　　現此時，發生一件誠意外嘛足嚴重的代誌！這是發

生佇咱可憐的小妹——俐蒂亞的代誌。

昨暗半暝十二點，阮當欲睏的時，雄雄接著福斯特上校的電報，講俐蒂亞佮蔚克漢相枒走去矣！阮聽著這個消息有夠驚惶的！無人想會到，這兩个人青磅白磅就按呢揀做堆矣！

有人講，個是拜六半暝離開的，毋過，一直到昨昏透早，才有人發現這兩个人失蹤矣！福斯特上校知影這層代誌，就隨緊寫批來共阮講。

福斯特上校講，俐蒂亞有留一張短短仔的批予福斯特太太，共個欲做的代誌講予伊知。伊咧想，這兩个人敢會先轉來浪保恩？

我無法度閣寫落去矣！因為阿母攏愛人顧牢咧。我咧想，你定著看甲花花，連我家己嘛毋知家己咧寫啥貨。

伊俐莎白共這張批讀煞了後，隨就拆另外一張批來看。

親愛的小妹，現此時，你應該收著我兇狂所寫的彼張批矣。

我希望這張批會當共狀況寫較清楚淡薄。這馬，就算咱小妹佮蔚克漢的親事有偌爾仔諏，總是，聽著個已經結婚的消息，是我上向望聽著的好消息。

福斯特上校知影這兩个人相枒走，誠著驚！隨拚出去揣人，希望會當共個逐轉來。毋過可惜，無論伊按怎

揣，伮攏無消無息。姑不而將，福斯特上校只好來浪保恩，共伊所看、所聽、所做的一切，坦白講予阮聽。

親愛的俐絲，阮足痛苦，阿爸佮阿母攏感覺，這件代誌最後一定會舞甲袂收煞。毋過，我實在無法度共蔚克漢想甲遐爾仔惡質，我咧想，伊定著有不得已的理由，才會想欲佇倫敦偷偷仔結婚。

只是，聽我按呢講，福斯特上校干焦直直幌頭，伊毋相信這兩个人會結婚，又閣講，蔚克漢毋是一个會靠得的人。

咱阿母恐驚是破病矣！伊規工攏關佇咧房間內，若是伊有法度小控制一下，代誌無定著袂予人遮齷齪，可惜伊猶是咻甲予眾人攏知影。

講著咱阿爸，我這世人毋捌看伊遮艱苦過。綺蒂嘛氣掣掣，講俐蒂亞哪會代誌無先講就綴人走，全然無帶念姊妹仔情。

親愛的俐絲，種種痛苦的場面，佳哉你無在場！毋過，照目前的狀況來看，我愛請恁趕緊轉來。

阿爸佮福斯特上校欲去倫敦揣俐蒂亞矣。情況誠緊急！阮需要阿舅轉來鬥參詳！我相信恁一定會當體諒，嘛絕對會轉來鬥相共。

伊俐莎白批讀煞，隨大聲咻：「阿舅咧？阮阿舅這馬佇佗位？」

這時，達西先生拄好來拜訪，伊看著伊俐莎白面仔青恂恂[1]，規个人看來足著急，嘛綴咧驚著。

伊俐莎白足生狂，袂顧得禮貌，喝甲誠大聲：「真歹勢！我急欲去揣嘉定先生，一分鐘嘛袂當延得！」

看伊按呢，達西全款鎮靜袂落來，講：「到底是發生啥物代誌？敢欲予我替你去揣嘉定先生？你看起來面色無蓋好！若無，你叫使用人替你出去揣，你莫家己去。」

伊俐莎白原底猶咧躊躇，只是伊的雙跤已經掣甲無法度行矣，確實是無才調出去揣人，只好吩咐使用人趕緊共嘉定先生叫轉來。

達西看著伊俐莎白強強欲倒落來的形，予伊放袂落心，就用誠溫柔的聲說對伊俐莎白講：「你欲食寡物件無？或者是我斟一杯酒予你啉？」

伊俐莎白盡量予家己保持鎮靜，回答講：「毋免！多謝！我誠好。只是拄才聽著一个誠不幸的消息，予我足艱苦……」

伊俐莎白講到遮，就忍袂牢吼出來矣！足久足久，伊連一句話都講袂出來。

達西一時捎無頭摠，只好講一寡仔話來安慰伊。尾後，伊俐莎白才共事實講予伊聽：「我拄才收著珍的一張批，聽著誠不幸的消息！我共你講，阮彼个上細漢的小妹，竟然共所有的親情朋友攏抨佇咧尻脊後……綴人走矣……伊予蔚克漢拐走去矣！伊這个人你嘛知影，阮小妹無錢無勢，無任何所在值得伊……俐蒂亞這世人烏有去矣！」

達西聽甲愣去。

伊俐莎白愈講愈激動：「我本成會當阻擋這件代誌的！我知影伊的真面目！我若早早就講予厝裡的人聽，予逐家知影伊這个人誠失德，就袂發生這款代誌矣！這馬講這攏傷慢矣……」

達西重聲講：「我聽著這個消息，有夠痛苦！毋但痛苦閣驚惶！只是講，這个消息敢會信得？敢誠實是真的？」

「阮阿爸已經去倫敦矣！珍寫批來，就是愛阮阿舅趕緊轉去鬥相共！天公伯仔！這件代誌天大地大，敢真正會收煞得？我感覺已經無步矣！蔚克漢這款人，阮哪有才調應付咧？」

達西干焦幌頭，伊誠認同伊俐莎白的看法。

伊俐莎白又閣講：「愛怪我無勇氣，無共這件代誌講出來。彼時，我干焦想著按呢做會去傷害著伊，這馬翻頭閣想，真正是毋著！」

達西並無應話，若親像耳空內完全無聽著聲。伊干焦佇房間仔內行來行去，目頭結結，看袂出來伊是咧想啥物。

伊俐莎白看達西的表情，感覺伊對家己的感情，定著會因為這件代誌，全部走無去。

伊俐莎白有夠怨嘆，伊出世佇這款無路用的家庭，這馬閣因為這款見笑代，予家己面子盡掃落地，閣予人看無。這馬達西會有這款反應，伊袂奇怪，嘛袂怨伊。

到今伊俐莎白才發覺，家己的真心全交予達西，已經愛

著伊矣。

伊俐莎白用一條手巾仔共面掩牢咧，恬恬仔流目屎，無閣再講話矣。過一睏了後，伊俐莎白才聽著達西的聲，伊的聲調，是遐爾仔同情。

「我咧想，你早就希望我緊離開遮，我實在足同情你的！天公伯仔！我足向望我會當講幾句仔話，或者是盡我的力量，來減輕你的痛苦。

「只不過，我無想欲講無路用的鋪排話來安慰你，這會予你愈艱苦。我咧想，恁今仔日恐驚是無法度來翩堡理赴宴矣。」

「是啊！請你替阮共達西小姐會失禮。嘛請你替阮保守祕密，會當瞞偌久就替阮瞞偌久。雖然我嘛知，這款見笑代，誠緊就會通人知矣。」

達西隨答應這个請求，閣講伊誠同情伊俐莎白的痛苦，希望代誌最後會當得著較圓滿的結局。伊誠慎重閣看一眼伊俐莎白，就走矣！

達西行出去了後，伊俐莎白隨想著這改佇德比郡的見面，達西對待伊是遐爾仔誠心誠意，予家己實在料想袂到。

早前，伊苦袂得會當佮達西一刀兩斷，毋過這馬，伊俐莎白煞希望會當繼續落去。這款反來反去的心情，予伊不時咧吐大氣。

若準講，世間的愛情是一見鍾情，或者是講無兩三句話就煞著，才有準算，伊俐莎白對達西這款因為感激、器重所產生的愛，無定著予人感覺無合情理，嘛誠矛盾。

只是，伊對蔚克漢一見鍾情，落尾煞無好的結果，對這个經驗內底，咱就會當理解，伊俐莎白對達西會產生感情，是因為伊俐莎白的個性，較適合這款對感激佮器重所發展起來的愛。

無疑悟，這馬煞因為這件見笑代，予兩个人的感情就按呢無去，這予伊俐莎白不止仔痛苦。

想著厝內予俐蒂亞的代誌舞甲亂操操，全部的重擔齊哲佇珍的身軀頂，伊俐莎白愈想愈毋甘，苦袂得緊轉去共珍鬥分伨[2]。

嘉定翁仔某聽著伊俐莎白急欲揣個轉去，原底叫是伊破病矣；後來聽著俐蒂亞的代誌，有夠著驚，而且愈聽愈感慨，尾手就答應伊會想辦法來鬥相共解決。

「毋過，咱欲按怎向翩堡理交代咧？」佇等馬車的時，嘉定太太才去想著，「拄才有聽講達西先生嘛有來，這敢有影？」

「是啊！我已經共伊講咱無法度去翩堡理矣，嘛有交代清楚矣！」

「嘛有……交代清楚矣？」嘉定太太綴咧閣喃一擺，心內咧想，「敢講，這兩个人好甲這款地步矣？會當共要緊的代誌講予對方知影矣？」

伊俐莎白煩惱規早起的代誌，想袂到佇短短的時間內，就全部攄撼好勢。中晝的時陣，這三个人就坐踮馬車內底，趕欲轉去浪保恩矣。

1. 青恂恂：tshenn-sún-sún，指臉色因為受到驚嚇而發青、蒼白。
2. 分伻：pun-phenn，分擔、分攤。

47

　　轉去浪保恩的路裡，嘉定先生對伊俐莎白講：「蔚克漢若無拍算欲佮俐蒂亞結婚，又閣按呢做，敢袂驚恁厝內的人會出面？日後敢閣有法度轉來民兵團？伊敢有痴情甲按呢，為俐蒂亞冒這个險？」

　　嘉定太太講：「我想，蔚克漢應該是知影利害關係才著！若無，做這款代誌是足惡質的，名聲全無去了了，伊定著是欲結婚才會按呢。」

　　伊俐莎白講：「才毋是咧！蔚克漢是袂佮無錢的小姐結婚的。阮這个小妹干焦是少年、愛講笑爾，是有啥物條件會當吸引蔚克漢，予伊放棄娶好額人小姐的機會？」

　　嘉定太太講：「你是講俐蒂亞因為愛伊，會無顧一切佮人同居？」

伊俐莎白目屎含目墘,講:「講起來誠見笑!毋過,嘛無定著是我枉屈伊。俐蒂亞自細漢厝裡就誠寵倖,予伊放蕩咧過日子。伊規个頭殼就是想欲談情說愛爾。蔚克漢無論外才抑是口才,攏誠使人迷戀,想欲拐俐蒂亞這款查某囡仔,敢毋是桌頂拈柑?」

嘉定太太對伊俐莎白講:「毋過,珍就無共蔚克漢想甲遮爾歹。伊認為,這个查埔人無你想的遐惡質。」

伊俐莎白講:「阮阿姊的心肝內哪有歹人咧?蔚克漢是啥物款人物,阮兩个人攏知影。這个查埔人是正港的採花蜂,伊干焦會曉用甜言蜜語、虛情假意來瞞騙人。」

遮的話予嘉定太太誠好玄,講:「你敢確實遮爾仔了解伊?」

伊俐莎白規个面紅絳絳,講:「當然啊!伊早前按怎講達西先生,咱毋是攏親耳聽有著?伊閣共達西小姐講甲遐歹聽,予我拄開始閣共伊當做是顧人怨的小姐。毋過,你有看著,全部攏佮伊講的顛倒反。」

「既然你佮珍攏遮爾仔清楚,是按怎俐蒂亞會毋知?」

「我家己嘛是佇肯特郡,捷捷佮達西先生和伊的親情接接,才知影蔚克漢的真面目。彼當陣,我有佮珍參詳過,阮是想講,既然厝邊頭尾對蔚克漢的印象遮爾好,阮就無必要去共這沿綿仔紙搝予破,就算阮講人嘛無欲信。煞想袂到因為按呢,來發生這款代誌。」

「按呢講起來,恁無想著這兩个人會相意愛,敢毋是?」

　　「根本無人想會著！這兩个人若誠實有相意愛的情形，只要一屑屑仔，恁阮這款家庭哪有可能瞞會牢咧？早就討論甲欲嫁欲娶矣！」

　　佇車內，個講了閣再講，討論了閣討論，想來想去，講來講去，就是無一个結果。

　　馬車到浪保恩，伊俐莎白隨跳落車，看著珍就共伊攬絚絚，兩个人的目屎是流袂停。

　　伊俐莎白講：「阿母好無？厝裡的人齊攏好無？」

　　珍講：「阿母受著足大的打擊。佳哉，瑪俐佮綺蒂看起來攏誠好。」

　　後來，所有的人全攏集佇班奈太太的房間仔內。

　　班奈太太看著人齊到矣，目屎就一直拭袂離，牽拖東、怨嘆西。伊咒讖蔚克漢，閣哼家己的辛苦病疼，厝內厝外每一个人齊予罵著矣，干焦無罵著彼个綴人走的查某囝。

　　「哎喲……我可憐的查某囝啊！班奈先生已經去倫敦揣蔚克漢算數矣！伊若佮伊決鬥，定著會予蔚克漢拍死的啦！看欲按怎才好！班奈先生若死，阮穩會予高林辱出去的啦！」

　　在場的人聽著班奈太太講這款話，攏共伊苦勸。

　　嘉定先生講：「等咱代誌了解予較清楚咧了後，到彼當陣，咱才來沓沓仔參詳欲按怎做。這馬，免先煩惱起來囥啦！」

　　班奈太太講：「你若入城，叫個一定愛結婚。你共俐蒂亞講，伊若結婚，看欲愛偌濟錢做衫，我就予伊偌濟錢。上蓋要緊的是，千萬毋通予班奈先生佮蔚克漢起跤動手。你愛

共班奈先生講，我是驚甲規身軀咇咇掣¹，心肝頭咇噗惝，頭殼疼甲搐搐彈！」

看著班奈太太這款反應，嘉定先生佮太太攏認為，親像班奈太太這款話袂园得的情形，猶是佇房間仔內較好，較免無禁無忌，予伊共俐蒂亞綴人走的代誌，佇下跤手人的面頭前全講講出來。

落去食飯廳無偌久，瑪俐佮綺蒂嘛來矣！這兩个人看起來攏真正常。

瑪俐激一个面腔，聲音放低低，對伊俐莎白講：「家門不幸，遇著此厄，人心惡毒，咱著愛及時預防，較免火燒罟寮。做查某人，若毋是在室，就一失足成千古恨！世間的查埔人多薄倖，哪會使無步步謹慎？」

伊俐莎白聽著這款話，予伊的心有夠齷齪，一句話都無才調應。

落尾，伊俐莎白誠無簡單才揣著機會，會當佮珍單獨講話。

伊俐莎白講：「福斯特上校這馬是毋是已經看袂起蔚克漢矣？伊敢有了解伊的真面目？」

珍講：「福斯特上校講蔚克漢做代誌無站節，又閣虛華！伊欲離開麥里鎮的時，猶欠眾人足濟錢。」

「當初時咱若莫替伊保守祕密，無定著就袂發生這款代誌矣！」

珍講：「毋過，咱若共人過去的錯誤講出來，有影較毋好。

咱對待別人，腹腸愛較闊咧。」

珍又閣對橐袋仔[2]內底捬[3]出俐蒂亞留予福斯特太太的彼張批，伊俐莎白那看是那幌頭。

親愛的好朋友：

明仔載你若發現我失蹤矣，一定會驚一趒！我家己想到遮，嘛笑甲停袂落來。我欲來去佮我心愛的人做伙矣！若是你臆袂著伊是啥物人，我一定會笑你戇瘤頭，因為全世界干焦伊是我心所愛的人。我的代誌，你若無想欲講予阮厝的人聽，這嘛無要緊，誠緊我就會寫批轉去，予個看著我用蔚克漢太太的名義寫轉去的批。若想著個的表情，我就感覺趣味甲！害我這馬笑甲強欲寫袂落去矣！著啦！若浪保恩有派下跤手人欲來提我的衫，你共伊講一下，我彼軀長衫裂一空足大空的，叫伊愛共紩予好勢。再見！希望恁會當為阮乾一杯。

你的好朋友，俐蒂亞

伊俐莎白批讀煞了後，講：「俐蒂亞哪會遮無頭殼咧！竟然會寫出這款批！話閣講倒轉來，至少會當說明，伊欲離開的時，是有拍算欲佮蔚克漢結婚的。猶閣有，是毋是所有的下跤手人攏知影這件代誌咧？」

珍講：「我嘛無清楚，阿母彼款性你嘛知影，雖然我已經盡力來苦勸伊莫遐大聲細聲，毋過，恐驚消息早就漩出去，

人人知矣啦！」

　「我看你面色無偌好，逐項代誌攏予你操煩，若是我佇咧就好矣！」

　「佳哉阿爸去倫敦了後，麥里鎮的阿姨就來矣！呂卡斯太太嘛誠好，伊有過來講一寡安慰的話，閣講，若有需要鬥相共，伊佮伊的查某囝攏誠願意過來。」

　伊俐莎白大聲講：「無定著呂卡斯太太是好意，毋過，發生這款不幸的代誌，啥人閣願意予厝邊隔壁看笑詼咧？哪有啥物通予個鬥相共的？就予個佇咱的尻脊後去講東講西好矣！」

1. 咇咇掣：phih-phih-tshuah，因恐懼而身體發抖。
2. 橐袋仔：lak-tē-á，口袋。
3. 撏：jîm，掏。

48

　　嘉定先生欲轉去倫敦進前，有答應講會苦勸班奈先生冗早轉來。班奈太太聽著遮的話就較安心、較袂驚班奈先生會佇決鬥的時，予蔚克漢拍死。

　　蹛佇麥里鎮的阿姨不時會來浪保恩，見講都是蔚克漢匪類閣歹癖的代誌，予班奈規家伙仔，愈聽愈醒醒、愈清心。

　　三個月前，規个麥里鎮的人攏共蔚克漢褒上天；三個月後，鎮上每一个人攏咧講伊的歹話。

　　有人講，蔚克漢佇每一間店攏有欠數；有的講，蔚克漢是一个痴哥[1]，每一个小姐攏捌去予伊誆過；眾人攏齊講伊是天下間上蓋惡質的人，而且閣假仙假觸。

　　伊俐莎白一點仔都無意外，佇俐蒂亞綴人走的時，伊感覺家己小妹這世人的幸福，會全佇咧蔚克漢的手裡毀掉。聽

著別人的批評，更加證明家己所想的無毋著。

　　嘉定先生離開浪保恩了後，無偌久就寫批來矣。佇這張批的上落尾，猶有一段文字：

　　　　我已經寫批予福斯特上校矣，請伊佇民兵團揣蔚克漢彼幾个好朋友鬥探聽一下，看有人知影蔚克漢佇倫敦敢有親情朋友？若是有，咱佇倫敦就較好揣人；若無，就會若海底摸針。無定著俐絲會比咱任何人較知影蔚克漢的情形，你問伊看覓敢知影？

　　可惜，伊俐莎白對蔚克漢的了解，佮其他的人全款花花仔。

　　除了家己的爸母，伊俐莎白從來毋捌聽蔚克漢講起伊有啥物親情朋友，而且，伊的爸母嘛過身誠久去矣；伊相信佇民兵團所探聽著的消息，一定是佮伊全款，無人清楚蔚克漢的背景。

　　佇收著嘉定先生的第二張批進前，浪保恩誠意外收著高林寫來的批。

　　長輩序大尊前：
　　　　昨昏才收著消息，清楚兩位老輩心煩意亂，悲苦萬分。不才 [2] 參內人聞得，對貴府老幼，皆表同情。以不才之職而言，自當表達憐惜之意。何況貴府參不才，有

親在前,自覺責任,無所避免。

論情說理,此不幸之事,難免痛心!家庭門風,一旦敗壞,便永無洗清之日。可嘆天下父母心,堪有之苦痛者?早知如此,望之早夭,顛倒是家門之幸矣!不才堪以言詞慰問,聊寬尊懷。

據賤內所言,令嬡此舉,實因貴府寵倖所致,可悲、可嘆。日前,幸遇蒂寶夫人,不才以此事奉告,夫人認為令嬡之失足,沒辱家風,使日後欲攀親者,望而不前。令其手足,受此事件影響,妨害終生之幸福,悲哉、嘆也。

筆行至此,難免憶及,陳年舊事,好運佳哉,若非天賜良緣,無與貴府聯姻,若無,此時必受牽連。在此祈望先生自我開解,任其自食惡果,不足憐惜也⋯⋯

嘉定先生直直等到福斯特上校的消息了後,才寫第二張批轉來。

原來,蔚克漢這改會走甲無人知,除了驚俐蒂亞的親友發覺以外,上主要的原因,猶是欲走路[3]。

聽講蔚克漢佇光明鎮欠誠濟笑數[4],手頭早就無啥錢矣。福斯特上校認為,若欲還清伊佇光明鎮的債務,上無愛一千英鎊以上。

珍聽甲跤尾手尾呕呕掣,直直喃講:「笑鬼!伊竟然是一个笑鬼!我連眠夢嘛想袂著伊會跋笑!」

260

嘉定先生佇批內又閣講，班奈先生明仔載就會轉去浪保恩矣，賰落來的代誌，全留予嘉定先生處理。

　　本底班奈太太足驚班奈先生會去予蔚克漢拍死，想袂到，聽著班奈先生欲轉來，伊煞受氣甲。

　　班奈太太講：「伊無揣著我可憐的查某囝，哪通離開倫敦咧？伊若走，猶有啥人會去揣蔚克漢算數，去逼伊佮俐蒂亞結婚咧？」

　　佇班奈先生欲轉來的時，嘉定太太嘛欲轉去倫敦矣。

　　嘉定太太對伊俐莎白和達西的關係，一直誠好玄。伊叫是伊俐莎白轉來浪保恩了後，達西會寫批來，結果煞臆毋著去。

　　伊俐莎白不時咧想，若是從來毋捌達西這个人，就算有俐蒂亞綴人走的代誌，伊嘛袂遮痛苦。上無，加減有幾暝仔猶會睏得。

　　班奈先生誠緊就轉來矣，看起來猶原是彼款無要無緊的模樣。伊俐莎白安慰伊講：「阿爸你這改出門，定著食袂少苦乎？」

　　無疑悟，班奈先生煞來應伊講：「哎喲！這是我家己做得來的，各人造業各人擔啦！」

　　伊俐莎白苦勸講：「你毋通按呢怪你家己啦！」

　　班奈先生講：「只要是人，本成就會怨嘆家己無路用！無 nooh！我這世人從來毋捌怨嘆家己無路用，拄好搪著這擺機會，就予我試一下仔這款怨嘆的滋味！哈，你嘛免傷煩

惱，我袂予遮的代誌鬱牢咧，誠緊就會船過水無痕矣！」

　　伊俐莎白問：「你感覺個猶閣會佇咧倫敦？」

　　班奈先生講：「當然！有啥物所在會當予個藏甲好勢好勢咧？」

　　綺蒂佇邊仔插喙講：「而且，俐蒂亞一直想欲去倫敦啊。」

　　班奈先生冷冷仔講：「蓋好！伊一定誠歡喜，無定著伊閣愛佇遐蹛一站仔。」

　　聽著班奈先生的話，在場的攏無人敢開喙。

　　班奈先生閣講：「俐絲，你誠實未卜先知，五月彼時，你講的話齊應驗矣！我袂去怪你，按呢看來，你誠有見識！」

　　珍佇這時送茶入來予班奈太太，就將這段話拍斷去矣。

看著班奈太太彼款模樣，班奈先生誠大聲嚷：「有夠好命喔！就算厝裡咧行衰運，嘛著愛會曉生活！看佗一工我嘛欲來學你這款：戴一頂帽仔，穿睏衫坐佇咧書房，用心計較共人齪嘈。我，就等到綺蒂嘛綴人走，一定會來學你這款模樣。」

綺蒂惱氣講：「我袂綴人走啦！阿爸！若是我去光明鎮，我一定會比俐蒂亞較乖。」

「你去光明鎮？無 nooh，綺蒂！我已經予人教一改乖矣！謔！我定著欲予恁知影我的厲害。從今以後，無論佗一个軍官攏袂當來咱兜。我絕對不准恁去參加舞會，嘛不准你行出門跤口一跤步！」

綺蒂叫是班奈先生是講真的，就大大聲吼出來矣！

後來，班奈先生才對伊講：「好矣啦！莫閣吼矣！若準自今仔日開始，你有法度做十年的好姑娘仔，若按呢，等滿十年的時，我一定會炁你去看閱兵典禮。」

1. 痴哥：tshi-ko，好色之徒。
2. 不才：put-tsâi，第一人稱的自謙之詞。也就是「我」的意思。
3. 走路：tsáu-lōo，跑路、逃亡。
4. 筊：kiáu，賭博。筊數：kiáu-siàu，賭債。

49

班奈先生轉來兩工矣。

彼日,珍佮伊俐莎白佇厝後咧散步的時,看著管家太太向個行過來,原來是嘉定先生派人送批來矣。

珍佮伊莉莎白聽著這个消息,隨就偌轉去厝。

這對姊妹仔走入去大門口,行入來客廳,閣對客廳揣到書房……揣來揣去,攏無看著班奈先生。就佇這時,拄好搪著廚子[1]。

廚子講:「恁是咧揣主人是毋?伊佇小樹林遐咧散步!」

這對姊妹仔聽了後,又閣旋出去廳堂,迒過一大片的草埔仔,遠遠就看著班奈先生,伊沿圍牆仔邊小樹林誠自在咧散步。

伊俐莎白走甲怦怦喘,都猶未停落來就大聲喝:「阿爸!

264

聽講你有收著阿舅的批,敢是?」

班奈先生講:「是啊!伊閣專工派一个人送過來予我。」

伊俐莎白講:「伊佇批內寫啥物消息?是好消息抑是歹消息?」

「欲對佗來的好消息?」班奈先生那講那對橐袋仔捽一張批出來,講,「你共唸出來好矣,我嘛看無伊批內講的是啥物意思。」

伊俐莎白就一字一字共這張批所寫的內容,讀出來聽。

親愛的姊夫:

　　佳哉!拜六你走了後,我總算是探聽著佗兩个人佇倫敦的地址。這馬,你只要知影我已經揣著人矣,按呢就好!我已經看著佗矣!

珍聽到遮,隨就喝出來:「總算予我等著矣!佗結婚矣敢是?」

伊俐莎白繼續閣讀落去。

　　這兩个人猶未結婚,看起來嘛無拍算欲結婚的款。不而過,我大主大意代你回應伊所提出的條件矣,若你願意照按呢做,免偌久,我就會當予佗結婚矣。

　　你本底就共五千英磅的遺產全安排好勢矣,現此時,你就共俐蒂亞應該得的彼份先予伊。你猶閣愛佮伊拍一

个契約，佇你在生的時，逐冬愛貼伊一百英鎊的利息。

我特別派人共這張批送來予你，請你隨回批，叫伊提轉來予我。你若有去詳細了解，蔚克漢先生並無像一般人所想的按呢，前無步，後無路，已經無米通落鼎矣。

等蔚克漢共債務還煞，猶有才調提錢辦伊佮俐蒂亞結婚的代誌，這點，予我誠歡喜。

若準，你願意按我所講的按呢，我就隨吩咐我的員工去辦理財產過戶的手續。做你放心，我處理代誌是緊閣好勢，更加細膩。

為著外甥女仔好，伊上好佇倫敦對阮兜嫁出去。今仔日伊就欲來阮遮踮矣，若閣有其他的代誌，我會隨時寫批予你。

伊俐莎白批讀煞，問講：「伊竟然會同意佮俐蒂亞結婚？這敢有可能？」

珍講：「若按呢看來，蔚克漢並無親像咱所想的遐爾仔匪類。」

伊俐莎白問講：「你的回批寫矣未？」

班奈先生講：「猶未，毋過著隨愛緊來寫。」

伊俐莎白問講：「阿爸，我敢會當問？我想，伊遮的條件，你一定攏會答應，敢是？」

班奈先生講：「當然嘛答應！伊無像我料想的討遐爾濟，予我誠意外。」

伊俐莎白講：「這兩个人是無結婚袂使得！」

班奈先生講：「是啊！個無結婚哪會使咧？無別條路通行矣！只不過，有兩件代誌我一定愛舞予清楚。頭一件，恁阿舅到底是提偌濟出來，才予這件代誌有這个好尾；第二件，我以後有啥物辦法來還伊這筆錢？」

珍聽甲毋敢相信：「錢？阿舅？阿爸，你講的是啥物意思？」

「唉！我的意思是講，一个頭殼精光的人，是袂佮俐蒂亞結婚的。蔚克漢這个人敢有咧戀？敢會干焦貪著我在生的時，逐冬予伊一百英鎊，死了後閣愛佮恁分的彼五千英鎊，就佮伊結婚？」

伊俐莎白講：「我攏無去想著呢！伊的債務還清了後，哪閣有通賰錢咧？喔！這定著是阿舅替咱發落[2]的！伊哪會遮爾仔善良慷慨咧？這定著愛開誠濟錢，阿舅敢袂傷賭強[3]矣？」

班奈先生講：「蔚克漢若無提著一萬英鎊就答應欲娶俐蒂亞，伊就是一个戀癮頭！我拄佮伊牽親，照理來講，實在無應該按呢講伊的歹話。」

珍講：「一萬英鎊！天不從！就算是一半，咱是欲按怎還會起？」

班奈先生並無回答。

轉到厝，班奈先生隨行入去書房寫批，珍和伊俐莎白就佇飯廳講話。

伊俐莎白講：「咱愛謝天謝地，予個終其尾猶是結婚矣！雖然，這个查埔人是遮爾仔僥倖[4]失德，咱嘛是愛替俐蒂亞歡喜才著啊。」

珍講：「伊若毋是真心去愛著俐蒂亞，是絕對袂答應這門親事的。你想，阿舅是欲去佗位傱錢咧？一萬英磅，這毋是小數目呢！」

「咱只要知影蔚克漢到底是欠人偌濟錢，」伊俐莎白講，「就會知影阿舅替伊出偌濟矣！因為蔚克漢身軀頂是無半角銀的。喔！阿舅佮阿妗的恩情，咱這世人是還袂了、報袂完矣！」

這兩姊妹仔想著個的阿母到今猶毋知這件代誌，所以就去書房問班奈先生，敢會當共這件代誌講予班奈太太知？

班奈先生彼時當咧寫批，頭連擇都無擇，冷冷仔應講：「清彩恁。」

班奈太太知影這個消息了後，歡喜甲強強欲反過，伊坐袂牢嘛徛袂牢，歡喜甲用趒的。

「我的俐蒂亞！心肝仔寶貝啊！」班奈太太又閣咻咻叫矣，「伊十六歲就欲嫁人矣！我偌爾仔想欲看著伊！看著我彼个好囝婿！不而過，欲結婚的衫、嫁粧攏愛緊發落。俐絲，乖！緊去樓跤問恁阿爸！看伊欲偌濟錢予伊添粧[5]。小等咧！小等咧！我家己去佮伊講好矣啦！俐蒂亞，我的心肝寶貝喔！」

珍看著這款形，就提醒班奈太太，這一切攏愛感謝嘉定先生。

班奈太太啾講：「哎喲，三八毋才按呢！天頂天公，地下母舅公！若毋是親阿舅，啥人會夆拜託得咧？哎喲喂啊！我足歡喜的！免偌久，我就有一个查某囝嫁出去矣。伊欲做蔚太太矣！這个稱呼誠實足好聽的！伊到六月才滿十六歲。珍！我傷激動矣！批一定寫袂出來，抑是我來講，你來替我寫。結婚欲用的物件攏在伊訂，錢的問題，以後才閣佮恁老爸參詳啦！」

班奈太太就按呢哩哩囉囉講一大拖，啥物網仔紗、印花布、幼麻仔布……苦袂得一下仔就共所有的貨色攏買甲齊全，珍誠無簡單才共阿母苦勸牢咧。

只是講，無偌久，班奈太太閣去想著別齣。

「等一下我衫穿好，就欲去麥里鎮一逝。」伊講，「我欲共這个好消息講予阮小妹聽。轉來的時，閣會當順路去看郎太太佮呂卡斯太太。喔！管家太太，你來矣！你有聽著消息無？恁古錐的俐蒂亞小姐咧欲結婚矣！伊結婚彼工，恁做下跤手人的攏會當做伙啾一碗仔酒，通好鬥鬧熱一下！」

伊俐莎白看著這款場面，實在是無奈閣無力。伊只好覕轉去家己的房間仔內，共這層婚事自頭到尾，閣想一擺。

1. 廚子：tôo-tsí，廚師。掌理廚房烹飪事務，並以此為職業的人。
2. 發落：huat-lóh，處置、安排。
3. 賭強：tóo-kiông，逞強。
4. 僥倖：hiau-hīng，行事不義，有負其他人。
5. 添粧：thiam-tsng，指女方親友贈送新娘的禮物或禮金。

50

🎧

　班奈先生佇誠久以前，就希望逐冬趁的錢莫開了了，加減儉一寡仔落來，若彼時就按呢做，現此時就免予嘉定先生遮爾仔麻煩，去共全英國上袂見笑的垃圾鬼[1]拜託。

　班奈先生拄結婚彼當陣，全然無想著儉腸凹肚[2]的代誌，因為娶某自然就會生囝，等後生成年了後，由外姓的遠親繼承財產的這件代誌，自然就免閣去煩惱矣。

　只是，五个查某囝相連紲出世，後生猶毋知佇佗位，佇俐蒂亞出世了後足濟，班奈太太猶叫是家己會當生查埔的。一直到袂生矣，彼時才開始想欲省錢過生活，全然是袂赴市[3]矣！

　班奈先生欲娶班奈太太的時，有拍契約，佇伊身後彼五千英鎊的遺產，進一步欲按怎分，著愛看伊佇遺囑頂懸按

270

怎寫。

　　想袂到這款袂收山的見笑代，最後竟然是用伊這點仔遺產來解決，連一屑屑仔麻煩都無沐 4 著，予班奈先生誠意外。

　　雖然講逐冬猶是愛付一百英鎊予俐蒂亞，毋過，對家己來講，所損失的錢，猶無到十英鎊。俐蒂亞佇厝裡欲食欲穿欲開的錢，閣加上班奈太太貼伊的，規冬算起來，嘛差不多一百英鎊。

　　俐蒂亞欲嫁予蔚克漢的這个消息，隨就渙開矣！而且，誠緊就傳甲人人知。規庄的人對這款消息是七仔較興八仔 5，講甲喙角全泡 6 閣毋願煞。尤其是麥里鎮遐十喙九尻川 7 的 oo-bá-sáng，更加是愈講愈惡毒。

　　班奈太太一點仔都無感覺這款代誌誠見笑，自從珍十六歲開始，伊上大的心願就是嫁查某囝。伊現此時所想、所講的，攏是俐蒂亞結婚愛有偌爾仔奢颺。

　　班奈先生看無人佇咧，就誠無客氣挨講：「好某的！有一項代誌我愛先品予明，彼就是浪保恩附近不准個來蹯！連想都免數想！我絕對無欲佇咱遮招待這兩个人。」

　　這話一下出喙，翁仔某就開始起冤家，無論班奈太太按怎嗆，班奈先生就是毋讓步。後來，班奈太太閣發覺個翁連一角銀都毋願提出來予查某囝做新衫，予伊足受氣。

　　班奈太太想攏無，查某囝欲嫁矣，班奈先生無欲提錢出來替伊添粧，害伊感覺誠無面子。

　　是講，這个查某囝綴人走，猶未嫁就先佮人同居半個月，

這款代誌，班奈太太煞一屑仔都無要意。

這馬，伊俐莎白誠後悔。想當初時，應該莫予達西先生知影俐蒂亞綴人走的代誌。

伊俐莎白感覺，家己佮達西之間，早就隔一條永遠迒袂過的深崁。

就算是俐蒂亞有法度大大方方結婚，達西先生嘛絕對袂佮這款家庭結親。班家的門風本成就配伊袂得過，這馬，閣欲佮伊看上無的查埔人做同門[8]，這哪有可能？

佇德比郡的時，伊俐莎白看會出來達西想欲予伊有好印象，只是講，發生這款落臉[9]的代誌，伊哪會閣想欲繼續落去咧？

伊俐莎白感覺家己有夠見笑，不止仔傷心；伊感覺足後悔，毋過，煞毋知家己咧後悔啥物。

伊俐莎白不時咧想，才四個月前爾，家己是退爾仔聳勢，拒絕達西的求婚；如今，煞向望伊會當回心轉意，轉來閣向家己求婚。

這時，伊俐莎白才理解，達西無論是個性或者是才情，攏是一個和家己上蓋鬥搭的查埔人。可惜，家己佮達西已經無望矣！

無偌久，嘉定先生又閣回一張批予班奈先生。

伊寫這張批的目的，是共蔚克漢欲離開民兵團的消息講予個知。而且閣講未來蔚克漢欲去正規的軍隊做少校，結婚了後無偌久，就欲上北去赴任矣。

佇欲入去軍隊進前，俐蒂亞誠希望會使轉去浪保恩，和厝裡的人見面，嘉定先生希望班奈先生會當答應。

　　班奈太太聽著這个消息，誠無歡喜。伊當咧向望會當佮俐蒂亞蹛一站仔，四界去奢颺一下，這馬聽著個欲上北去，予伊足失望。

　　珍佮伊俐莎白顧慮著姊妹仔情，希望爸母會當看重個的婚姻，就再三請求班奈先生答應。

　　這兩位阿姊的請求是遮爾仔誠懇，又閣合情合理，講久嘛會予老爸軟心，後來，班奈先生就同意矣！這對新人佇倫敦舉辦婚禮了後，欲予個轉來浪保恩。

1. 垃圾鬼：lah-sap-kuí，罵人骯髒或下流的用語。
2. 儉腸凹肚：khiām-tîg-neh-tōo，縮衣節食、省吃儉用。
3. 袂赴市：bē/buē-hù-tshī，時間短暫，無法趕上或顧及。
4. 沐：bak，沾惹。
5. 七仔較興八仔：Tshit--á khah hìng peh--á. 形容兩人同樣有興緻。
6. 講甲喙角全泡：kóng kah tshuì-kak tsuân pho，說得口沫橫飛。
7. 十喙九尻川：Tsap tshuì káu kha-tshng. 比喻人多意見紛歧。
8. 同門：tâng-mîg，連襟。稱謂，指姊妹的丈夫彼此互稱。
9. 落臉：lak-lián，丟臉、沒面子。

51

俐蒂亞欲轉來浪保恩矣！珍定定咧想，若家己發生這款代誌，閣愛轉來厝裡，定著會歹勢甲無地覕。只要想著俐蒂亞的這種感受，珍就會替伊誠毋甘。

終其尾，接新人的馬車到位矣！

人未到聲先到，門一下拍開，俐蒂亞隨用走的，傱入來客廳，佮班奈太太攬做伙。

班奈先生就無個某遐爾仔熱情矣！伊看著這對新人遮爾仔囂俳佮自在的模樣，就規腹肚火。

俐蒂亞猶是彼个俐蒂亞……全款毋是款、袂見袂笑、三八甲有賰、不時枵飽吵，伊愛所有的阿姊攏著恭喜伊，因為伊上早結婚；蔚克漢更加是大面神，一點仔都袂感覺礙虐。

伊俐莎白實在是想無，天下間，哪有人會當遮爾仔厚面

274

皮咧?誠實是一皮天下無難事啊!

珍看著這款形,見笑甲規个面紅記記。

這對翁仔某確實有四配,對侧來講,無啥物代誌是袂過心的。

俐蒂亞講:「啥人想會到咧!我已經離開三個月矣!是講,彼時我嘛有想著,若是我結婚才轉來,彼嘛誠趣味!」

聽著這款話,班奈先生的兩蕊目睭睜甲大大蕊!毋過,俐蒂亞這个人,才無咧插別人按怎反應,一支喙猶是喋袂煞。

「喔!阿母!附近的人敢知影我今仔日結婚矣?拄才阮來的時,有看著高家的馬車,為著欲予人知影我結婚矣,我就共車窗拍開,閣共手橐仔[1]褪落來,手囥佇咧車窗邊,通共我的結婚手指展予人看。」

食飯的時,俐蒂亞大大方方行佇咧班奈太太的正手爿,閣大聲咧吮講:「喂!珍!你愛讓位予我,坐較後壁咧!這馬,我已經是嫁出去的查某囡矣!」

食飽了後,俐蒂亞閣共結婚手指展予管家太太佮兩个查某嫺看,臭煬講家己結婚矣囉!

佇客廳啉茶的時,俐蒂亞講:「阿母!你感覺阮翁按怎?是毋是足古錐的?阿姊侧一定足欣羨的!希望侧有我的一半仔好運就好矣!光明鎮真正是揣翁的好所在!阿母,有夠無彩呢,早知咱就規家伙仔做伙去!」

伊俐莎白一下聽,就隨應講:「可惜,你這款揣翁的方式,實在佮我袂合。」

蔚克漢欲離開倫敦的時，就接著聘函，叫伊愛佇兩禮拜內去軍隊報到。所以，這對新人干焦會當佇浪保恩蹛十工爾。

果然予伊俐莎白料甲準準，蔚克漢對俐蒂亞的感情，並無俐蒂亞所付出的遐深。

看會出來，個會來相𤆬走，並毋是蔚克漢的主意，是俐蒂亞家己欲綴伊走的。對這點就知影，俐蒂亞確實足愛蔚克漢的。

佇新人轉來的第三工透早，俐蒂亞佮兩位大漢阿姊坐做伙開講。

「俐絲，我猶未佮你講著我結婚彼工的情景呢！便若我佮阿母抑是其他的阿姊咧講的時，你攏無在場。敢講你攏無想欲聽？」

「無想欲聽，我真正無想欲聽！」伊俐莎白講，「這件代誌你已經講傷濟去矣。」

「哎喲！你這个人嘛誠奇怪呢！我一定欲共所有的經過攏講予你聽。阮是佇教堂結婚的，逐家攏約好十一點欲到遐，我是綴阿舅佮阿妗去的，其他的人就家己去遐相等。

「嗯！拜一彼工透早，我操煩甲。你嘛知，我足驚會有啥物意外共婚事耽誤去，若按呢，我誠實就會掉狂喔！佇咧化妝的時，阿妗一直唸、一直講，若親像咧講經說教，我才無咧插伊咧！講做伊咧講，我攏共當做馬耳東風。

「話閣講轉來，彼工我足驚阿舅會袂赴送我去結婚，若誠實袂赴市，彼工就袂當結婚矣。毋過，我後來才想著，若

是阿舅袂當去，婚禮嘛免驚會延期，因為，猶有達西先生會當代替阿舅。」

伊俐莎白聽一下面仔反青，共這句話閣重講一改：「達西先生！」

「喔！是啊！伊陪蔚克漢去教堂呢！啊！天公伯仔！我實在足糊塗的！這件代誌我袂當講出來的才著。我有佇個的面頭前保證袂講出來的，這是祕密呢！」

珍講：「若是祕密，就請你莫閣講落去矣！做你放心，我是絕對袂閣再問你的。」

俐蒂亞講：「多謝呢！若是恁閣問落去，我一定會全部講出來予恁聽。若按呢，阮翁定著會受氣。」

俐蒂亞講這款話，分明就是唌使弄伊俐莎白繼續問落去，姑不將，伊俐莎白只好離開。

只是，這件代誌伊無可能就按呢煞去，上無嘛愛揣人來探聽一下。

達西先生竟然去參加俐蒂亞的婚禮？伊俐莎白想來想去，各種奇奇怪怪的理由攏予伊想著矣。毋過，按怎想都揣無摠，實在有夠礙虐，伊就寫批問嘉定太太。

你嘛知影，伊佮咱也毋是親情，而且佮阮兜嘛無啥物交情，竟然會佮恁做伙參加婚禮，這敢有道理？我無探聽清楚敢會使？請阿妗隨回批共我講予明。若準誠實親像俐蒂亞所講的按呢，這件代誌一定愛保守祕密，我

就尊重你，袂閣再問矣。

批寫了，伊俐莎白喃講：「親愛的阿妗，你若無共代誌講予清楚，我就會四界去探聽，這是誠實的喔！你愛緊回批來予我知。」

1. 手囊仔：tshiú-lok-á，手套。

52

伊俐莎白果然誠緊就接著嘉定太太寫予伊的回批。

伊收著批,隨就行去彼个清靜的小樹林,坐佇一條椅仔頂懸,開始讀這張躼躼長的批。

親愛的外甥女:

　你會問起這件代誌,予我誠意外。我確實料想袂到,提出這个問題的人,竟然會是你!

　恁阿舅佮我全款誠意外,阮攏認為,達西先生會按呢做,當然是為著你!若準你誠實一點仔都毋知影,嘛只好予我來共你講予清楚。

　就佇我對浪保恩轉來到厝的彼工,有一个阮攏無想著的人來厝裡揣恁阿舅,彼个人就是達西先生。伊佮恁

279

阿舅關佇咧房間仔內，講幾若點鐘的話。

伊是因為發現怎小妹佮蔚克漢的下落，刁工趕過來共怎阿舅報這個消息的。

就我來看，佇咱離開德比郡的第二工，達西先生就隨離開翩堡理，趕去倫敦揣個矣。

伊講，代誌會舞甲遮爾仔袂收煞，攏是伊的毋著，是伊無冗早共蔚克漢的惡行講予人知。若無，就袂有好人家的小姐予伊拐去，共這款垃圾鬼當做是貼心兄。

達西先生認為，遮的罪業全是因為伊來造成的，當然著愛出面來調解，設法來補救這層代誌。這是伊的責任，袂挨推得。

若無伊，欲揣這兩个人的線索，誠實是海底摸針。

聽伊講，若親像有一位楊太太，伊早前是達西小姐的家庭教師，後來因為犯著啥物錯（這，達西無講明）就予伊辭頭路矣。所以，楊太太就佇倫敦共一間大間厝隔做細間房咧稅人，靠收厝稅過日子。

達西知影楊太太佮蔚克漢誠熟，伊到倫敦了後，隨就去揣楊太太問蔚克漢的下落。

楊太太早就知影蔚克漢覕佇佗位，毋過，達西無提錢去共烏西[1]，伊是毋願講的。

探聽著消息，達西隨就去揣蔚克漢撨，堅持伊愛看著俐蒂亞，才欲進一步來參詳。

根據達西所講的，伊看著俐蒂亞的頭一件代誌就是

苦勸伊回頭,只要厝裡會當諒解,著愛趕緊轉去,而且,閣有答應會佮伊到底。

只是講,俐蒂亞堅持無愛人來鬥相共,伊認為個早慢會結婚,只是較早抑是較慢爾,對伊來講攏無要緊。

毋過,達西知影蔚克漢根本都無想欲娶俐蒂亞,伊會對民兵團逃走,完全是予債務逼甲走投無路。俐蒂亞是按怎會綴伊?伊揀[2]講是俐蒂亞家己欲綴來,和伊無關係。

達西有問蔚克漢,是按怎無隨佮怎小妹結婚?雖然班奈先生毋是啥物大好額人,嘛加減仔會當鬥相共。伊若娶怎小妹,對伊的經濟一定是有幫贊的。

想袂到蔚克漢到甲彼時,猶咧數想欲娶好額人的查某囝,閣想欲靠結婚趁一注大注的。

達西佮蔚克漢見幾若改面,因為事事項項攏著愛談判。

蔚克漢原底閣想欲敲油[3],伊講一个誠譀的數目,佇達西的堅持之下,尾手總算有減到合理的數字,代誌才有初步的結論。

達西佮蔚克漢參詳好勢了後,伊就隨來矣。彼工是伊頭一擺來阮厝,就是佇我欲轉去的前一暗。

拜六,伊又閣來矣。彼時怎阿爸已經走矣,干焦怎阿舅佇咧厝,就若親像我拄才講的按呢,個佇房間仔內講誠久。

　　閣過一禮拜，佇又閣見面矣，彼當陣我嘛有看著伊。所有的代誌一直到拜一，才全部講好勢。一下講好勢了後，怹阿舅隨就派人專工去浪保恩送批。

　　唉！講起來，咱這位貴客實在傷固執矣。

　　伊萬項代誌攏堅持家己去辦，其實怹阿舅是誠願意貿 [4] 落來家己處理。達西和怹阿舅相諍誠久，在我看來，無論是蔚克漢抑是俐蒂亞，佇攏無資格受著這種對待。

　　最後，怹阿舅猶是諍袂贏伊，只好照達西的意思去辦。所以，怹阿舅毋但無出著力，閣愛無功受祿，予伊誠袂過心。

　　我相信這張批一定予伊誠歡喜，因為這件奪人功勞的代誌，總算有機會通講予清楚矣。

　　不而過，俐絲，這件代誌干焦你知就好，極加講予珍聽。解決這件代誌，所開的錢誠實足濟，彼全是伊一个人出的。是按怎伊欲出這條遮大條的錢咧？

　　達西講，這攏愛怪伊當初時考慮了無夠周至，予人無清楚蔚克漢的人品，才會共這款人當做是好人。所以這个責任，伊愛擔起來。

　　親愛的俐絲，你應該真清楚，達西講這款話聽起來是真在理，是講，若毋是看在伊猶有別款苦心，怹阿舅是絕對袂照伊的話去做的。

　　一切的代誌齊決定好了後，達西先生就轉去翩堡理矣！最後就愛等甲欲舉辦婚禮的時，伊才會閣來倫敦，

辦理有關錢額的最後手續。

　　這馬，我已經共所有的一切攏講予你聽矣。寫甲這篇遮大篇，希望你讀了袂艱苦。

　　俐蒂亞踮佇阮遮的時，伊的所做所為，確實予我誠不滿。我本成無想欲講予你聽的，毋過拜三，我接著珍的批才知影，伊轉去厝猶是彼款毋知好歹的模樣。若是按呢，我投予你聽，應該袂傷過份乎。

　　結婚彼工，達西準時到位，就親像俐蒂亞共你講的按呢，伊有參加婚禮。

　　親愛的俐絲，若是我利用這個機會共你講，我足佮意伊的（早前我一直毋敢按呢講），你敢會受氣？

　　伊對待阮的態度，無論是佗一方面，攏予阮誠滿意。達西這个人無任何的缺點，干焦有較柴[5]淡薄仔。若是這點，只要伊結婚的時較有心，娶一个好某，就會予某教甲較活潑一點仔。

我是感覺伊誠孽[6]，因為伊連你的名都無提起。只是講，作孽若親像是這馬誠時行的代誌。

若準我講甲傷無站節，閣愛請你原諒我，上無，毋通罰傷重，未來連翩堡理都無欲予我去呢！

以後，若有機會去恁遐，我定著是欲共這個花園齊踅透透才欲準煞。時到，予我一台細細台的雙輪馬車來坐，閣有一對古錐的馬仔囝，按呢就好矣。

我無法度閣寫落去矣，阮彼个囡仔已經喝欲揣阿母喝足久去囉！

阿妗

伊俐莎白共這張批讀煞了後，心肝內快樂佮痛苦的秤頭[7]一直幌過來幌過去，予人舞袂清，佇伊的心內，快樂佮痛苦到底是佗一爿占較大面？

伊俐莎白本底就普普仔知影，俐蒂亞的這層親事誠有可能是達西促成的，伊的心內有淡薄仔歡喜；毋過，若誠實是達西做的，這个人情未免傷大矣，伊未來哪有法度報答咧？想到遮，又閣予伊痛苦。

伊俐莎白到今才知，原來彼工佇旅社伊趕欲走，是為著趕欲去倫敦。

達西無顧一切來挽瓜揫藤[8]，閣愛對一个步頻[9]伊感甲、足看無的查某人求情；閣著愛受委屈，去佮一个伊苦袂得永遠莫搪著、連名都無願意講的人見面，講道理予聽，終其尾

284

猶閣愛提錢共伊楔後手 [10]。

達西會做甲遮貼底，敢講只是為著一个伊無佮意閣看袂起的姑娘仔？

伊俐莎白輕輕仔對家己應講：「達西會按呢做，全是為著我。」

伊敢會當閣向望？向望達西到今猶閣咧愛家己？這敢有可能？未來伊閣愛佮蔚克漢做同門！

想著達西對班家的情深意重，班家煞連欲報答都無法度，這實在使伊俐莎白痛苦！伊閣想著家己早前對達西講話利劍劍，就不止仔傷心，又閣感覺見笑。

不而過，伊嘛替達西先生感覺驕傲，因為達西這个人的腹腸竟然會遮爾仔闊，有情有義閣遮爾仔有品。

伊俐莎白共阿妗呵咾達西的彼段話，讀了閣再讀，按怎讀都感覺無夠氣。

伊看著阿舅佮阿妗攏臆家己和達西已經情深似海、互相信任矣，雖然有淡薄仔懊惱，嘛不止仔得意。

這時，有人勻勻仔行倚來，共瞪神去的伊俐莎白摸轉來現實。

伊俐莎白遠遠看著來的人是蔚克漢，伊無想欲和彼款人相拄面，隨就徛起來，欲按另外一條路離開。

蔚克漢的跤步愈行愈緊，落尾從到伊俐莎白的身軀邊，輕輕仔對伊講話：「親愛的姨仔，我敢有攪擾著你散步？」

伊俐莎白講：「是按呢無錯。只是講，攪擾嘛無的確是

穗的囉！」

「咱自早就是好朋友矣，這馬閣愈親近矣！」

「你講了有影，個攏出來矣，敢是？」

「曷知？丈姆佮俐蒂亞坐馬車去麥里鎮矣！親愛的姨仔，聽阿舅阿妗講起，恁有去翩堡理是毋？」

伊俐莎白講確實有去過矣。

「我誠欣羨你有這款福氣呢！可惜，我無彼款運。你一定有看著彼个管家太太矣！早前伊有夠疼我，毋過我咧想，伊袂佇你的面頭前提起我這个人。」

伊俐莎白講：「伊有講著呢！」

蔚克漢講：「伊是講著啥？」

「伊講你任軍職了後，敢若……敢若過了無蓋好。你嘛知，咱遮離翩堡理退爾仔遠，消息加減會重耽去。」

「彼是……當然的啊……」蔚克漢喙齒根咬牢咧，按呢應伊。

本底，伊俐莎白叫是講按呢蔚克漢的喙就會窒咧矣，想袂到，伊隨就閣開喙矣。

「頂個月的時，予我誠意外，佇倫敦拄著達西。阮見幾若改面，嘛毋知影伊入城是有啥物代誌咧？」

「無定著是準備欲佮蒂寶小姐結婚，」伊俐莎白講，「佇這款時節來入城，定著是代誌真要緊。」

「你佇藍白鎮敢有拄著達西？聽講，你佮伊有見著面。」

「是有見面啦。伊閣共阮紹介予伊的小妹。」

「喔？你敢有佮意達西小姐？」

「足佮意的。」

「我聽人講伊這一兩冬有較會曉做人矣。若無，早前我看伊，誠實感覺伊這个人無路用。聽著你佮意伊，我不止仔歡喜。向望伊會當愈改愈好，較會曉做人。」

「這是一定的，伊上蓋勢惹代誌的年歲，已經過去矣。」

「恁敢有經過『金博村』這个所在？」

「無啥會記得呢！」

「我會講著這搭，就是因為當初時若照老達西先生的遺囑，我欲做牧師的所在就是佇遐。彼个所在足讚的，彼間派予牧師蹛的徛家嘛誠好，各方面攏真合我的意。」

「你對講經說道竟然會有興趣喔？」

「我誠佮意啊！就算拄開始做的時會較食力，我想，做久嘛會慣勢。這確實是一份好頭路！遮爾仔安靜四序的生活，完全合我的意。可惜，我想欲後悔嘛袂赴矣！你恁咧肯特郡的時，敢有聽達西講起這件代誌？」

「我捌聽伊講過，而且，我認為伊講的話誠實在。聽講彼時這个職務若欲予你，是愛有條件的，而且，閣愛看達西這位施主的主意。」

「無錯，講了有影！我捌講予你聽過，無定著你猶閣會記得。」

「我閣聽講，過去有一段期間，你並無親像這馬遮爾仔愛講經說道呢！你捌誠正式向達西表示，你確確實實無想欲

做一个牧師，毋才會予這層代誌變甲後來按呢。」

「嗯，你聽甲不止仔斟酌咧！無的確你猶會記得，咱第一遍講著這層代誌的時，我嘛講過全款的話。」

伊俐莎白佮蔚克漢就來到門跤口，伊俐莎白刁工行誠緊，因為伊無想欲閣聽蔚克漢佇遐烏龍踅桌。

只是講，伊俐莎白無想欲拆破面，就笑笑仔對蔚克漢表示善意。

「煞煞去¹¹ 啦！咱這馬是姨仔妹婿的親情關係矣，莫閣為著早前的代誌一直諍落去矣。向望日後，咱嘛會當順順仔做親情，按呢就好。」

1. 烏西：oo-se，賄賂。
2. 揀：sak，推卸。
3. 敲油：khà-iû，敲竹槓。
4. 貿：bāu，承包。
5. 柴：tshâ，形容人的肢體動作呆滯、不靈活。
6. 孽：giàt，調皮、搗蛋。
7. 秤頭：tshìn-thâu，比喻所稱得的重量。
8. 挽瓜攀藤：bán-kue-tshiû-tîn，順藤摸瓜、追根究柢。
9. 步頻：pōo-pîn，向來。
10. 楔後手：seh-āu-tshiú，賄賂、以財物買通別人。
11. 煞煞去：suah-suah--khì，罷了，就這樣算了，不要再計較了。

🎧

日子過了誠緊，十工的時間一目𥍉就過去，蔚克漢佮俐蒂亞咧欲離開浪保恩矣。

班奈太太那相辭那吼：「俐蒂亞！我的心肝仔寶貝，咱愛當時才會閣見面咧？」

俐蒂亞誠冷淡，講：「我嘛毋知啊！嘛有可能兩三冬見袂著面。」

班奈太太講：「乖囡的！你愛捷寫批予我喔！」

俐蒂亞講：「會啦！毋過，你嘛知，結婚的查某人是無閒工通寫批的。會當叫阿姊個定定寫批予我，橫直個都閒閒無代誌做啊。」

蔚克漢咧相辭的時，佮個某無仝，顛倒較有感情。伊面帶笑容，這个抱彼个攬，全姿勢了了。

等個走了後，班奈先生就講：「伊是我這世人所看過上蓋婿氣的人，毋但會假笑，閣會佯戇¹笑，又閣誠勢滾耍笑。有這款囝婿予我足驕傲，我敢搭胸坎掛保證，連呂卡斯先生的囝婿嘛綴伊袂著。」

這對翁仔某走了後，班奈太太鬱卒幾若工。

伊俐莎白講：「哎喲，阿母你看！這就是嫁查某囝的結果。佳哉！你閣有另外四個查某囝猶無人欲控！按呢，你有較安慰無？」

「聽你咧烏白講！才毋是按呢！俐蒂亞並毋是因為結婚才欲離開我，是伊的翁婿欲去遐爾仔遠的所在。若是蹛較近咧，伊嘛免趕欲走。」

雖然俐蒂亞的離開，予班奈太太誠失志，毋過，過無偌久，又閣有一件代誌，予伊失志的心閣鼓舞起來。

這站仔，麥里鎮的人有看著尼德菲的下跤手人去鎮裡款物件。聽講，尼德菲山莊的主人就欲轉來囉！

聽著這個消息，班奈太太就坐袂牢矣！伊不時掠珍金金相，連鞭笑、連鞭幌頭。

珍聽著賓利欲轉來，心情誠受影響！其實，伊已經有幾若個月毋捌佮伊俐莎白提起賓利這個名矣。

珍對伊俐莎白講：「俐絲，今仔日聽阿姨講起伊的時陣，坦白共你講，我對這個消息無啥物感覺。毋過，這遍是伊家己轉來，咱欲佮伊見面就無啥物機會矣！這點予我誠歡喜，若按呢，別人就無閒仔話通好講矣。」

　　賓利欲轉來的這層代誌，伊俐莎白感覺是賓利對珍舊情難忘。只不過，伊這擺會轉來尼德菲，毋知是得著達西的允准才來的？或者是家己主意的？

　　量約佇一冬前，班奈翁仔某捌為著去拜訪賓利的代誌，諍甲誠激烈；現此時，全款的情景又閣佇班家搬一擺。

　　班奈太太對伊的翁婿講：「我的好老爺，賓利先生若轉來，你一定愛去拜訪伊喔！」

　　班奈先生講：「無愛去！無愛去！你舊年硬逼我去看伊，講啥物只要我去拜訪伊，伊就會揀咱其中一個查某囝做牽手，結果咧？莫閣叫我做這款戇代誌矣！」

　　班奈太太又閣講，若這个貴人轉來尼德菲山莊，厝邊頭尾定著會閣再去伊遐行踏。

　　班奈先生講：「唉，我實在有夠感這款禮數。若是伊想欲佮咱交陪，就予伊家己來揣咱，伊也毋是毋知咱兜蹛佇佗啊！」

　　「哼！若是你無去拜候伊，彼就是傷毋知禮數矣！毋過，我猶是會當請伊來咱兜食飯！」

　　班奈太太決定按呢做了後，心肝頭就齊快活起來，毋才無去予翁婿這款無理的做法煩甲。

　　賓利先生欲來拜訪的日子，是一工較倚一工。

　　珍對伊俐莎白講：「我感覺……伊猶是莫來較好。阿母磕袂著就咧講這件代誌，伊攏毋知影，伊不時講遮的有的無的，予我足艱苦。」

伊俐莎白講:「我是真想欲講幾句仔話來安慰你,可惜,我一句嘛講袂出來。你應該了解我的意思,我無願意像別人按呢,明明看著人咧艱苦,閣硬叫人愛較吞忍咧⋯⋯你乎!就是吞忍甲傷過頭矣!」

賓利佇轉來遮的頭一工,無人請就家己來浪保恩矣。

班奈太太拄好倚佇窗仔邊,伊看著賓利遠遠騎馬對浪保恩來,毋但意外閣歡喜甲,兇兇狂狂去喝查某囝緊過來看。

珍坐佇椅仔頂,連動都無振動,伊俐莎白應付應付,行去窗仔邊綴咧看。毋過,伊看著達西嘛佮賓利做伙來,就隨行轉去坐佇阿姊的邊仔,佯做毋知影。

綺蒂講:「有一个人綴賓利先生做伙來呢!若親像是較早捷佮伊咧鬥陣的彼个人,我袂記得伊的名矣!就是彼个苛頭的賑踱[2]的。」

班奈太太講:「天公伯仔!當時仔是達西先生啊!定著是的啦!講實在的,若是賓利先生的朋友,咱攏誠歡迎;若無,我看著這个人就怴!」

珍聽一下驚一趒!伊顧慮著伊俐莎白的感受,就看對伊遐去。

珍干焦知影伊俐莎白拒絕達西求婚的代誌,後壁佇德比郡的種種,伊猶毋知,就掠做伊俐莎白若看著達西,一定會足礙虐的。

伊俐莎白到今猶無勇氣共嘉定太太彼張批提予珍看,嘛無彼个膽共家己對達西先生感情變化的經過講予珍聽。

伊俐莎白對達西的感情，雖然無親像珍對賓利遐爾仔深情，毋過發生甲合情合理。達西這遍來尼德菲山莊，而且閣做伙來浪保恩，予伊俐莎白是足意外。

伊想袂到，時間已經過遐久去矣，達西對伊的感情，煞一點仔都無改變。

想著遮，伊俐莎白白死殺的面容就沓沓仔轉紅，伊的笑容佮眼神，就親像一蕊當咧開的桃花，是遐爾仔艷色佮流彩。

伊咧講：「我先來看伊的表現，才閣來臆伊的意思，若無，想毋著去就落氣矣。」所以，伊就恬恬坐佇咧遐做針黹 ³，假做人真鎮靜。

這兩位貴客到位的時，珍的面變甲紅絳絳，毋過猶是誠大範。伊照禮數接待兩位貴賓，看袂出來有任何的哀怨，嘛無急欲巴結。

伊俐莎白佮個講兩句禮貌的鋪排話了後，就閣坐落來做針黹，而且做甲特別認真。

落尾，伊俐莎白有較在膽矣，伊偷偷仔看達西。只是講，達西的面腔佮進前全款嚴肅，和伊佇德比郡的時陣差足濟。

伊嘛有偷偷仔相賓利，看會出來，伊有滿腹的歡喜，又閣有不安的心情。

班奈太太對賓利是有夠好禮，毋過，對待達西煞是清彩應付，足冷淡。伊按呢做，予珍佮伊俐莎白攏誠礙虐。

班奈太太對待這兩位貴客的態度，全然是毋知輕重的做法。若無達西出遐濟力，伊彼个心愛的查某囝，名聲早就烏

有去矣！這予知影內情的伊俐莎白，心肝內特別艱苦。

達西有問起嘉定翁仔某近來好無？伊俐莎白是應甲誠生真[4]，了後，達西就無閣再講話矣。伊看著達西不時咧相家己，若無，就是看塗跤，不時愣佇咧遐。

伊俐莎白誠失望，又閣怪家己無應該失望，伊佇心內咧想：「伊的態度哪會是按呢咧？若像這款形，又閣何乜苦欲來咧？」

規間厝干焦聽著班奈太太的話：「賓利先生，你離開誠久矣呢！」

賓利先生隨應伊講，確實離開一段時間矣。

班奈太太又閣講：「頭起先，我猶咧煩惱你會有去無回呢！喔！自從你走了後，阮這搭發生誠濟代誌！呂卡斯小姐結婚矣，阮嘛有一个查某囝嫁出去囉！你敢有佇報紙看著這个消息？喔！寫甲不答不七[5]。干焦寫蔚克漢先生近期欲佮班奈小姐結婚爾！連伊蹛佇佗位、老爸老母叫啥物名，遮爾仔重要的代誌攏無寫著。這攏阮小弟寫的！你敢有看著？」

賓利講伊看著矣，閣向班奈太太恭喜。

班奈太太紲落去講：「會當共一个查某囝嫁出去，誠實是一層歡喜的代誌；只不過，伊離開我的身軀邊，心肝頭是誠艱苦。阮囝婿蔚克漢已經離開民兵團，加入正式的軍隊矣，總算是謝天謝地喔！」

伊俐莎白知影班奈太太的話，是刁故意欲講予達西聽的，予伊見笑甲欲死，坐就強欲坐袂牢矣。

班奈太太講：「賓利先生，請你一定愛來班奈先生的農場，毋管偌濟的鳥仔，阮攏據在你拍！我相信伊嘛足愛你來，而且閣會共上蓋好的斑鴿全留予你。」

伊俐莎白聽著家己的阿母遮爾仔厚話屎[6]，又閣巴結甲毋是款，愈聽是愈艱苦。

伊閣想起一冬前，班家遮的查某人嘛是充滿希望，彼時仝款歡喜甲掉袂牢；這馬又閣仝款，珍佮賓利的親事，若看起來是欲成矣，敢講終其尾，又閣會是一場空？

賓利拄踏入來的時陣，佮珍無啥講著話，等話頭一下起，兩人就愈講愈有話。

賓利感覺珍佮舊年仝款嫷，猶是遐爾仔溫馴，看起來誠自在，只是無像較早遐爾仔愛講話。

其實，珍為著欲維持平常彼款樣，會當講的攏講矣，猶毋過，有滿腹的心事唭咧，予伊有時恬恬無講話。這款情形連伊家己都無發覺。

佇貴客欲告辭的時，班奈太太講：「賓利先生，你猶欠我一頓飯呢！舊年你欲去倫敦的時，講你若轉來就會來遮食飯。愛知呢！你的話我攏囥佇咧心肝內喔！想袂到你煞攏無轉來，嘛無對阮遮來，予我有夠失望。」

聽著遮的話，賓利愣佇咧遐愣誠久。後來伊才開喙講，因為伊有代誌耽誤去，實在誠歹勢。無偌久，賓利和達西就告辭離開浪保恩矣。

1. 佯戇：tènn/tìnn-gōng，裝傻。
2. 躼跤：lò-kha，長腿，形容人長得很高。
3. 針黹：tsiam-tsí，女子所做的針線、縫紉等工作。
4. 生真：tshenn-tsin，因慌忙而張惶失措。
5. 不答不七：put-tap-put-tshit，不三不四、不像樣。
6. 厚話屎：kāu-uē-sái，廢話太多。

54

達西這改來，予伊俐莎白規个心幌過來、幌過去，分袂清到底是歡喜抑是煩惱。

伊心內想來想去，攏是遮的代誌：「伊這擺來遮，若是為著欲伴恬恬、激莊嚴，又閣何乜苦欲來咧？看伊對阿舅佮阿妗好禮甲，佇阮遮是按怎顛倒反形[1]？若講伊對我無意，是按怎閣欲按呢做？喔！伊哪會遮爾仔勢共我創治？可惡的查埔人，我絕對無愛閣去想伊矣！」

珍行倚過來，伊俐莎白看著伊喙笑目笑，就知影這兩位貴客的光臨，予阿姊足歡喜。

珍講：「伊這改來，我感覺誠自在。拜二伊閣來食飯，我定著袂閣礙虐矣，時到恁就會知，我佮伊只不過是普通朋友爾。」

伊俐莎白聽甲愛笑，講：「不過是普通朋友爾？阿姊！敢誠實的？」

珍規个面紅記記，講：「譁！你莫叫是我猶是遐爾仔軟汫[2]喔。」

頂逝，班奈太太看著賓利佇短短的半點鐘內，興頣頣咧揣機會佮珍講話，所以這擺伊就無安排坐位，予賓利通坐踮珍的身軀邊。

班奈太太這擺閣誠精光，賓利嘛照伊所想，佇珍的身邊坐落來。

食飯的時陣，賓利所表現出對珍的愛慕，雖然無親像早前遐爾仔明顯，伊俐莎白看在眼內煞認為，只要予賓利家己做主，這兩个人誠緊就會有幸福的姻緣。

這暗食飯，達西的位離伊俐莎白較遠，伊佮班奈太太坐做伙。

班奈太太對達西誠冷淡，有幾若遍，伊俐莎白足想欲對達西講:「佇阮這間厝裡，猶有我清楚你的做人，上無猶有我，無忘恩背義。」

伊俐莎白誠希望伊會當佮達西加講寡話，煞揣無機會。伊心內足著急、足不安，碏牢咧的情緒，共伊逼甲強強欲發性地。

伊俐莎白心內咧想：「若準，伊猶是無欲行來我的面頭前，我只好放棄，共伊放袂記得！」

後來，伊俐莎白看著達西嘛足想欲佮伊講話彼款形，予

伊誠歡喜。可惜，天不從人願，所有的女客齊挾佇伊俐莎白的身軀邊，予本成欲行倚來的達西，退甲遠遠。

這工，伊俐莎白的雙蕊目睭攏綴達西綴牢牢，無論啥人佮達西講話，攏予伊感覺足怨妒。

無偌久，伊閣怨感家己遮爾仔無路用：「我哪會遮戇咧？竟然猶咧向望！有佗一个查埔人會遮爾仔無志氣，去共全一个查某人求第二擺婚？」

伊俐莎白當咧想的時，達西親身共甌仔送轉來還，伊隨就把握這个機會佮達西講話。

伊俐莎白講：「恁小妹敢猶有佇咧翻堡理？」

達西講：「猶佇遐，伊會蹛到聖誕節為止。」

這兩句話講煞，伊俐莎白就毋知欲講啥物話矣。

伊咧想，只要達西願意，總是揣會著話頭通好講，毋過，伊煞恬恬徛佇咧遐，一句話都無講。後來別个人客來揣伊俐莎白講話，達西姑不將又閣恬恬離開遐。

規下晡，伊俐莎白的向望，就若親像雪文泡，全予人拍破了了。

班奈太太原本猶拍算閣欲留這兩位貴客食暗，可惜，賓利的馬車已經準備好矣，兩位貴賓就來離開。

人客一下走，班奈太太隨講：「我共恁講，我感覺代誌攏順順順！菜色煮甲誠腥臊，鹿仔肉烘甲拄拄仔好，逐个攏呵咾遮爾仔肥軟的腰內肉誠罕得看見。連達西先生嘛承認講咱斑鴿烘甲有夠好食，我看個兜的廚子，上無有三个是法國

來的。」

　　總講一句，班奈太太今仔日是歡喜甲強欲反過，伊相信珍誠緊就會嫁予賓利。

　　珍對伊俐莎白講：「今仔日實在過甲誠有意思，來食飯的人客揀甲遮爾仔齊，予咱話攏講甲遮投機，誠希望咱定定做伙食飯開講。」

　　伊俐莎白聽甲起愛笑。

　　珍講：「俐絲，莫共我笑，按呢我會歹勢。坦白共你講，我只是欣賞伊爾，因為伊誠巧，又閣親切。予我上滿意的一點，就是伊並無想欲奅[3]我，所以伊講話才會遮爾仔心適、遮爾仔美妙。」

　　伊俐莎白講：「你有夠無良心呢！叫我莫笑，又閣不時弄予我笑。」

　　珍對伊俐莎白講：「喔！你哪會欲按呢逼我咧？閣懷疑我講的毋是真心話？」

　　伊俐莎白笑笑仔講：「恁彼款形閣講你對伊無意？你若硬欲叫我相信你這款話，我誠實做袂到！」

1. 反形：huán-hîng，異於平時的狀況、態度。
2. 軟洴：nńg-tsiánn，指人的個性軟弱。
3. 奅：phānn，結交異性朋友。

55

🎧

幾工仔過，賓利又閣去浪保恩矣，而且是一个人去爾，因為達西已經轉去倫敦矣。

這改，賓利佇班家坐點外鐘去，看會出來伊誠歡喜。班奈太太佇伊欲轉去的時，問講：「你以後敢會捷來阮遮坐？」

賓利講，只要班奈太太袂嫌麻煩，若有機會就會來看個。

班奈太太聽著就隨應講：「若按呢，明仔載你敢會來？」

伊誠歡喜就答應落來。第二工，賓利果然一透早就來矣！

彼時拄佇窗仔外看著，班奈太太猶穿睏衫，頭鬃才梳一半，伊隨從入去查某囝的房間內，大聲喝咻。

「俺查某囝的喔！珍！緊落樓去！伊來矣！賓利先生來矣！緊！緊！你緊來共恁大小姐穿衫啊！哎喲！你管俐絲小姐的頭鬃是欲創啥啦？」

　　班奈太太做甲遮爾仔明顯，予珍誠礙虐，所以就再三請求兩位小妹，等一下愛有人佮伊做伴，千萬毋通放伊一個。

　　食晝了後，班奈太太又閣想欲製造機會予賓利。茶啉煞，佇班奈先生和瑪俐先離開客廳的時，班奈太太就隨對伊俐莎白佮綺蒂弄眉瞤目。

　　綺蒂講：「阿母，你是目睭糾筋喔？抑是有代誌？」

　　班奈太太佯做無代誌，講：「無啊！哪有咧！」

　　五分鐘後，班奈太太實在是袂堪得忍矣，就雄雄徛起來，對綺蒂講：「你綴我來，我有話欲共你講啦！」話講煞，就隨共綺蒂搝出去。

　　珍看著這款形，用目色拜託伊俐莎白，叫伊千萬毋通予個母仔按呢撨撫。

　　無偌久，班奈太太又閣來開門，講：「俐絲，你來！我有話欲佮你講啦！」伊莉莎白無伊的法，只好乖乖仔綴出去。

　　班奈太太對伊講：「咱上好攏莫去攪擾個，恁小妹嘛欲綴我留佇咧樓頂。」

　　伊俐莎白無想欲佮阿母諍，等甲阿母佮綺蒂攏行起去了後，伊才閣轉去客廳。

　　班奈太太規工按呢用心計較攏無成功，賓利今仔日的表現是逐項好，可惜，伊佮珍的發展，一點仔都無按班奈太太所想的按呢。

　　這工欲睏的時，兩個姊妹仔咧開講，珍攏無講著賓利，毋過，看會出來伊誠歡喜。伊俐莎白感覺，只要達西莫閣來

擾亂，珍佮賓利的婚事誠緊就會成。

第二工早起，賓利又閣來班家矣。伊佮班奈先生做伙去拍獵，中晝就留佇浪保恩食飯。

欲暗仔，班奈太太閣開始家婆矣！伊想空想縫，欲共其他鎮地¹的人趕走。伊俐莎白因為有批欲寫，所以茶啉煞，伊就去樓頂寫批。

等伊的批寫煞落去客廳的時，看著珍佮賓利兩个人徛佇咧壁爐邊，話講甲當投機。

伊俐莎白感覺班奈太太真正是老先覺！做法比家己巧濟咧，珍佮賓利的親事，看起來已經成矣！

珍看著伊俐莎白，就隨共這个小妹攬牢咧！

珍講：「我足幸福！實在有夠幸福！我敢有資格接受這款幸福？哎喲！是按怎無法度逐个人攏親像我遮幸福咧？」

伊俐莎白歡頭喜面，講家己佮珍全款，不止仔歡喜。

珍講：「我愛隨去講予阿母知！阿母遮爾仔好心促成這層代誌。賓利嘛已經去共阿爸講矣！」

幾分鐘仔過，賓利就又閣入來客廳。伊行到伊俐莎白的面頭前，接受伊的祝福。

這暗，規个班家是歡喜甲。

班奈先生佇貴客走了後，越頭對大漢查某囝講：「珍，恭喜你！這馬你會當講是一个上蓋幸福的姑娘囉！」

珍滿面春風，感謝班奈先生的好意。

班奈先生講：「看著你欲完成終身大事，揣著幸福，予

我足歡喜的！以恁的個性，若拄著代誌一定會相讓，結果煞毋知愛聽啥人的。因為恁攏好講話，日後，恐驚會予下跤手人跮起去頭殼頂。猶有，恁做人慷慨，無定著會趁無夠開。」

班奈太太咻講：「趁無夠開？老爺！聽你講彼啥物話啦？個一冬是有四、五千英鎊的收入呢！」

班奈太太又閣講：「俺查某囝的！我有夠歡喜啦，下暗定著免睏矣！我早就知會按呢！天公伯仔！我透世人嘛毋捌看過像伊遮爾仔緣投的查埔人！」

班奈太太早就共蔚克漢佮俐蒂亞放袂記得矣！珍本成就是伊上疼的查某囝，這馬，更加是無人比會過伊。

自彼時開始，賓利就變做浪保恩逐日會來的人客，逐工連早頓都猶未食就趕來遮，一直到食暗了後才會告辭。

有一暝，珍對伊俐莎白講：「伊講春天的時，全然毋知影我去佇倫敦。這件代誌，早前我是連想都想袂到！」

伊俐莎白應講：「我早前嘛有懷疑過！伊敢有講是因為啥物原因？」

珍講：「可能是賓利小姐隱瞞的！總有一工伊絕對會知影，伊的阿兄佮我做伙，才得會著幸福！只不過，若到彼當陣，伊想欲佮我恢復早前的感情，彼是無可能的！」

「這款無量的話，我猶是頭一改聽著你講！你有夠好心呢！你若閣予彼个假好衰 [2] 的賓利小姐謅去，我誠實會氣死！」

「伊講，舊年十一月的彼當陣，伊確實誠愛我。若毋

是相信別人講我並無愛伊，無論按怎，伊一定會對倫敦趖轉來！」

伊俐莎白足歡喜，因為賓利並無共達西阻擋的經過講出來。雖然珍的腹腸闊、袂扶恨，毋過這件代誌若予伊知，伊對達西加減會抐空。

珍又閣講：「俐絲！我希望你嘛會當得著這款幸福！希望你嘛會當揣著親像伊這款的人。」

伊俐莎白講：「就算予我十个這款的人，我嘛袂親像你遮爾仔幸福。我猶是家己來拜託天公伯仔，拜託伊賜我好運，無定著我閣拄會著另外一个高林先生！」

浪保恩欲嫁查某囝的代誌，想欲瞞嘛瞞袂久。

頭起先是班奈太太得著允准，偷偷仔去講予蹛佇麥里鎮的小妹仔聽；這位蹛佇麥里鎮的阿姨，無得著任何人的同意，就大主大意，共這個好消息傳甲規个厝邊頭尾攏總知影。

才幾禮拜前，俐蒂亞綴人走，人人攏講班家實在衰甲有賰；這馬煞來改喙，講班家是全世界上蓋有福氣的家庭。

1. 鎮地：tìn-tè，礙事。
2. 假好衰：ké-hó-sue，假好心、貓哭耗子假慈悲。

56

就佇賓利佮珍訂婚的一禮拜後,有一台誠有派頭的馬車駛對浪保恩遮來。賓利為著無欲予這个人客纏牢咧,就招珍出去散步。

來拜訪浪保恩的這位,是蒂寶夫人。

蒂寶夫人行入來客廳的時,激一个派頭,無人請就家己坐落來,連伊俐莎白向伊問安嘛當做無看見。

雖然蒂寶夫人無開喙,伊俐莎白猶是對班奈太太介紹講:「眼前的這位,就是蒂寶夫人。」

班奈太太聽著這个名號,實在足意外,親像這款了不起的貴客會來遮,伊感覺足有面子,所以就興頤頤好禮仔款待伊。

過規半晡久,蒂寶夫人坐佇遐攏無出聲;忽然間,伊無

張無持冷冷仔對伊俐莎白講：「我想，你定著過甲誠好乎？班奈小姐！這位太太應該是恁阿母？彼个敢是恁小妹？」

伊俐莎白猶未開喙，班奈太太隨就應講：「是！夫人！這个是阮第四的啦！我上細漢的查某囝才嫁無偌久，大漢查某囝佮伊的未婚夫佇附近咧散步。」

雖然班奈太太講遮爾仔濟，毋過，蒂寶夫人並無插伊，過誠久才對鼻空哼一句講：「想袂到恁遮猶有小花園仔！」

班奈太太講：「是！這个花園雖然佮恁羅辛袂比得，毋過我敢講，比呂家莊的花園是大濟咧喔！」

蒂寶夫人講：「熱天時仔，恁這間房做客廳一定誠無妥當！規个窗仔攏齊向西。」

班奈太太對伊講，逐工中晝頓了後，個從來都袂坐佇咧遮。

這時，伊俐莎白叫是蒂寶夫人會提出謝露提寫予伊的批，若毋是為著這，伊誠實嘛想無，蒂寶夫人是按怎會來遮？

班奈太太是好禮甲，一直捧點心出來，不時請蒂寶夫人食點心。毋過蒂寶夫人誠無禮貌，連看嘛無欲看，啥物嘛無共食，激一个派頭，一直拒絕。

後來，蒂寶夫人徛起來，以高高在上的態度，對伊俐莎白講：「班奈小姐，恁外口的草埔彼頭的景色，我猶看會得過，想欲去遐行行咧，你敢會當陪我去？」

班奈太太對伊俐莎白講：「你去啦！你陪夫人四界去行行踅踅咧。我想，伊定著會佮意咱這个清靜的小所在。」

伊俐莎白順班奈太太的意，去房間仔內攑一枝涼傘，就行落來侍候這位貴賓。

一路上恬靜、無聲。蒂寶夫人比早前看起來閣較苛頭，閣較顧人怨，所以伊俐莎白就決定，夫人若無主動開喙，伊欲激恬恬。

後來，兩个人停落來，蒂寶夫人用足聳勢的聲調對伊俐莎白講：「班奈小姐，你定著心內有數，知影我來遮是為著啥乎！」

伊俐莎白感覺足意外，回講：「夫人，我完全捎無總，毋知影你是按怎會來阮這个小所在。」

蒂寶夫人聽著伊按呢應，受氣甲，講：「班奈小姐，你愛知影，我是袂堪得人佮我滾耍笑的！就算你無欲老實，我嘛袂佮你全款白賊！我這个人上蓋坦白，閣較免講現此時拄著這款代誌。

「兩工前，我聽著一个予人著生驚的消息。聽講毋但恁阿姊欲嫁好額人，連你，嘛咧欲佮我的孫仔，叫我阿姨的孫仔——達西先生結親矣！雖然，我明知影這是絕對無可能發生的代誌，毋過，我猶是決定來遮一逝，共我的意思講予你聽。」

聽著這款話，伊俐莎白又閣意外又閣噗[1]，規个面氣甲紅絳絳。

伊俐莎白講：「你既然都認為這是袂發生的代誌，是按怎閣欲自揣麻煩，走遮遠的所在來咧？」

309

蒂寶夫人講：「我愛你隨去向逐家共代誌講予清楚！」

伊俐莎白講：「若準外口有這款風聲，像你按呢隨趕來浪保恩看我，敢毋是予人叫是風聲是真的。」

蒂寶夫人是愈講愈大聲：「若準有這款風聲？你閣欲佯生！這風聲敢毋是你家己傳出去的？敢講你毋知影這馬規四界攏咧會矣？」

「我從來都毋捌聽過。」

「豈有此理！班奈小姐，你絕對愛對我講予明！阮孫仔敢有向你求婚？」

「你老大人頭拄仔毋是才講過爾，彼是絕對袂發生的代誌！」

「是袂有這款代誌才著！毋過，你都已經想空想縫去呧伊矣，無定著伊會一時予你迷甲死死昏昏去，煞袂記得家己的責任！」

「就算我誠實共伊迷牢咧，我嘛絕對袂講予你聽！」

「班奈小姐，你敢知影我是啥人？閣敢講這款無體統的話！我是伊上蓋親的長輩，當然有權利知影伊的大細項代誌。」

「毋過，我毋是你的孫仔，你無權利知影我的大細項代誌！而且，你用這款態度，逼我共心內的想法講予你聽，彼是無可能的！」

「你誠好大膽呢，敢數想欲結這門親情！你這世人連想都免想！達西伶我的查某囝早就訂過婚矣！」

「若準伊有佮恁查某囝定過親，你更加無理由認為伊會向我求婚。」

蒂寶夫人聽一下煞頓蹬，講：「阮定的這門親事，佮別人較無全。這是從個細漢，佇這兩个囝仔猶咧幌搖筍[2]的時，雙方的阿母就約束好矣，等這兩个囝仔大漢，就欲予個結婚。這馬阮姊妹仔的願望都咧欲達成矣，煞雄雄走出來一个程咬金！

「你這个講錢財無錢財、講背景無背景的臭賤查某，也敢來奪人的愛！敢講你一點仔都無顧著伊親人的向望？一點仔都無顧全伊佮蒂寶小姐早就訂好的婚姻？敢講你一點仔都毋知見笑，無站無節？敢講你毋知影，伊生落來就註定欲佮伊的表小妹結婚？」

伊俐莎白講：「這件代誌我早前確實捌聽人講過。毋過，這佮我有啥物底代？準講，達西先生並無責任愛佮伊的表小妹結婚，嘛無願意佮伊結婚，若是按呢，是按怎袂當揀另外一個伊佮意的人？若準我真正去予伊選著，是按怎我就袂當答應？」

「若是你刁工欲佮所有的人攏做對頭，你就免數想伊厝裡的人，抑是伊的親情朋友看你會起！阮攏會罵你，看你無，怨感你！恁的婚姻是退爾仔袂曉衰[3]，甚至連你的名，阮都毋願提起！」

「這誠實是大不幸，」伊俐莎白講，「毋過，若做達西先生的太太，必定會享受著美滿的幸福，所以對你講的退的，

312

我全袂感覺可惜！」

「你誠實是一个毋知好歹的查某囡仔鬼！連我都替你見笑！今年春天的時，我對你週爾仔好，你煞按呢來共我報答！敢講你連一點仔感激的心都攏無？班奈小姐，我既然來遮矣，無達成我的目的，我是袂來放你煞的！」

「你按呢做，只是予你家己艱苦爾，我攏無差！」

「我咧講話，無愛人來插喙！你共我聽予清楚，阮查某囝佮阮孫仔會使講是天生一對。這兩个人後頭的出身攏是週爾仔高貴，老爸這丬嘛是有身份地位的世家，阮兩家攏好額人。你這款死查某鬼仔，論家世無家世，講財產無財產，無一个親情會看口得，你閣想欲嫁予伊？誠毋是款，豈有此理！你是啥物身份啥？你連想嘛免數想！」

「我袂因為欲佮你的孫仔結婚，就來袂記得我的身份！你的孫仔是一个紳士，我嘛是紳士的查某囝，阮兩个人是平等的。」

「是！你確實是紳士的查某囝。毋過，恁阿母是啥物款人？恁阿姨佮恁阿舅又閣是啥物款的人？莫叫是我毋知個的底。」

「管待阮親情是啥物款的人，」伊俐莎白講，「只要恁孫仔無計較就好！佮你無底代。」

「殘殘你就緊講講咧，到底你是佮伊訂婚矣未？」

伊俐莎白原本無想欲回答蒂寶夫人這個問題，不而過，詳細考慮了後，伊才毋情毋願講：「……猶未。」

聽著這款回答，蒂寶夫人隨歡喜起來。

「啊你敢欲答應我，永遠無欲佮伊結婚？」

「我袂當答應這款代誌。」

「班奈小姐，聽你按呢講，我實在是驚惶閣意外！想袂到你竟然是這款無講道理的查某囡仔！你愛放較清醒咧，莫叫是我會讓手 ⁴！你若無答應我，我就佇遮毋走！」

「蒂寶夫人，你的要求有夠諏古，誠實拗蠻！你講遮的話無聊又閣無禮貌。閣按怎講，你攏無權利來干涉我！所以，我拜託你，莫閣為著這件代誌來勉強我矣！」

「除了我講的遐的哩哩硞硞的缺點之外，我閣欲加上一件歹看代。莫叫是我毋知怎彼个袂見袂笑的小妹綴人走的代誌。這款臭查某，敢有資格做阮孫仔的姨仔？伊彼个翁是早前翻堡理老管家的後生，也敢想欲佮阮孫仔做同門？攑頭三尺有神明 ⁵！你到底是欲變啥魍？翻堡理的門風敢會堪得恁按呢蹧躂？」

伊俐莎白聽甲氣甲，咬牙切齒講：「這馬你話講煞矣乎！你嘛共我欺負甲有夠忝，我欲轉去矣！」

伊俐莎白越頭隨行轉去。

蒂寶夫人綴佇後壁，氣掣掣那行那講：「看起來，你無欲顧全阮孫仔的身份佮面子矣！好！你這个自私自利的人，敢講你毋知，伊若佮你結婚了後，所有的人攏會看伊無？」

「蒂寶夫人，我無想欲閣講矣！你應該了解我的意思才著！」

「按呢看起來，你是用心計較，無得著伊袂使，敢是？」

「我無講過這款話！我有家己的按算，你管我袂著！任何親像你這款第三者，攏管我袂著！」

「好啊！你存範無欲聽我的話！你的良心予狗哺⁶去，毋知見笑，忘恩背義！你欲予伊的朋友看伊無，欲予天跤下的人來恥笑伊！」

伊俐莎白講：「目前這件代誌佮啥物天良、廉恥、恩義全無關係！若伊佮我結婚了後，個厝裡的人就來討厭伊，彼，我無差！若講全天下的人攏會因為按呢就來受氣，彼是無可能的。我認為世間知道理的人猶誠濟，袂逐个人攏來笑伊。」

「這就是你的腹內話，這就是你堅心欲做的代誌！好，蓋好！這馬，我知影欲按怎應付你矣！班奈小姐，想袂到你是遮爾仔毋知好歹。咱就等咧看，我這个人講會到嘛絕對做會到！」

蒂寶夫人就按呢一直講，講到伊的馬車邊，又閣雄雄越頭過來佮伊俐莎白講：「我是無欲佮你相辭的，班奈小姐。我嘛無欲向你的阿母問好！恁攏無夠格！」

伊俐莎白無插伊，嘛無請伊入來厝裡坐，一个人行入去厝裡。

班奈太太講：「蒂寶夫人實在生做誠好看，又閣足客氣，竟然會來咱這款所在。伊敢有特別共你講啥？」

伊俐莎白只好清彩編一个理由予班奈太太聽，論真講，伊誠實無法度共這擺兩人講的內容，全部講出來。

315

1. 猌：gīn，厭惡。
2. 搖笱：iô-kô，搖籃。
3. 袂曉衰：bē-hiáu-sue，不知羞恥。
4. 讓手：niū-tshiú，讓步、高抬貴手、手下留情。
5. 變啥魍：pìnn-siánn-báng，搞什麼鬼、耍什麼花樣。
6. 哺：pōo，咀嚼。

57

🎧

　伊俐莎白誠不安，心情就若海波浪全款，起起落落，攏袂平靜。

　蒂寶夫人會對羅辛趕來到浪保恩，原來是伊家己咧烏白臆，叫是伊俐莎白和達西已經訂婚矣，才特別來欲拆散這段姻緣的。

　伊俐莎白心內誠清楚，蒂寶夫人絕對會去揣達西共這層婚事的缺點，講甲一清二楚。

　達西敢會因為按呢，就驚甲勼倒轉去？就毋敢閣再向伊求婚矣？若準，達西的心本成就是反起反倒，若蒂寶夫人閣去苦勸伊、拜託伊，達西可能就會下決心，共個兩个人的幸福放掉，就此袂閣再來矣。

　伊俐莎白心內咧想：「這馬，我已經咧欲愛著伊矣！若

是這時，予我發覺伊並毋是真心的，只是可憐我爾，若按呢伊放棄嘛無要緊。」

第二工早起，班奈先生對書房行出來，手裡提一張批，對伊俐莎白講：「俐絲，我當咧揣你，你綴我入來書房一下。」

伊俐莎白看著彼張批，心內雄雄想著這張批有可能是蒂寶夫人寫的，伊毋知欲按怎對阿爸解說，想著心就慒。

班奈先生講：「透早我收著一張批，予我驚一趒。佇這張批內底寫的攏是你的代誌，所以應該愛予你知影內底寫的是啥物。我煞毋知我有兩个查某囝攏咧欲結婚矣！我愛恭喜你！恭喜你的情路當春風！」

聽阿爸按呢講，伊俐莎白料算這張批毋是蒂寶夫人寫的，是達西寫來予阿爸的，就歹勢甲規个面紅記記。

班奈先生講：「按呢看起來你心內有數喔！像恁遮的查某囡仔對這款代誌攏誠通光¹，毋過，就算你是遮爾仔精光的人，可能連你嘛想袂著你彼个愛人仔是啥人。你敢知？這張批是高林先生寄來的。」

「高林先生寄來的！伊是有啥物通講的？」

「伊的話是講甲誠直透！拄頭仔是先恭喜我的大漢查某囝欲嫁矣，這个消息量約是彼个愛管人閒仔事的呂家講予伊聽的。這佮你較無關係，嘛免讀予你聽啦。佮你有關係的部份是按呢寫的……」

　　　愚姪夫婦為尊府喜事熱誠祝賀，容就另一事由略表

數言。此事消息來源同上。傳言尊府佇大小姐出閣之後，二小姐伊俐莎白也隨有歸宿。聽聞二小姐所選如意郎君，確實天下大富大貴之人也。

「俐絲，你敢臆會著這个貴人是啥人？你閣聽伊講喔⋯⋯」

　　貴人是：年少有為，福德圓滿，人間至寶，無一不得。毋但懸門厚底，門風高貴，佈施提拔，權力無邊。是以，優秀條件，打動人心，理所當然；然也，若向貴府求親，切不可立刻應承，以免行事不周，後患無盡，不才不得不然，奉勸先生以及表妹伊俐莎白也。

「俐絲，你敢想有這位貴人是啥人？下面就欲講著矣喔⋯⋯」

　　不才之所以願冒失直言，實因顧慮貴人母姨蒂寶夫人對此聯姻之事，實難贊成是也！

「這个人竟然是達西先生！喂！俐絲！我講到遮已經予你驚甲愣去矣是毋？高林竟然會共這个人提出來烏白講，這敢毋是隨予人看破跤手²？達西看著查某人就厭氣³，伊從來毋捌共你囥在眼內敢毋是？」

伊俐莎白從來都無親像今仔日全款，對班奈先生的詼諧，感覺遮爾仔厭癉。

班奈先生講：「你敢袂感覺好笑？」

伊俐莎白講：「啊！有夠好笑！請你繼續讀落去。」

昨暗不才佮夫人提起此事可能成真，因深受夫人素日之恩，才知內情。伊說此事，貴府千萬不可贊同，以令嬡門不當戶不對，缺陷難算，若準聯姻，有失體統。故之，不才自覺，責不可推，應將此事，奉勸表妹，望表妹以及所慕貴人，皆明大義，以免無禁無忌，私訂終身！

「下跤閣寫的就佮謝露提有關囉,聽講高林太太有身[4]矣!怎樣,俐絲,你應該袂親像別人兜的小姐彼款,假正經,聽著這款話就受氣乎?」

伊俐莎白大聲講:「喔!我是聽甲足趣味的啦。毋過,這代誌實在是足奇怪的。」

「趣味的嘛是這點。若準個講的是另外一个人,彼猶講會得過。上蓋好笑的是,平常時仔彼个貴人也無共你看在眼內,你又閣感伊感甲欲死,雖然我平常時仔誠無愛寫批,毋過佮高林先生,我煞毋願佮伊斬斷批信的往來,逐擺我若讀著伊的批,攏感覺伊比蔚克漢予我閣較佮意。我彼个囝婿雖然是一个菁仔欉,又閣假仙假觸,佮伊比起來,猶差誠濟咧。我問你,俐絲,蒂寶夫人對這項代誌是按怎講的?伊是毋是特別趕過來反對恁?」

聽著班奈先生講「達西先生並無共伊看在眼內」,這句話予伊俐莎白聽甲足傷心。

毋過,伊猶是激笑笑,和老爸繼續來開破這張批。

1. 通光:thang-kng,指消息很靈通。
2. 看破跤手:khuànn-phuà-kha-tshiú,識破伎倆、看穿一個人的真相。
3. 厭氣:iàn-khì,形容人怨嘆、不平的情緒。
4. 有身:ū-sin,懷孕。

58

佇蒂寶夫人轉去了後無幾工，達西就佮賓利閣做伙來浪保恩矣。

珍煩惱甲，伊驚班奈太太無禁無忌，共蒂寶夫人來遮的代誌講予達西聽。佳哉，佇班奈太太猶未開喙的時陣，賓利就建議欲去外口行行咧。

伊這个提議誠好！只不過，班奈太太無愛散步，瑪俐想欲踮厝看冊，所以這擺做伙出門的，干焦五个人。

賓利佮珍行佇咧後壁，伊俐莎白、綺蒂佮達西三个人行佇頭前。

綺蒂足驚達西，所以一句話都毋敢講；伊俐莎白是心內有代誌才恬恬，達西嘛咧想代誌，所以這三个人行做伙，沿路攏無話無句。

行過呂家莊的時，綺蒂就講伊欲去呂家揣朋友，後來就賰伊俐莎白佮達西繼續向前行。

這時，伊俐莎白有滿腹的心事想欲問。伊躊躇誠久，終其尾猶是提出勇氣佮決心，對達西講出伊心內的話。

「達西先生，我是一个誠自私的人，干焦想欲予家己快活，袂去顧慮著你的感受。是按呢啦，自從我知影彼件代誌了後，就一直想欲共你說多謝。若阮厝裡的人嘛知影，一定會誠感謝你的。」

「我誠失禮！有夠歹勢！」達西先生毋但意外，又閣激動，「我做的這件代誌若予你想斜¹去，一定會造成你心內的痛苦。我想袂到，尾仔猶是予你知影矣！我無去料著，嘉定太太哪會遮爾仔袂靠得？」

「你毋通怪阮阿妗啦。論真講起來，是俐蒂亞無張持先去講著你，我才會知影伊的婚事你嘛有鬥相共。想當然，我一定會去問予詳細，後來對阮阿妗遐才知影，你為這件婚事出遮爾仔濟力。佇遮，我佮阮厝內底所有的人，愛來向你說一聲多謝。」

達西講：「若準你一定愛感謝我，你只要表明你家己的心意就好。佇你的面頭前，我無想欲轉彎踅角。坦白講，我會做甲遮爾仔拚勢，上主要的原因，是為著欲予你歡喜。我做這件代誌的時陣，心內所想著的，干焦是你一个人爾爾。」

伊俐莎白聽甲一句話都講袂出喙。

過一觸仔久，聽著達西又閣講：「我知影你是有話就會

坦白的人，絕對袂佮我滾耍笑。請你老實對我講，現此時你的心意，敢是佮四月彼當陣全款？我對你的感情，對咱未來的幸福，自頭到今毋捌變過。只是講，若你猶是對我無意，我就會死心，永遠袂閣提起這件代誌。」

伊俐莎白講從四月到今，對伊的感情變化是誠大！現此時，伊欲用歡喜、感激的心情，來接受達西的真心真意。

聽著伊俐莎白的回答，予達西歡喜甲強欲飛上天，規個人不止仔樂暢，這是從伊出世到今，毋捌有的快活。

佮所有熱戀的人全款，達西有誠濟話想欲講，伊對伊俐莎白的感情佮思戀，到甲這時，才會當一句仔一句，勻聊仔齊講出來。

若是伊俐莎白有勇氣攑頭起來看，伊就會發覺，現此時的達西，目睭內的光彩有夠迷人；伊春風滿面，看起來是遐爾仔緣投，遐爾仔迷人。

可惜，伊俐莎白猶是毋敢看達西的面，伊干焦用伊的耳空，共達西對伊的感情，一句一句，囥佇上深上深的心肝窟仔。遮的話若蜜全款，予伊俐莎白愈聽心愈甜，愈想情愈綿。

伊聽著達西的情意是遐爾仔堅心，無論發生啥物代誌攏無改變，予伊俐莎白愈聽愈感受著這份感情的寶貴。

這擺，伊俐莎白佮達西願意將家己的心內話講出來，會當講是蒂寶夫人的功勞。

原來蒂寶夫人離開浪保恩了後，就直接去倫敦揣達西。伊將家己去浪保恩的目的，閣有和伊俐莎白對話的內容，一

點仔都無落勾，全部講予達西聽。

尤其是共伊俐莎白應伊的話，講甲特別清楚。只要蒂寶夫人感覺聳鬚、無禮貌、袂見笑的所在，一遍閣一遍，餾了閣再餾、講了閣再講，予達西聽甲耳仔強欲結趼[2]。

蒂寶夫人本底叫是講，聽著伊遮的話，達西絕對袂想欲結這門親事。姻緣是天註定，蒂寶夫人講一大拖伊俐莎白的歹話，顛倒予達西勇氣，予伊願意欲閣試一擺。

達西講：「我誠了解你的個性，我咧想，假使你有影感我入骨，完全無挽回的機會，你一定會佇蒂寶夫人的面頭前講出來。」

伊俐莎白的面紅絳絳，那笑那講：「你知影我這个人較條直[3]，才會相信我確實會按呢做。我既然有才調當你的面，共你罵甲無一塊仔好，佇恁親情的面頭前，我嘛會全款按呢詈你。」

達西講：「彼日你罵我的話，逐句都罵甲對對！雖然你講的代誌，全是無影無跡、風聲嗙影，毋過，彼時我對你的態度，確實愛予我食一擺鹹，是袂原諒得的。一直到今，便若相著這層代誌，我猶是會怨恨我家己，彼時是按怎會按呢對待你。」

伊俐莎白講：「彼工下晡的代誌，啥人的責任占較大面，咱嘛毋免閣諍落去矣！嚴格來講，咱兩个人的態度攏無好，毋過，從彼改了後，咱兩个人攏有較好禮矣呢。」

「我的心內實在誠袂得過。這幾個月來，只要想著我彼

時講的話、彼時所表現出來的行為，彼款聳勢、彼款驕傲，就會有講袂出喙的刺鑿[4]！你罵了誠好，予我永遠會記得。你講『假使你表現甲較有禮貌淡薄仔就好矣』，你攏毋知你這句話予我有偌爾仔痛苦，彼款痛苦是你無法度體會的。」

「想袂到這句話對你的影響會遮爾仔大！而且，閣予你遐爾仔痛苦。」

「你講甲誠直透，彼當陣，你認為我對你完全無真情，我相信你定著是這款想法。我永遠都會記得，尾仔你竟然變面[5]，閣講，無論我按怎向你求婚，攏無法度打動你的心，答應欲嫁予我。」

「哎喲！彼時講的話，你就莫閣提起矣！我共你講，後來我感覺家己，才是見笑甲無地通覕矣。」

達西閣問起彼張批，伊講：「彼張批……你接著我彼張批了後，敢是隨對我的看法有較好淡薄仔？批內所寫的遐的代誌，你敢有相信？」

伊俐莎白應講，彼張批對伊的影響誠大，就是這張批，予家己對伊的偏見，慢慢仔全消無去矣。

達西講：「我彼當陣就有想著，彼張批你看過了後，一定會誠痛苦。毋過，我實在是不得己，希望你早就共彼張批毀掉矣。其中有一寡話，特別是拄頭仔寫的遐的話，我實在無願意你閣看。我會記得其中有一段話，會予你特別怨恨我。」

伊俐莎白講：「若準你認為愛共批燒掉，才會當共我對

326

你的愛捅⁶牢咧，若按呢，我一定愛共伊燒掉；只不過，就算我是反起反倒的彼款人，嘛袂因為這張批來佮你變面。」

達西講：「當初寫彼張批的時，我叫是家己心平氣和、頭腦冷靜。後來我才知影，彼當陣，確實是因為心內有厭氣才會寫彼張批。」

伊俐莎白笑講：「彼張批拄開始的時，無定著有幾分仔厭氣，落尾煞毋是按呢。尤其是上尾仔彼句話，慈悲心滿滿。咱猶是莫閣去想彼張批好矣！無論是寫批的人抑是收批的人，現此時的心情攏已經佮當初時無全矣。所以，這一切予咱無爽快的代誌，攏應該共伊放水流。」

達西講：「我感覺你是一个樂觀的人。我就無全矣！佇我的頭殼內，不時會想起一寡無法度放袂記得的苦疼。我是一个自私自利的人，從細漢開始，大人教我做人做事的道理，煞無教我愛共性地改較好咧。

「我是一个孤囝⁷，有幾若年，厝裡干焦我一个囝仔，自細漢就予爸母俸歹去。雖然阮爸母攏誠善良，尤其是阮阿爸，伊是一个老佛公，軟心、軟性，毋過，對我自私自利、驕傲自大的個性並無束縛，甚至鼓勵我、教我愛按呢。從八歲到二十八歲，我所受的教養就是按呢。

「親愛的伊俐莎白，若毋是你，可能到今我猶是這款形！我會改變，全是為著你啊！彼日你教示我，拄開始的時，我當然無法度接受，毋過，對我來講，實在予我誠大的啟示。你彼時講了著，當初我開喙向你求婚，心內是料想你一定會

答應，誠佳哉，你教我一改乖，更加予我了解，對一個我意愛的人，煞顛倒對伊激派頭、張身勢，這款求婚的方式，是絕對無可能予伊頷頭的。」

伊俐莎白講：「彼時，你叫是會當得著我的心，敢是？」

達西講：「我確實是按呢想的。無定著你會笑我臭屁，我彼時猶掠準你咧等我開喙，向望我向你求婚！」

「若按呢，就愛怪我矣，一定是我的態度予你誤會！毋過，我毋是刁工欲瞞你。我這个人直直，想著啥就做啥，毋才會造成遮大的誤會。從彼工下晡開始，我想你一定誠恨我。」

「恨你？我袂恨你！無定著頭仔誠實足氣你，毋過，過無偌久，我就知影應該愛氣啥人矣！」

「彼改咱佇翻堡理見面的時陣，你看著我，心內咧想啥物？你敢會怪我去怎遐？我是毋是無應該去？」

「當然嘛袂！哪有可能！我只是感覺足意外。」

「雖然你感覺意外，比起來，我恐驚是比你閣較意外。彼當陣我實在料想袂到，你對我會遮爾仔尊存，我會受著彼種款待。」

達西講：「我彼時的用意，只是想欲盡量共禮數做甲到，予你看著我有量、腹腸大，袂去拈恨，希望你知影我已經因為你的責備，誠心改變矣！希望你會當原諒我，莫閣遐爾仔討厭我。只是講，是底時我又閣想欲追求你，這實在是誠僫講，大概是看著你的彼半點鐘內。」

達西繼咧講，彼擺見面，達西小姐足想欲佮伊做朋友，想袂到後來，煞因為俐蒂亞的代誌，共這段友誼拍斷去，予伊的小妹誠失望。

　　伊俐莎白又閣向達西說一改多謝，毋過，提起俐蒂亞的見笑代，兩人的心肝仔頭攏袂得過，就無閣講落去矣。

　　伊俐莎白佮達西就按呢做伙行誠久，無注意著已經行幾若英里路去矣，看錶仔了後，才發覺應該愛來轉。

　　「賓利佮珍是行去佗位矣？」

　　這兩个人就用這句話起話頭，又閣講到另外彼對去。達西早就知影賓利佮珍已經訂婚矣，伊感覺誠歡喜。

　　伊俐莎白問達西：「我想欲知，你對這層親事，敢有感覺意外？」

　　達西講：「當然嘛袂！我早就料算到這層婚事誠緊就會成矣。」

　　伊俐莎白講：「原來伊早就予你允准矣！誠實予我臆甲準準！」

　　雖然達西一直強調，講伊俐莎白所想的和事實有重耽，毋過，伊俐莎白猶是認為事實就是按呢。

　　達西講：「我欲去倫敦的前一暗，就共過去的代誌齊講予賓利聽，賓利知影了後驚一趒足大趒。我閣講，早前叫是怎阿姊對伊無啥感情，這馬知影是我家己想差去。賓利聽著我的話，真正足歡喜！我相信個的婚姻，一定會足幸福！」

　　伊俐莎白問講：「你共伊講阮阿姊有愛伊，這是你家己

329

體會出來的？抑是春天的時聽我講的？」

達西講：「是我家己體會出來的。最近我去怎兜兩改，有詳細觀察怎阿姊的表情，我看會出伊對賓利用情誠深。」

伊俐莎白講：「我想，你按呢講，伊就隨清楚矣乎？」

達西講：「確實是按呢！賓利這个人誠懇閣謙虛，人煞無啥膽，所以拄著這款問題，家己煞揣無摠。落尾是伊相信我的話，這改的代誌毋才會進行甲遮爾仔順利。

「猶有一件代誌我嘛對伊坦白講。我講，舊年的寒人，怎阿姊有去倫敦城蹛三個月，彼時我知影這件代誌，煞刁工共這个消息隱瞞落來。

「伊聽了氣甲，毋過我相信，伊只要知影怎阿姊對伊猶有感情佇咧，伊的氣自然就會消無去。這馬，伊已經誠心真意原諒我矣！」

達西就按呢和伊俐莎白繼續講賓利佮珍的代誌，個相信這兩人一定會足幸福的……猶毋過！彼款幸福和個這馬的甜蜜，是袂當比並的。

1. 斜：tshuah，歪斜。
2. 結跙：kiat-lan，長繭。
3. 條直：tiâu-tit，憨直、坦率。
4. 刺鑿：tshì-tshak，使人心裡不舒服或感覺討厭。
5. 變面：pìnn-bīn，翻臉。
6. 揫：tau，留住。
7. 孤囝：koo-kiánn，獨子。

59

🎧

　　伊俐莎白行轉去厝，珍就隨問伊：「俐絲，恁是行對佗位去矣？」伊俐莎白回答的時，規个面紅朱朱。彼下晡，公開的彼對是有講有笑，猶無人知的這對是恬呀呀。

　　達西的個性本成就恬，心內就算歡喜嘛袂表現出來；伊俐莎白是規个心肝亂紛紛，雖然知影家己足幸福，煞無法度體會幸福的滋味，因為若想著欲予厝裡的人知影這層代誌，心內就有淡薄仔齷齪。

　　彼暗，伊俐莎白共日時發生的代誌講予珍聽。

　　珍毋相信，講：「你敢是咧諞我？俐絲！哪會有這款代誌？佮達西結婚？毋通！你毋通共我騙！這呔有可能？」

　　伊俐莎白講：「害矣！若是連你都無相信我，按呢就無人會相信矣！我講的攏是真的。伊猶閣咧愛我，而且阮已經

332

講定矣！」

珍聽著按呢，猶是誠懷疑：「敢有可能？你毋是對伊足怨感？」

「這，講起來話頭長，內底彎彎斡斡的代誌嘛莫閣提起矣。早前我對伊種種的不滿，從今以後，咱一定愛全部放予袂記得。」

過一站仔，珍就歡喜起來矣：「敢誠實有影？這馬我應該會當相信矣，敢是？恭喜你！有影愛恭喜你！只是講……你敢誠實確定……敢會當百分之百確定講，你嫁予伊了後一定會幸福？」

伊俐莎白講：「這曷著講！阿姊，你敢願意接受這款妹婿？」

珍講：「當然嘛願意！我佮賓利攏足歡喜的！你佮達西的代誌阮嘛捌討論過，只是阮攏感覺無可能。你真真正正對伊是有意愛的，敢是？」

伊俐莎白講：「嗯！我愛來承認，和賓利比起來，我更加愛達西。聽我按呢講，你敢會會受氣？」

珍講：「喂！請你較正經咧！你愛老老實實講予我聽，有啥物內情，緊共我講予清楚。是講，你對伊的意愛，是有偌久矣？」

「我對伊的感情是沓沓仔發生的，我嘛講袂清是對啥物時陣開始的。毋過，我家己感覺，應該是對看著翩堡理美麗的花園開始的。」

聽伊按呢講,珍又閣叫伊俐莎白愛較正經咧。

伊俐莎白就誠慎重將家己對達西感情的變化,所有的過程攏講予珍來聽。

珍講:「我有夠幸福!因為你佮我嘛全款幸福!我本底就不止仔敬重達西先生,莫講別項,干焦為著伊愛你,我就愛永遠尊存伊矣!只是講,俐絲,你的喙哪會遮爾密?連一屑仔消息都無漏洩出來。」

伊俐莎白只好共伊保守祕密的原因講予珍知影。

原來伊俐莎白早前毋願佇珍的面頭前講著賓利,閣加上心內起起落落,所以有關達西的代誌攏講袂出喙。

現此時就無全矣!伊俐莎白免閣共達西為俐蒂亞的婚姻走從¹的代誌掩崁落來,所以,伊就共所有的代誌全講予珍聽。這對姊妹仔一直會、一直講,講到半暝猶未煞。

第二工透早,班奈太太徛佇咧窗仔邊又閣咧吼。

「天公伯仔!彼个顧人怨的達西先生又閣綴咱賓利來矣!伊哪會遮大面神啦,不時仔就來咱遮!俐絲,我看猶是你佮伊出去散步好矣,莫予伊踮咱兜一直齪嘈賓利!」

阿母共達西號做「顧人怨」,予伊俐莎白有淡薄仔惱氣。

這兩位貴客行入來班家的時,賓利就用一款「心內知知」的笑容,那看伊俐莎白那講:「班奈太太,咱這箍圍仔敢猶有啥物迷人的路線,今仔日通予俐絲閣行甲毋知通轉來?」

欲出門進前,班奈太太對伊俐莎白講:「叫你去佮彼个顧人怨的出門,你毋通佮阿母計較呢!你愛知,這攏是為著

珍！達西先生你清彩應付一下就好，毋免傷插伊。」

佇散步的時陣，達西和伊俐莎白決定彼下晡就欲去請求序大人的允准。班奈先生彼爿達西欲去講，班奈太太就留予伊俐莎白發落。

對這件婚事，伊俐莎白無把握伊的阿母會贊成，因為班奈太太傷感達西矣！

無論班奈太太對這層婚事是堅心反對也罷，歡喜甲欲掠狂嘛好，伊俐莎白料想會到，家己阿母所講出來的話，一定會予人感覺誠無水準。

彼下晡，班奈先生行入去書房，達西就隨徛起來綴伊入去，伊俐莎白這時是緊張甲規个心咇噗跳。伊提心吊膽坐咧等，一直等到達西先生滿面笑容，行轉來客廳。無偌久，達西閣行過來伊遮，假仙咧看伊俐莎白的刺繡，輕聲細說講：「緊去揣恁阿爸，伊佇咧書房等你。」

行入去書房的時，伊俐莎白看著班奈先生佇遐行過來、行過去，面色看起來足嚴肅、足著急。

班奈先生講：「俐絲，你是咧舞佗一齣？抑是頭殼各樣[2]？你哪會去揀著這个人？你毋是感伊感甲？」

到今，伊俐莎白才體會著啥物是「啞口的碻死団」。

假使早前伊無共達西講甲遐爾仔歹聽，這馬就袂按呢解說袂清矣。事到如今，伊俐莎白干焦會當有喙講甲無瀾，一直向伊的阿爸表明，伊確確實實已經愛著達西矣。

班奈先生講：「你已經拍算欲嫁伊矣，敢是？無錯！伊

335

是好額人，會當予你食好穿好，連你坐的馬車嘛通比珍坐的閣較氣派。敢講，這對你來講就是幸福？」

伊俐莎白講：「你叫是我對伊無感情，除了這項，你敢有別款反對的理由？」

班奈先生講：「當然是無。咱攏知影伊是遮爾仔自高，而且閣予人袂親近得。只不過，若是你佮意，遮的攏無要緊。」

伊俐莎白的目屎強強欲輾落來，講：「我真佮意伊！我足愛伊的！伊並毋是彼款無代無誌就激派頭的人。你無了解伊的做人，所以，我拜託你千萬毋通按呢講伊。若無，我會艱苦。」

班奈先生講：「俐絲，我已經允伊矣！親像伊這款的人，只要伊無棄嫌，有所請求，我無允都袂當。只是講，我猶是欲苦勸你，你閣詳細想看覓咧。我了解你的個性，除非你揣著一個會當予你敬重一世人的翁婿，而且認定伊比你較優秀。若無，你袂幸福，嘛袂快樂。

「你是一個有才情的囡仔，若是婚姻結無好勢，是誠危險，因為你的個性會造成悲慘佮不幸的後果。乖查某囝，我無希望以後看著你因為看袂起你的翁婿，看你艱苦、為你傷心。你愛知影，婚若結落去，是無回頭轎通坐的。」

伊俐莎白聽著阿爸的苦心，心內不止仔感動，就足認真、足嚴肅回答班奈先生。

伊俐莎白講達西就是伊的愛，閣講家己的感情，絕對毋

是一時的衝動，是經過再三考驗才得來的結果。伊俐莎白直直呵咾達西的人範，才予班奈先生的煩惱，全部拍消去。

班奈先生講：「乖查某囝，聽你講煞，我就無意見矣！若準誠實親像你所講的按呢，伊確實配你會得過。我毋願意你嫁予一个配袂起你的人。」

為著欲予阿爸對達西閣較有好感，伊俐莎白就共伊挽回俐蒂亞名聲的代誌講予班奈先生聽。

班奈先生講：「原來這一切攏是達西出的力！是伊來促成彼層婚姻，了遐濟錢，替彼个浮浪貢的還債務，閣替伊揣頭路！有夠好！毋但替我省錢，閣替我省誠濟代誌。若這件代誌是恁阿舅做的，我就愛來還伊的錢。

「毋過，恁遮的當咧糖甘蜜甜的少年人，逐項代誌都攏大主大意，我明仔載就對伊講欲共錢還伊，伊定著會講伊是按怎疼你、愛你，然後，這件代誌就會按呢煞煞去！」

班奈先生閣提起前幾工收著高林的彼張批，講伊彼時就看會出伊俐莎白誠不安。就算予班奈先生按呢詼，伊俐莎白嘛蓋歡喜。

伊俐莎白欲行出書房的時，班奈先生又閣講：「若準閣有啥物少年家仔欲來共瑪俐、綺蒂求婚，做個來無要緊，我現此時已經開咧等矣！」

得著班奈先生的同意，硞佇伊俐莎白心肝內的彼粒大石頭，才總算是放落來矣！

暗時，班奈太太入去房間了後，伊俐莎白隨綴入去共這

个消息講予伊聽。

拄聽著消息的時，班奈太太是恬恬坐咧爾，一句話都講袂出來；過一睏頭，伊才聽有查某囝的話，知影又閣有一個查某囝欲嫁矣；落尾，等伊完全舞清楚的時，伊著生驚，佇椅仔頂連鞭徛起來，隨閣坐落去，無偌久又閣替家己祝福。

「天公伯仔！謝天謝地！只要想看覓咧喔！么壽喔！達西先生呢！俐絲，我的心肝仔寶貝，你連鞭就欲大富大貴矣！你未來會有偌濟私奇錢，有偌濟珠寶、偌濟馬車啊！珍佮你根本都袂比得……天佮地是欲按怎比！我足歡喜、足暢的！遮爾仔可愛的翁婿，又閣緣投，又閣將才！哎喲！我的乖查某囝，我較早踅爾仔怨伊，請你代我向伊會失禮！我希望伊莫佮我計較。我有三個查某囝嫁出去矣啦！逐冬有一萬英鎊的收入！喔！天公伯仔！我暢甲欲死，暢甲欲掠狂矣！」

伊俐莎白誠佳哉，班奈太太遮爾仔無體統的話，干焦伊一个人聽著爾。

伊俐莎白行轉來家己的房間，想袂到猶過無三分鐘，班奈太太又閣傱過來伊遮大聲吼。

「我的心肝仔囝，我頭殼內攏無法度想別項代誌矣！一年有一萬英鎊的收入，而且，結婚閣有特別證書……你當然愛用特別結婚證書結婚啊！我的寶貝仔囝，你共我講，達西先生愛食啥物菜，我明仔載通好款起來！」

伊俐莎白心內咧想，雖然伊已經得著達西的心，而且嘛得著厝裡序大人的同意，毋過，若是阿母定定按呢，無定著

代誌會閣變卦。

　佳哉,第二工的情形比伊俐莎白所想的閣較好,這是因為班奈太太對未來這个团婿毋但是敬重爾,閣會驚,所以無啥敢佮伊講話,極加對伊發表的言論,呵咾幾句仔爾。

　伊俐莎白看著阿爸嘛盡力欲佮達西先生親近,就感覺誠滿意。

　班奈先生對伊俐莎白講:「三个团婿攏予我行路有風!無定著蔚克漢是我上倖的一个,毋過,我咧想,你的翁婿定著嘛會佮珍的翁婿全款,予我愈看愈佮意。」

1. 走傱:tsáu-tsông,奔波忙碌。
2. 各樣:koh-iūnn,異樣。

60

伊俐莎白講歡喜是真歡喜，本性煞無偌久又閣旋出來矣，翻頭轉來共達西創治，愛達西共代誌講予清楚，是按怎彼當陣會去愛著伊？

伊俐莎白講：「你是按怎開始的？我知影你只要行第一步了後，就會順順仔進行落去；只是講，當初時，你對我是按怎會有這款想法？」

達西講：「到底是為啥物才予你迷去？其實，連我家己嘛無清楚，等我發覺的時，這條情路，我已經行一半較遠去矣！」

「我的外表並無打動你的心，若講著我的態度，更加是無啥禮貌！佇一擺佮你講話毋是存範欲予你歹看的？你愛老實講，你敢誠實是愛著我這款的態度？」

「我愛你頭腦活。」

「你規氣講我無規矩、毋捌禮數！事實上，你對別人厚禮數、不時扶挺的彼款態度已經誠厭矣！世間上猶有一款女士，無論是咧講話、思想、表情，干焦是為著你的一聲呵咾，對這款女士，你已經感覺誠瘴矣；你的心會予我打動，就是因為我佮個全然無全。

「若準你毋是一個真正值得我愛的彼款人，你對我這款表現一定會足拚恨的。毋過，你對感情的要求猶是高貴的、正確的，你的心肝內根本都看袂起拚性命巴結你的人。

「聽我按呢講，你就免閣想理由來解說矣！我自頭到尾想想咧，就感覺你對我的愛，完全是合情合理！坦白講，你根本都毋捌想過我是佗一點共你迷去的！其實，佇咧談戀愛的時，是有啥人會去想，愛著這个人，到底是為著啥？」

「當初時，珍佇尼德菲破病彼當陣，你對伊遐爾仔溫柔體貼，這敢毋是你的優點？」

「你就共這件代誌當做是我的品德好啦！我所有優秀的品行攏愛靠你來呵咾，你愛按怎講就按怎講。毋過，我是干焦會曉揣機會來詨你、佮你答喙鼓[1]爾喔！

「這馬，我隨就欲按呢做！我來問你，是按怎你攏無願意較爽快去講著正題？第一逝你綴賓利來阮兜，咱攏無啥物講著話，第二逝閣來阮兜食飯的時，是按怎看著我攏遐閉思？尤其是第一擺來的時，你彼个表情，若親像完全無共我囡佇咧心內全款，敢是？」

「彼是因為你激一个面，攏無講甲半句話，害我毋敢佮你講話。」

伊俐莎白面仔紅紅講：「人阮是感覺見笑啦！」

達西掠伊俐莎白金金看，講：「我嘛是仝款。」

「後來，你來食飯彼遍，你嘛會當佮我加講寡話啊！」

「若對你的感情莫遐深，我的話當然就會當加講寡矣。」

伊俐莎白講：「喔！咱誠實會合呢！毋過，我不時咧想，若是我無來插你，你嘛毋知會頓蹬甲啥物時陣。

「佳哉！我心頭掠有定，欲感謝你幫助俐蒂亞的代誌，才會來促成咱的姻緣。只是講，當初時我有答應阿妗無欲講出來，煞因為拍破約束，才得著這馬的快樂，以道義來講，誠講袂得過！我實在無應該提起這件代誌才著！」

達西講：「你毋免為著這來艱苦，你按呢做並無毋著。蒂寶夫人拗蠻、無講道理，想欲拆散咱兩个，這顛倒消除我心內種種的顧慮。我本成就無想欲等你先開喙，因為我聽著阮阿姨講遐的話，就隨想欲確認你對我的感情。」

「若按呢講起來，蒂寶夫人誠實鬥幫贊[2]誠濟呢！伊應該愛歡喜，因為伊上蓋愛共人鬥相共。只是講，你這改來尼德菲山莊的目的是啥？敢講，干焦是來阮遮保恩閉思予人看的？」

「我來遮真正的目的，就是為著欲看你！若是有可能，我閣欲想辦法來研究看覓，看敢猶閣有機會，予你來愛我。」

伊俐莎白的笑容愈來愈深：「你敢有勇氣共咱的喜事，

去講予蒂寶夫人知影？毋驚伊共你洗面喔？」

達西講：「若準你予我一張紙，我就隨來寫。」

伊俐莎白笑甲足歡喜，講：「若毋是我家己嘛有批欲寫，我一定會像另外一位小姐全款，坐佇你的身軀邊，欣賞你遐爾仔婧的字。」

話閣講翻頭。彼時，伊俐莎白認為嘉定太太誤會伊佮達西的感情，伊閣毋願共內底的彎彎幹幹講予清楚，所以收著嘉定太太的彼張長批一直到今，伊俐莎白攏猶未回覆。

這馬有這個好消息，嘉定太太定著會足歡喜！伊俐莎白就隨回批矣。

親愛的阿妗，佳哉你寫彼張長批，對我講出種種的實情，本底我應該愛較早回批，對你表示感謝，無奈何[3]彼當陣我的心情足穤的，所以才無回批。

彼時，你所想的情形，講實在有較譀。毋過這馬，你想欲按怎想攏無要緊，只要你莫叫是我已經結婚矣，你所想的攏袂傷離經。你愛隨寫一張批來呵咾伊，而且，閣愛比頂一張批寫閣較超過。

我足感謝你無安排去大湖區旅行。我實在有夠戇，是按怎會想欲去大湖區咧？你講欲準備幾隻馬仔团來遊翻堡理，這个建議有夠讚！以後，咱想欲按怎踅就按怎踅，就算想欲逐工遊園嘛無要緊。

現此時，我是全天下上蓋幸福的人矣！無定著早前

嘛有人講過這句話，毋過，無人會當親像我。我甚至比珍閣較幸福，伊只是微微仔笑，啊我是笑甲喙仔裂獅獅。達西講伊欲邀請恁來翩堡理過聖誕節⋯⋯

你的外甥女

達西先生寫予蒂寶夫人的批，風格佮這張批無全；班奈寫予高林的批，佮這兩張又閣全然無相全。

賢姪惠鑒：

勞你再度賀喜，次女伊俐莎白近期將成為達西夫人。請多多寬慰蒂寶夫人。換做是吾，吾定倚佇蒂寶夫人姨姪這爿，此因伊所賜之利益，會比夫人更加濟。

愚某敬上

賓利小姐祝福阿兄咧欲結婚彼張批，寫甲有夠親切，只是講，看起來無夠有誠意。伊甚至閣寫批共珍道喜，又閣共早前假仁假義彼套話閣講一遍，珍雖然袂閣予騙去，煞猶是誠感動。

達西小姐嘛有寫批予伊俐莎白，彼張批足足寫滿四張紙，心內的歡喜猶閣寫無夠氣。達西小姐足向望以後這个阿嫂會當疼伊、惜伊，和伊歡歡喜喜做伙過日子。

高林先生的回批，班奈先生猶未收著。就佇這時，浪保恩煞聽著高林翁仔某欲轉來呂家莊的消息。

原來蒂寶夫人收著達西的批了後，氣甲蹤蹤跳。偏偏，謝露提對這門婚事是歡喜甲，伊袂堪得蒂寶夫人直直使性地[4]，就隨決定欲轉來後頭厝，等這場風波過去了後才閣講。

對伊俐莎白來講，欲結婚進前會當閣佮手巾仔伴見面，誠實是一層足樂暢的代誌。只是講，見面了後，看著高林對達西的彼款扶扶挺挺，就予伊俐莎白的快樂減袂少去。

猶有菲立太太，也就是伊俐莎白的阿姨，伊這个人足土性，一條腸仔迴到底，伊俐莎白嘛會驚達西擋袂牢。

菲立太太佮伊的阿姊全款，看著賓利退好性，佮伊講話就清彩烏白亂講。伊對達西就較尊存矣，罕得佮伊講話。只是講，就算是按呢，伊講出來的話句佮動作，看起來就是正港的草地俗[5]。

現此時，伊俐莎白規个心，干焦希望會當緊離開遮，離開這幾个予伊討厭的人，去翩堡理，和達西圓滿做伙，過一世人優雅佮心適的日子。

1. 答喙鼓：tap-tshuì-kóo，鬥嘴或爭辯。
2. 鬥幫贊：tàu-pang-tsān，幫助。
3. 無奈何：bô-ta-uâ，無可奈何、不得已。
4. 使性地：sái-sìng-tē，使性子、耍脾氣。
5. 草地俗：tsháu-tē-sông，土包子、鄉巴佬。

61

珍佮伊俐莎白嫁出去的彼工，是班奈太太做阿母了後，上蓋歡喜的一工。伊只要想著以後去拜訪賓利太太，佇人的面頭前講著個查某囝是達西太太，予伊感覺風神佮奢颺，伊就不止仔樂暢。

佇遮，先予逐家來知影結局。

後來，班奈所有的查某囝攏嫁出去矣！班奈太太這世人上大的願望，終其尾總算是達成矣！

班奈太太的後半世人，竟然因為查某囝全嫁了矣，煞變做一位頭腦清楚、對人親切又閣有見識的查某人。

只是，伊加減猶會神經衰弱，做代誌脫線脫線[1]，這無定著是天公伯仔欲留予班奈先生的好運。若無，班奈先生就無法度享受這款奇怪的家庭幸福矣。

班奈先生嫁第二查某囝的時，上蓋毋甘。

因為伊上疼這个查某囝，就算伊誠無愛去人兜行踏，猶原會不時去看伊俐莎白。伊不止仔佮意翻堡理，逐擺去的時陣，攏予伊歡喜甲。

賓利佮珍干焦佇尼德菲山莊蹛一冬爾。

雖然賓利誠好鬥陣，珍的個性嘛誠溫馴，毋過，這對翁仔某猶是無法度佮班奈太太和麥里鎮的親情朋友蹛了傷近，個實在造成這對新人足濟麻煩。

尾仔，賓利佇德比郡附近買一棟樓仔厝，珍佮伊俐莎白這對姊妹仔，總算會當蹛較近矣，這嘛是幸福當中的另外一種快樂。

這兩件婚事，致蔭上濟的是綺蒂，伊大部份的時間攏蹛佇咧這兩位阿姊遐。綺蒂本底就無像俐蒂亞遐爾仔放蕩，這馬無俐蒂亞牽咧溜溜去，又閣受著正範[2] 的教養，後來就變甲較端莊、較淑女矣。

最後，干焦賰瑪俐猶未嫁，班奈太太哪有通放伊予閒咧，不時咧替伊相較適當的人選，逼伊出去交際應酬。

若講著蔚克漢佮俐蒂亞，這兩个人的個性，並無因為這兩位阿姊的婚姻有啥物變化。

蔚克漢猶會記得早前對達西忘恩背義的代誌。是講，這个人的面皮實在不止仔厚，竟然猶向望達西會共過去放水流，閣提錢予伊開。

伊俐莎白佇結婚的時，有接著俐蒂亞的一張祝賀信，對

批內就看會出來，就算蔚克漢本人無咧數想，蔚克漢太太嘛希望達西太太會當按呢做。

這張批是按呢寫的。

親愛的俐絲：

　　若是你愛達西先生有我愛蔚克漢的一半，你一定會足幸福的！你變甲遮爾仔好額，希望你閒閒無代誌的時，會去想著阮。我相信蔚克漢誠想欲佇宮廷內底允一份頭路來做，若閣無人欲來共阮鬥相共，阮連鞭就欲吊鼎[3]矣。清彩允啥物頭路攏會使，只要逐冬有三、四百英鎊的收入就會當矣。毋過，若是你無願意對達西先生講起這件代誌，就當做我無講⋯⋯

這款代誌，伊俐莎白當然袂共達西講，就佇回批內底，苦勸俐蒂亞千萬毋通有這款向望。

只不過，姊妹仔情總是無法度斷的。伊俐莎白會對家己的所費[4]內底儉寡錢落來，不時壘[5]寡予個用。

伊俐莎白早就料著，這兩个人的收入遐爾仔少，開錢閣足右手[6]，顧前無顧後，哪有法度維持一家伙仔的生活咧？個的生活誠無穩定，定定搬徙位，講欲揣較俗的厝來稅，結果是加開袂少錢。

蔚克漢對俐蒂亞的感情足緊就無去矣，俐蒂亞對伊的感情有維持較久淡薄仔。就算講伊少年的時袂曉想，結婚了後

猶是有維護著這層婚姻的名聲。

雖罔達西是絕對袂予蔚克漢來翩堡理，毋過，看在伊俐莎白的面子上，伊猶是為蔚克漢的頭路咧走傱。

俐蒂亞只要翁婿去倫敦迌迌的時，伊就會去這兩位阿姊迌蹕。尤其是去賓利的厝裡，這對大面神的翁仔某，蹕落來就無想欲走，連賓利遮好性的人嘛會無歡喜，用暗示的來趕這對人客走。

達西先生結婚的時，賓利小姐傷心甲。只是，伊閣想欲維持去翩堡理做客的權利，所以，只好共滿腹的怨氣按下落來。

達西小姐這馬攏蹕佇翩堡理，大嫂小姑之間，就親像達西先生原底所想的按呢，情投意合、互相尊敬！

達西小姐頭起先看著阿嫂佮阿兄咧講話，竟然會迌爾仔活潑，一句來一句去的情景，予伊看甲驚一趒。

伊一向對阿兄誠尊存，想袂到，這个予伊看甲若神的阿兄，竟然會予阿嫂提來做滾耍笑的對象。這是伊從細漢到今，連想都毋捌想過的代誌。

蒂寶夫人對這門婚事受氣甲。

孫仔寫批共阿姨報喜，伊竟然拆破面，直接講破，寫一張回批共達西罵甲臭頭，尤其是伊俐莎白，更加予伊罵甲無一塊仔著。所以雙方面有一段時間是田無交、水無流。

後來猶是伊俐莎白直直挲，達西才無閣計較阿姨的無禮，毋才願意先上門去求和。

蒂寶夫人當然有先使態[7]，無欲插伊。後來無定著是因為姨疼孫全血脈，嘛有可能是因為好奇心，想欲看這个孫新婦按怎做人，伊就回心轉意，接受達西的好意。

雖然翩堡理有這个女主人，而且女主人的阿舅佮阿妗嘛有來遮蹛過，予蒂寶夫人感覺翩堡理的門風小可仔潲垃圾去，毋過伊猶是委屈家己，後來佮翩堡理有來有去。

這對翩堡理的主人，佮嘉定翁仔某一直保持誠深的交情。

達西佮伊俐莎白是對心內尊敬個、感謝個！若無彼時個共伊俐莎白焦來德比郡，這段美滿的姻緣哪牽會成咧？

1. 脫線：thuat-suànn，罵人個性散漫，做事不積極。
2. 正範：tsiànn-pān，正規。
3. 吊鼎：tiàu-tiánn，斷炊。
4. 所費：sóo-huì，費用、花費。
5. 壘：luî，暫借而速還。
6. 冇手：phànn-tshiú，大方、慷慨。
7. 使態：sái-thài，擺架子、耍脾氣。

國家圖書館出版品預行編目 (CIP) 資料

傲慢佮偏見 = Ngōo-bān kah Phian-kiàn/Jane
Austen 原著 ; 洪淑昭台譯 . -- 初版 . -- 臺北市 : 前
衛出版社 , 2023.07
　面 ;　公分
台語簡譯版
譯自 : Pride and prejudice
ISBN 978-626-7325-19-3(平裝)

873.59　　　　　　　　　112008809

傲慢佮偏見 （台語好讀版）

Ngōo-bān kah Phian-kiàn ／ Pride and prejudice

作　　　者　珍・阿斯頓（Tsin A-su-tǹg／Jane Austen）
譯　　　者　洪淑昭
校　　　訂　林姿君
註　　　解　林玉麗
審　　　訂　鄭順聰
插　　　畫　Asta Wu（吳雅怡）
責 任 編 輯　鄭清鴻
美 術 設 計　李偉涵
台 語 朗 讀　郭雅琚、張毓棬、葉秋戀
　　　　　　高銘孝、楊慧玉、賴緯
有 聲 製 作 人　余欣蓓
錄 音 混 音　林芮宇、廖柏誌
配 樂 後 製　余政憲、林昱慈、吳知穎、李明哲
　　　　　　張佑寧、徐安赫、林瑋宬
統 籌 製 作　心陪有聲
聲 音 設 計　杰瑞音樂

出 版 者　前衛出版社
　　　　　　地址：104056 台北市中山區農安街 153 號 4 樓之 3
　　　　　　電話：02-25865708 ｜傳真：02-25863758
　　　　　　郵撥帳號：05625551
　　　　　　購書・業務信箱：a4791@ms15.hinet.net
　　　　　　投稿・代理信箱：avanguardbook@gmail.com
　　　　　　官方網站：http://www.avanguard.com.tw
出 版 總 監　林文欽
法 律 顧 問　陽光百合律師事務所
總 經 銷　紅螞蟻圖書有限公司
　　　　　　地址：114066 台北市內湖區舊宗路二段 121 巷 19 號
　　　　　　電話：02-27953656 ｜傳真：02-27954100

出 版 補 助　文化部 MINISTRY OF CULTURE
　　　　　　語言友善環境及創作應用補助

出 版 日 期　2023 年 7 月初版一刷
定　　　價　500 元
I S B N　978-626-7325-19-3（平裝）
E - I S B N　978-626-7325-23-0（PDF）
　　　　　　978-626-7325-24-7（EPUB）